Vol. 3
Peko Suwa
諏訪ぺこ
Ill. 海原ゆた
ポンコツ王太子の
モブ姉王女らしいけど、
悪役令嬢が可哀想なので
助けようと思います
~王女ルートがない!?なら作ればいいのよ!~
Ponkotuoutaishi no
MOBUANEOUJO rashiikedo AKUYAKUREIJOU
ga KAWAISOU nanode tasukeyouto omoimasu
TOブックス

CONTENTS
Illustration 海原ゆた　Design アフターグロウ

Characters

アリシア・ファーマン

ルテイア・レイル・ファテイシア

「聖なる乙女の煌めきを」という乙女ゲームのモブ王女。アリシアに出会い、国の未来を変えようと奮闘中。天真爛漫でとても元気。

ファティシア王国・王族

リーン（攻略対象）
ジル（攻略対象）
ジカンテ（攻略対象）
アッシュ（従者）
マリアナ（侍女）
ブル・チャイ（花師）
アマンダ・ロックウェル
フォルテ・カーバニル
コンラッド王弟
ラステア国・王族
ラーカナ女王
ヴィズ王太子

モブ王女と悪役令嬢のデビュタント

あの日――彼女と出会ってから、早いもので五年の月日が流れた。

カーバニル先生とみんなで協力して作ったポーション。ラステア国からのお墨付きも貰え、私が帰還するとファティシア王国内でも法整備が整えられていた。今ではお父様達が頑張ってくださったお陰で王国中の神殿でポーションが作られている。最初こそ神官達から反発があるかもしれないと思っていたけど、意外なことにあっさりと受け入れられたのだ。きっと、助けられない命が多いことを彼らも憂いていたのだろう。あと過重労働な面もあったし。これで少しは彼らも楽になるかもしれない。

そして初級のみ神殿から一般の薬屋に卸し、誰でも買えるようにした。中級と上級の扱いの難しい物は神殿でのみ取り扱うようにして差別化をはかっている。まだまだ中級と上級を作るのは難しいし、それに初級をなるべく早く国中に広げる必要があったからだ。それに神殿が作った物なら安心感が違うしね！

疫病も初期の段階で治してしまえば恐れることはない。もちろん怪我も。今後の課題は中級と上級のポーションを、魔力負担を少なく作れるようにすることだろう。この辺はもう魔術式研究機関に頑張ってもらうしかない。

改良された魔術式のおかげで魔力過多の畑を作りやすくなったとはいえ、それは私みたいに魔力が元々多い人間が使えばの話。国中に魔力過多の畑を作るのはかなり大変だった。今でも神殿関係者や、花師達、それに人手が足りなければ魔術式研究機関から人を派遣して作っている。作る過程でも魔力は必要だし、改善点はまだまだ多い。

ポーションでこれなのだ。最初に考えていた薬草ではきっと間に合わなかっただろう。

あの日、偶然に魔力過多の畑ができたこと。リーンとシャンテに出会い、魔術師団長と縁ができたこと。そしてポーションの発祥の地、ラステア国に行きラステアの人々と交流を持てたこと。

沢山の偶然と幸運に恵まれて今がある。

それでも、不安というのは無くならない。絶対、はないからだ。

「……今年は、疫病が流行る年よね」

お父様達の話を聞く限りその兆候はないが、もし流行るとしてもポーションが疫病を止める助けとなるだろう。ただ初級で治せないと困るのだけど……これればかりは実際に起こってからでないと判断できない。今は大丈夫なように願うしかないだろう。

そんなことを考えながら、私は目の前のティーカップを手にする。口をつけて、小さくため息を吐くと目線を対面の椅子に座る彼女に向けた。普段の彼女からは想像しづらい、なんとも令嬢らしからぬ姿。椅子から半分以上体がずり落ち、テーブルの上に上半身を預けて嘆いている。

まるで頭の上からキノコでも生えてきそうな雰囲気を醸し出していた。

「――――アリシア、もう諦めなさいよ」

「そ、そんなこと言われましても!!　断罪への一歩かと考えたら、デビュタントなんて出たくありません!!」

彼女はガバッとテーブルから顔を上げ叫ぶ。五年前よりもだいぶ大人びた容姿。キレイな顔はクシャクシャッと歪んで今にも泣き出しそうだ。

自称、悪役令嬢、そして私の無二の友人アリシア・ファーマン侯爵令嬢。彼女の目下の悩みは明日に控えたデビュタント。

「だって仕方ないじゃない？　私たちとライルは一歳しか違わないのだし、一緒に済ませてしまおうってことになっても」

本来なら十歳の時に婚約者としてお披露目があったはずだと告げれば、アリシアはボソボソと「でも、だって……」と呟いている。確かにアリシアが恐れる理由もわからなくはない。予定とは違うことが起こっているわけだし。でもこちらにも一緒に社交界デビューさせたい理由があるのだ。

デビュタントは王家主催。私、という王族が含まれるといつもの年より多少華美になる。そしてライルの社交界デビューを別に設けるとなると、絶対に私のデビュタントよりも豪華にしようと言い出す人々が現れるだろう。そうなるくらいなら、二人一緒にまとめて社交界デビューさせてしまおう！　という苦肉の策なのだ。豪華にする分は、自分達で用意してくれそうだからそれは別に構わないのでは？　と思われそうだけど……そうなるとデビュタントを終えたアリシアは一人でライルの社交界デビューに付き添う可能性が出てくる。表面上は婚約者、ということになっているし。

安全面を考えてもみんな一緒に社交界デビューさせる方がマシなのだ。

「一応、アリシアの予定からは三年も開きがあるじゃない？　それにみんな一緒だもの」

「そ、そうですよね……三年も……でも、でもっ！　怖いものは怖いんですよー!!」

「どのみち婚約してないんだし……する予定もないでしょう？」

「当然ですぅぅ!!」

　ここまで言われてしまうとちょっとだけライルが気の毒になる。未来のライルが五年前のライルのように横暴な態度に出ないとも限らないけど……それに、本来の予定から変わりすぎて予想もつかないことが起こらないか心配だ。アリシアはもちろん、お父様にもロイ兄様にも安心安全、健やかに歳を重ねてほしい。

　それはそれとして、アリシアにはものすごーく申し訳ないけど！　敵を騙すにはまず身内から。デビュタントの時にアリシアとライルが一緒にいれば、周りは勝手に彼女を婚約者だと勘違いする。そう、ライル本人すらも――だから、一緒にいてもらうしかない。すごく心は痛むけど。

「ね、腹を括りなさい。そんなんじゃ、当日みんなに笑われてしまうわよ？」

「笑われたら……婚約者候補から外れますかね？　相応しくないとかなんとかで……」

「無理じゃないかしら？」

「ど、どうしてですか⁉」

「貴女がファーマン侯爵の娘だからよ」

　サックリと告げると、「ですよね……」と彼女はまたテーブルにうつ伏せる。ライルと同じぐらいの年頃で、身分が釣り合い、魔力量も多い女の子はアリシアくらいだろう。残念ながら。

　もちろん、家柄だけなら他にもいないわけではないが……ライル本人が他の令嬢と会うことを拒否しているのだ。必要ない、と言って。五年前のあの超生意気な暴君少年は、今やロイ兄様と同じぐらい真面目でしっかりとした男の子に育っている。

リーン、シャンテ、ジルと共に研鑽を積み、たまに畑仕事をしつつ王族として相応しい行動を心がけ、どこから見ても立派な王子様だ。何がそこまで彼を変えたのだろう？

お父様はもちろんお元気だ。リュージュ様も、お母様《マリアベル》も、ロイ兄様も、双子の弟妹たちも、みんな元気でアリシアの話からかなりズレが生じている。

だからもう少し……ライルは昔の面影を残したまま、少しワガママな男の子に成長するのではなかろうかと勝手に想像していた。そして王族として正しい振る舞いをする姿を見る度に、アリシアの話の中のライルが思い浮かぶ。

とても素晴らしい、完璧な王子様。

もちろん今のライルを完璧というにはまだまだ未熟だけれど。でもお父様の死や兄様の病。それらが完全に避けられたわけではない。そう言われているようで……未だに不安が付き纏う。

「たとえお父様とロイ兄様に何かあっても、私が治せば大丈夫よね……？」

小さく呟くとアリシアが軽く首を傾げる。私はそれに何でもない、と首を振ってこたえた。それにラステア国とも何かあればポーションを融通し合う条約ができている。

この五年で出来ることはやった。

これ以上何か起こるのであれば、それはもう神のみぞ知るということだ。

「……ルティア様」

「なあに？」

「ルティア様はデビュタントの日はどうされるんですか？」

「私は普通に兄様にエスコートしてもらうわよ？」

「ラステア国のコンラッド様ではなく？」

「……そこでなんでコンラッド様が出てくるの？」

少しだけ低くなってしまった声に、アリシアがジッと私の顔を見る。そしてちょっとモジモジしはじめた。一体どうしたのだろう？

「そのぉ……結局のところどうなんですか？」

「どう、って？」

「コンラッド様と婚約されるんですか⁉」

「どうしてそんなことになるのよ‼」

アリシアの勢いそのままに答えてしまう。一体どうしたらそんな考えになるのか……コンラッド様は、ラステア国のランカナ女王陛下の弟君。五年前に協定を結んでからファティシアによく訪ねてきてくれて、優しくて親切でとても良い方だ。子供の私でもちゃんと一人のレディとして扱ってくれる。畑仕事だって手伝ってくれるし……

未だにランカナ様からコンラッド様と結婚するつもりはないか？　と手紙をもらうけれど、私とコンラッド様とでは十二も歳が違う。歳の差だけの話なら、確かによくあることだから、可能性としてはなくはないけど、向こうはきっと妹のように思っているだけ。

そう。変に期待してはいけないのだ。いや、もちろん嫌いとかそういうわけではなく、単純にコンラッド様のような方にはもっと素敵な女性が似合うという話だけどね。それに……コンラッド様の隣を自分が歩いている姿なんて想像できないもの。でもアリシア的には違うのか、それとも現実逃避をしているのか、明後日の方向を見ながら話し続ける。

「いっそのこと、ルティア様がコンラッド様と一緒になってくだされぱトラット帝国に嫁がなくてもよくなると思うんですよねぇ」

「ロイ兄様とライルのルートだと嫁ぐのだったかしら？」

「そうです。なのでコンラッド様はおススメですよ」

そういう問題ではないと思う。内心で思いつつ、私はため息を吐きながらアリシアに告げた。

「でもそもそも、お父様が健在だし、国力が弱まったどころかラステアと強い同盟関係を結んでいるから……私がトラット帝国に行くことはないと思うのよね」

魔力過多の畑の作り方は、他の国でも作れるように公表している。つまりトラット帝国でも作れるのだ。どうやって作るかわかっているのに、それでも作らないのは魔力量が多い人間が高位貴族に集中しているから。

「トラット帝国でポーションを作らないのは他の国よりも魔力量が少ないからだけど……作れる人がいるのに作らないのは怠慢だと思うのよね。そりゃあ、国全体に行き渡るほど作れないのは理解できるけど」

「やっぱりコンラッド様と結婚ですかね？」

「……しないわよ？」

「でもでもっ！　よく訪ねてきてくださるんですよね？」

「訪ねて来てくださるからと言って、結婚するわけじゃないのよ？」

「そうですけどぉ……」

アリシアはぷくっと頬を膨らませて、殺伐とした話よりもロマンスが聞きたいんです！　と無茶振りをしてくる。政略結婚が大半の王侯貴族の婚姻にロマンスはそうないのでは？　と突っ込みたいが、それでアリシアが納得するかは別だ。なんせアリシアの両親は恋愛結婚らしいし。

「姫様、ご歓談中に申し訳ございません」

アリシアといる時はなるべく周りに人がいないように。そして話を取り次がないようにしているが、それにも拘らず侍女のユリアナが声をかけてきた。

「どうしたの？」

「ロイ殿下、ライル殿下がいらしてますが……」

「えっ!?」

「え？　あっ！　あー……明日の打ち合わせ、かしら？」

「そのようです。どういたしますか？」

私の問いかけにユリアナがアリシアに視線を移す。今の彼女の顔は少々化粧を施さねばならないだろう。目元が若干赤くなっているし髪も乱れている。

「私が先に相手をしているから、アリシアを整えてあげてくれる？」

「かしこまりました」

「あのう……会わないって選択は……」

「明日、ドレスを踏んづけてもいいなら良いけど？」

「……ユリアナさん、お願いします」

「承りました」

ユリアナに連れられてアリシアは化粧室へと向かった。まるでどこかに売られていくかのような表情を浮かべている。そんな彼女に心の中で詫びつつ、お茶をしていたバルコニーから部屋の中に入り、ロイ兄様とライルが待つ部屋に向かう。

二人はソファーに座って行儀よく待っていた。もちろん従者のロビンとアッシュも一緒だ。私は二人に向かってスカートを摘み、カーテシーをして見せる。

「ごきげんよう、兄様、ライル、もう少し待ってもらえる？」

「やあ、ルティア。久しぶりだね。えーっと……アリシア嬢は相変わらずかな？」

「いつも通りと言えば、いつも通りね」

小さくため息を吐きながら、兄様の問いかけにそう答えるとライルが困った表情を浮かべた。アリシアから苦手意識を持たれているという自覚がある分、どうすればそれをなくしてもらえるのかと思っているに違いない。ライルには申し訳ないけど、これは非常に難しい問題なのだ。

今のライルは暴君だった頃の面影は全くなく、思慮深く、真面目な子。

それでもライル本人に『貴方が将来アリシアを断罪して処刑するかもしれないから仲良くできないのよ』とは言えない。たぶん、そんなことは絶対にしない！　と怒るだろう。私だって今のライルがそんなことをするようには思えない。

アリシアは未来の出来事を知っているから不安になるのだろう。絶対大丈夫だと言えればいいんだけどね。でも多少はライルに慣れてもらわないと困るのだ。だってデビュタントを二人一緒に終えるということは、今後二人一緒に公の場に出ることが増える、ということ。毎回コレではライルだって気を悪くするかもしれない。それこそ将来的に断罪ルート、とかね。できればライルとは友好関係を築いて、ヒロインと結ばれるのなら円満に結ばれてほしい。

断罪ルートなんてものは起きないのが一番なんだから。

たぶんアリシアがライルを好きになることはないから、イジメ云々《うんぬん》な展開は訪れないし。でもヒロインが選ぶルートはライル以外もある。ライルの対策しかしてないけど……そうなった時はどうするべきか？　勿論問題のない人ならそれはそれで良い。二人が幸せになれるよう全力で応援する。でも、もしも……もしもよ？　そう考えてチラリと兄様に視線を向けると、兄様はにこりと笑う。兄様とアリシア。そうなったらいいな、と希望のようなものはあるけどこればかりは当人たちの気持ち次第。周りがあれこれ口をはさむのは良くないと思う。そりゃあ偶然、うっかりと、みたいなことはあるけどね。その辺はきっと兄様の方が上手だろう。だからヒロインに選ばれないように祈るだけだ。

そんなことを考えつつ、私はアリシアの話題を避けるように兄様に話しかけた。

「そうだ兄様、アカデミーの様子はいかがですか？」

三つ上の兄様は今年十六歳。今年から王立アカデミーに進学している。私とアリシアも今年からアカデミーの下に位置するカレッジに通っていて、寮生活をしていた。まあ、畑の世話があるから私は自分の宮によく戻っているけれど。

そう考えると私たちが顔をそろえるのは久々かもしれない。

「まあまあかな」

「まあまあですか？」

「うん。ルティアたちといる方がよほど刺激的だね」

「別に刺激的なことはしてませんが⁉」

疑惑の眼差しが四人から向けられたが、最近は私だって王女らしく振る舞えるようになってきたのだ。貴族社会のマナーとかルールはものすごく面倒臭いと感じるけれど‼　それを顔に出さずに、何とかやり過ごせるまでには成長した。たぶん。

「お、おまたせしました……」

儚げな声と共に、アリシアがユリアナに連れられてやってくる。

「アリシア嬢、久しぶりだね」

「お久しぶりです、ロイ殿下、ライル殿下」

綺麗なカーテシーと控えめな微笑み。貴族令嬢らしい細やかな仕草はアリシアの容姿もあわせると、ものすごーく儚くて繊細な女の子に見えた。さっきまでバルコニーのテーブルで行きたくないと駄々をこねまくっていた子には全く見えない。

そうか、これが令嬢力……‼

そんな彼女に感心しつつ、私はアリシアに座るように促すと明日のデビュタントの打ち合わせを始めた。

デビュタント、とは――

良家の子女が一人前のレディとして、社交界デビューを果たす場である。

ファティシア王国の成人年齢は十八歳。

それまでにデビューできていれば問題ないのだが、十三歳でデビューはちょっと早かったりもする。王族の一人だから仕方ないと言えば、仕方ないのだが……継承順位の低い私を早く嫁に出してしまいたい『誰か』がいるのだろう。

個人的にはあと二年ぐらい平気かと思っていたのだが、早まってしまったものは仕方がない。

まあ、私が社交界デビューすることでアリシアが巻き添えになり、王女と侯爵令嬢がデビューするならば、と社交界デビューを早めた良家の子女たちも増えたので私だけが悪目立ちをすることはないはずだ。

アリシアのように目立つ容姿なら兎も角、私は瞳の色こそ蒼いけれど、それ以外は至って平凡な容姿。可愛い、とお世辞を言われることはあっても綺麗とか美人とか言われる類の容姿ではない。

目の色を変えて紛れてしまえば、きっとわからないだろう。

なんせデビュタントの衣装は皆、白一色だし。

「そう言えば、明日はリュージュ様も出られるんだってね」

「そうなの？　お母様が出られるから、リュージュ様は出られないかと思っていた」

兄様の言葉に私は目を丸くする。私を産んでくれたお母様はもう亡くなっているから、その代わりにお母様――――マリアベル様が代わりを務めてくれるのだ。側妃の一人が王に付き添う時は、正妃であるリュージュ様が一緒に出ることはない。

「俺も社交界デビューするようなものだし、そのせいかもな」

「そうね。そしたら、リュージュ様も参加されたいわよね」

ライルは基本的に勉強は宮で、それ以外は畑仕事か、騎士団に赴き剣の稽古をする生活らしく、お茶会やパーティーを自ら開いたり、参加することはない。

きっとそういったものに参加することのないライルをリュージュ様は心配したのだろう。それなりに社交というものは大事なのだ。面倒なことばかりだけど。

でも二人の関係も五年前に比べれば、かなり良好になっているようでホッとする。やっぱり家族仲は良い方が断然良い。

とはいえ、私たちとリュージュ様が仲が良いかと言われると普通である。昔と違ってリュージュ様の言動が私たちにとって悪いものだと疑わなくて済むぐらいだろうか？

「ライルは今までお茶会とか誘われたことないの？　いっぱい来てそうなのに」

「あるけど行ってない」

「どうして？」

「面倒臭いだろ？」

なので招待状が来たら、女性なら花、男性ならワインを贈って濁しているらしい。招待状を送った方も、たとえ断られても王族から贈り物が来るのだから悪い気はしないだろう。

「私も招待状が来たらその手を使おうかな……」

ポツリとこぼすと、ユリアナが横を向いて笑っている。そうね!!　断るほど来たらの話よね!!

世間一般に見て、私はファティシア王国の三番目。一番目のライルや、二番目の兄様に比べると評価は低い。もっと言えば、ライルの評価が高すぎるのだ。

社交界に出てもいないのに。

なんせ、私が育て始めた薬草に関しても、国中にポーションを広めるきっかけも全部ライルが言い出したことになっている。

誰かが意図を持って、その噂を広めていることは明白だ。

しかし訂正をする気はない。訂正したところで、命を狙われる可能性が上がるだけ。危険を冒してまで訂正して回る必要はない。それに誰が広めたとか本当はどうでもいいのだ。大事なのはみんなの手に行き渡ること。

ライルは納得してないようだったが、お父様とも相談して噂をそのままにしている。もちろん聞かれた時は肯定も否定もしない。にこりと笑っておけば勝手に相手が判断するだろう。

「じゃあ、明日はお父様とリュージュ様とお母様が出られるのね」

「なかなかない光景だよね」

兄様の言葉に頷く。王が正妃と側妃を伴ってパーティーに参加するなんて……普通はないわね。尤《もっと》も理由が理由だし。いくらデビュタントが子女の社交界デビューの場とはいえ、ライルも同じく社交の場に初めて出るのだ。リュージュ様が心配するのもわかる。

家族みんながそろうんだなーと考えていると、ふと双子のことを思い出した。

「アレンとカレンにも会いたいなあー」

「流石に明日は無理だろ」

「まあね」

今年五歳になった双子の弟妹。アレンとカレンはお母様と一緒に別の宮で生活している。私が寮生活になったことで、双子用の宮を別に用意したのだ。起きたらすぐに挨拶に行ける距離にいたのに、それがちょっとだけ寂しい。

ワイワイと話しつつ四人で明日のデビュタントの進行予定を確認する。特別おかしなところはなく、順調に進めば何事もなく終わるはずだ。招待客のリストも見たが、アリシアの反応から特別変な人はいないみたいだし。

それに……十二歳でデビュタントに参加する子はいない。ヒロインの社交界デビューはこのままアカデミーに入学してからになるのだろうか？　カレッジに入学するのは来年だが、学年が違うと学ぶ棟も違うのでヒロインに出くわす可能性も低いだろう。ライルがヒロインと出会う可能性はとても高いけれど……不思議なことに、ヒロインがライルたちと関係を持つのはアカデミーに入ってからなのだ。それでも何となく、不安が付き纏うのは、今年は疫病が流行る年だから。

「ルティア」

「なあに？」

「明日のために一度、踊っておいた方がいいんじゃないか？」

「ああ、そうね」

兄様の提案に頷くと、隣に座っているアリシアから不安げな視線が向けられる。今のところ、ライルがアリシアを嫌う兆候はないのでここは慣れるしかない。明日ドレスの裾を踏まない為にも！

「アリシア」

「は、はい！」

「慣れは大事」

「な、慣れ……ですか？」

「そう。慣れないと！」

「そうだよ。慣れておかないと、当日転んだりしたら大変だからね」

「ライルの足を踏んづけるぐらいどうってことないから！　ドーンと踏んづけてやんなさい!!」

「それはどうなんだ……？」

私の言葉にライルがジトリと私を睨む。その視線を丸っと無視して、大丈夫よとアリシアに繰り返した。このままだと本当にドレスの裾を踏みつけて転びかねないし。

「さ、頑張りましょう？」

「は、はい……」

ポンポンと背中を叩き、ダンスの練習ができる場所に四人で移動する。何度も繰り返し踊り、アリシアの緊張をほぐしつつこれで明日は失敗しないといいなあと独りごちるのであった。

＊＊＊

デビュタントに参加する女の子は床まである長さの純白のドレスを着る。そして白い靴と肘まで覆う長い手袋も。そして最後に頭に小さなティアラをのせる。

レディとして社交界に踏み出す第一歩。

これがデビュタントにおけるドレスコードである。

デビュタント当日――

私は純白のドレスを身にまとい、ロイ兄様にエスコートされている。

白い靴に、肘までの長い手袋。そして頭の上の小さなティアラ。

正直に言うと汚しそうでとても怖い。真っ白ってキレイだけど、汚れが付いたら落とすのが大変そうだ。小さい頃、泥だらけになって怒られた記憶が未だにそんな気持ちにさせる。

汚れを落とすの大変なんですよ！　と……あとティアラも落としそう。落とさないようにセットされているとはいえ、いつもと違う髪型もなんだかもぞもぞする。

「ルティア、緊張してる？」

「そうね。ちょっと……いや、結構？　緊張しているかも？」

「かも、なの？」

私の言葉に兄様がクスクスと笑いだす。そうは言ってもたくさん人の集まる大きなパーティー自体が初めてなのでよくわからない。ラステア国で昼のガーデンパーティーに呼ばれたことはあっても、ダンスを踊るような夜会に招かれたことはまだないのだ。私がデビュタントを終えていないのが一番の理由だけど。

「まあ、ルティアは気楽にしていればいいよ。今日の一番の注目は前の二人だろうからね」

「それは確かに……」

ひそりと耳元で囁かれ、私は小さく頷く。ホールへ入るのに順番を待っているのだが、私たちの前にはアリシアとライルがいるのだ。

アリシアとライルの金髪が並んでいると、キラキラしてとても目立つ。私と兄様は茶色い髪なので二人に比べるとかなり控えめだろう。さらに言えば、今日、ライルがアリシアをエスコートして入ると言うことは事前に通達されていない。これはもう百%目立つこと間違いなしだ！

そう思うと少しだけ気が楽になる。二人には悪いけれどね。注目されないということはこういう利点もあるということだ。


「ライル・フィル・ファティシア殿下、アリシア・ファーマン侯爵令嬢、入場でございます！」


ホールの扉が開き、中のざわめきが徐々に大きくなり外まで聞こえてくる。その中をライルにエスコートされたアリシアが進んで行った。顔は見えないが、ライルはきっと顔を引きつらせているに違いない。アリシアは……たぶん、内心でどんなに焦っても表情には出さないだろう。

この辺が令嬢力の高さなのかもしれない。

「さ、ルティア、次は君だよ」

「わ、わかってるわ！」

深呼吸をして、真っ直ぐに前を見る。

侍従が扉を開き、私たちの名前を告げた。

「ロイ・レイル・ファティシア殿下、ルティア・レイル・ファティシア殿下、入場でございます！」

ホールの中にゆっくりと進んで行く。

裾を踏まないように、そして笑顔を忘れずに。しかし、私たちの前に入場したアリシアとライルのインパクトが強いのか、全く視線は感じない。

「これなら大丈夫そうだね」

ひそりと兄様に言われ、私は小さく頷く。これならヘマをせずに済みそうだ。

「ルティア、気を緩めると失敗するよ」

「うっ……」

私の気の緩みを察したのか……またひそりと言われ気を引き締め直す。

そうだ。確かに気を抜くと失敗してしまう！　頭の中で進行予定を思い出し、お父様たちに挨拶をするとワルツを踊るべく、ホールの真ん中に向かう。

アリシアとライルに注ぐ視線。

それを横目で見ながら、私は兄様に手を取られ踊り始めた。

＊＊＊

くるり、くるりとホール中に真っ白な花が咲く。

管弦楽の音に合わせ、みんなが踊る。それはそれは壮観だ。

できることなら周りから眺めていたいけれど、社交界デビューした私がそれをするわけにはいかない。残念なことに。壁の花というのはそう簡単になれないらしい。

一曲目が終わると、今度は相手を変えてまた踊る。ちなみに二曲目はライルとだ。三曲目はシャンテと。お父様とも踊ったし、他の貴族の男の子とも踊った。踊り疲れてそろそろ端へ寄ろうかと考えていた時、兄様と同じぐらいの年齢の人に声をかけられる。

「ルティア王女殿下、ぜひ一曲踊っていただけませんか？」

ライルと同じ金髪だが、瞳の色がアイスグレーだからか、どこか冷たい印象を受けた。しかし断るのも悪いので、私は差し出された手に自分の手を預ける。

またホールの中央に誘導され、くるりくるりと踊りだす。

「受けていただいてありがとうございます」

踊っている時にそう言われ、どう返したものかと一瞬考えてしまった。

いやいや、ここはにこりと笑っておけば平気だろう。なにか変なことを言って後で問題になっても困る。そう思い直し、彼に笑いかけると彼も小さく笑う。作り物めいた笑い方だ。

不意に周りからの視線を感じ、失礼にならない程度に周りに視線を巡らせた。でもアリシアはライルと一緒に端で他の子たちと話をしているし、シャンテと兄様もデビューしたての女の子たちに囲まれているから違う。デビューしたての子やその子たちと同じぐらいの年齢の子はライルやアリシア、それに兄様たちに視線を送っている。となると、残るは大人たち。

でも今日の注目株はライルとアリシアだろう。私ではない。いや、私ではなくもしかして彼に注目が集まっているのか？　チラリと顔を見上げると、彼の服の襟章にトラット帝国の紋章を見つけた。

トラット帝国は、もし未来が変わらなければ私が嫁ぐかもしれない国。襟に紋章をつけていると言うことは、彼は皇族の一人なのだろう。通りで周りから視線を集めるわけだ。

トラット帝国の関係者と私が踊っていればそれは気になるだろう。しかし残念なことに、私はトラット帝国の誰と踊っているのかわからない。失礼を承知で私は相手に話しかける。

「あの……不勉強でごめんなさい。あなたはトラット帝国の皇族の方ですね」

「ええそうです。トラット帝国の第三皇子になります。あなたと同じ三番目……ですね」

「私と同じ……？　でもトラット帝国は実力主義なはず。第三皇子であっても、実力があれば上に立てるのでは？」

以前教わったことをフル回転で思い出し、彼にそう告げてみる。すると彼はまた小さく笑った。さっきとは違う笑い方。今はほんの少しだけ冷たい印象が消える。

「そうですねぇ。ええ、確かに。上に立つ力があれば順番は関係ない。そうやって現皇帝陛下も皇位に就かれましたし」

「そう、なんですね」

くるりと体が回転する。私の回転に合わせるように、彼のマントもなびく。深紅のマントと白いドレス。なんだかちょっと嫌な組み合わせだ。まるで血のようで。だってさっきの話は、皇帝になるのにたくさんの血が流れたといわれたようなもの。

私はうっかり余計なことを言ってしまったのか……？　とらえようによっては、実力があれば上に行ける、は『あなたにそんな力がありますか？』と聞いているようなものかもしれない。しまったな、と考えて視線を彷徨わせる。すると彼はとんでもないことを言い出した。

「ところで……まだ王女殿下には婚約者がいらっしゃらないとか？」

「そうですね。まだ、いませんが？」

「候補もですか？」

「さあ、それはお父様の胸の内にあるのでは？」

何が言いたいのだろう？　同じ三番目だから仲良くしましょう？　とでも言うつもりなのか。それとも同情を買って何かするつもりか。たとえそうだとしても私自身はファティシア王国に影響を与えるほどの力を持ち合わせてはいない。そうなっている。

彼が望むような何かを実行することはできない。

くるり、とまた回り曲が終わる。

お互いにお辞儀をすると、彼がひそりと耳元で囁いた。

「俺と婚約するつもりはありませんか？」

「……私と婚約しても、何のメリットもありませんよ？」

「ありますよ。あなたが嫁いでくれれば、ポーションが手に入る」

もちろんあなたが作ってくれてもいい、と言われる。なるほどそれが理由か。私は彼ににこり笑いかける。

「――――お断りします」

「あなたの待遇は保証しますよ？」

「別に高待遇になりたくて作ってるわけではありません。みんなのために作っているのです」

その中にトラット帝国は入っていない。いや、そりゃもちろん目の前で苦しんでいるのであれば誰だろうと助けるが、それとこれとは別の問題だ。彼は私を手に入れればポーションが手に入ると思っている。ファティシア王国から輸入しようと考えているのだろう。

その考えにイラッとしてしまったのだ。トラット帝国がポーションを手に入れたら……どう考えても、周辺諸国に戦争を仕掛けるに決まっている。

小さな国なら兎も角、ファティシア王国やラステア国、古の魔術を保持し続けているレイラン王国のようなある程度の国力を兼ね備えた国に戦争を仕掛けるのは骨が折れる。

しかしポーションがあれば、一定の兵力が維持でき戦争は続けられるのだ。本当にポーションが欲しければ自分達で作ればいい。それをしないで戦争の為に他国から融通してもらおうとは……

そんな私の胸のうちが透けて見えたのか、彼は苦笑いを浮かべた。

「なるほど。残念ですね」

「私も、残念です。ポーションを戦争の道具にしようとする方がいるとは」

「それだけ魅力的なものですからね」

彼はそう言うと私の手を取り、甲にキスをすると名前も告げずに人混みに紛れてしまった。私はため息を吐きたいのをグッと堪えて、何でもない風を装いバルコニーに向かう。

そして誰もいないことを確認すると、バルコニーの手すりに寄りかかり盛大にため息を吐いた。思い出しても腹が立つ。直接手の甲にキスされていたら、手を洗いに行かねばならなかっただろう。

「どうせなら足を踏んづけてやれば良かったわ！」

そこまで高いヒールではないから大した威力はないかもしれないけど、踏まれたらたぶん痛い。

政治の道具にできそうだからと声をかけてくるなんて、社交界デビューしたばかりのレディに失礼だ。それに、三番目、と知っていたということは誰かが教えたに違いない。もしかしたら私を早々に社交界デビューさせた誰か――――？

「まあ、正しくもあるけどね……」

「なにがだい？」

呟いた言葉に返事が返ってくるとは思わず驚いて顔を上げる。声の方を振り向けばそこにはコンラッド様が正装で立っていた。

確か……予定が合わないから来られないとか言ってなかっただろうか？　だって直接伝えたもの。デビュタントがあることを。そしたらその日は予定があって、ってすごく困った顔で言われた。

だからこの場にいるはずないのだ。

「コンラッド様……？」

「うん。来ちゃった」

「来ちゃったって……え？」

「カッツェに頑張ってもらったんだ」

「えっと……カッツェには、ご褒美をたくさん……あげないと、ですね？」

「うん」

頭が上手く回らず、そう告げるとコンラッド様はクスクスと笑いだす。そして私に向かって手を差し出すと一曲踊ってくれませんか？　と。差し出された手にそっと自分の手を乗せると、コンラッド様はホールには向かわずにそのままバルコニーで踊りだす。

バルコニーにいてもホールの中の音楽は聞こえてくるけど、さっきまでとは全然違って聞こえてくるから不思議だ。

「ああ、足を踏まれてもルティア姫なら軽いから平気だよ？」

「……いつから聞いていたんです？」

「盛大なため息を吐いたあたりからかな？」

それはもう最初からではないか……ジトリと睨むと、コンラッド様はごめんと謝る。まるで小さい子にするような仕草で、からかわれているように感じる。でもさっきまでの嫌な気分がちょっとだけ落ち着いてきた。

「いいんです。ちょっと、その……嫌なことがあっただけなので」

「……もしかして、トラット帝国の皇太子かな？」

「皇太子……？　彼が、ですか？　もう決まりなんですか？」

「上を押し退けて、最近なったみたいだよ。確か名前は……レナルド・マッカファーティ・トラットだったかな。なかなかにやり手らしい」

「名前すら名乗りませんでしたよ。あの人」

ぷくっと頬を膨らませると、それはまた失礼だねと宥めるように言われた。名前すら名乗る価値がないといわれているようで腹が立ってきた。向こうは私を知っているのに！

「わかっているんです。社交界デビューするってことは、そういうこともあるって。王族の一員なら尚更です」

「そうだね」

「でもデビューした日ぐらいは気持ちよく終わりたいじゃないですか！」

「それで良いと思うよ？」

コンラッド様は私の言葉を全肯定していく。甘すぎでは？　そう思ってチラリと顔を見上げれば、いつもの優しい表情で見下ろされていた。思わずムニュムニュっと口元をゆがませてしまう。

「次からは、その……もうちょっと頑張ります」

「ルティア姫はそのままでいいと思うな」

「そんなこと言うのはコンラッド様ぐらいですよ」

「そうかな？」

「そうですよ」

きっと、コンラッド様にとってみれば私は妹のような存在だろう。それでもこうして気にかけてもらえるのは嬉しい。胸の奥が温かくなるのだ。コンラッド様のおかげで、私の社交界デビューは嬉しいような恥ずかしいような、ちょっとだけ不思議な気持ちで終われた。

親達の密談　三（アイザック視点）

ファティシア王国の国王になって今一番深いため息を吐いている自信がある。

私の手元にはトラット帝国からの書簡。中身は愛娘ルティアに関することだった。

「どうしてこんなものが送られてきたと思う？」

ヒラヒラと書簡を手で振りながら宰相のカルバ・ハウンドに意見を求めると、彼はさて、と言いながら肩をすくめる。カルバにとっても、いやルティアを身近に知る殆《ほとん》どの者がこの書簡を見たら嫌な顔をするだろう。

魔術師団長のアマンダ・ロックウェルは今にも燃やしそうな目つきで書簡を見ているし、騎士団長のリカルド・ヒュースも眉間に深いしわが寄っている。

「まさか、姫殿下をトラット帝国にやったりしませんよね？」

「ルティアを……トラットに嫁がせるつもりはない!!」

条件反射のように返せば、アマンダは安心したようにソファーにもたれかかる。

「ですよね。なんせ姫殿下は今やこの国の一番の功労者ですもの!! そんな姫殿下をあろうことかトラット帝国にやろうだなんて……そんなことを提案されたら燃やしてるわ」

「ロックウェル夫人、物騒なことを言わないでください。どこで誰が聞いてるかわからないんですよ？ 言葉は選んでください」

ハウンドの言葉にアマンダが肩をすくめる。俺は苦笑いを浮かべたが、心の中ではアマンダに激しく同意していた。可愛い娘を苦労するとわかってトラットになんぞやれるか!!

「いやあね。別に人だなんて言ってないわよ？」

「それでも、です。余計な揚げ足をとられないようにしてください」

「ま、アマンダの意見は別として……姫殿下を他国の、しかもトラットに渡せば騎士団から突き上げが来るだろうな」

一番初めにポーションの恩恵を受けたのは騎士団だ。ルティアが手ずから作ったものを持って行ったと聞く。小さな姫殿下が作ったポーション。それを喜ばない騎士がいるだろうか？ 特に離職率が高く、頭を悩ませていた第四と第五騎士団はルティアとの関係が良好だ。トラットに嫁に行くなんて聞いたら暴動が起きるかもしれない。

それにポーションも勿論素晴らしい物だが、ファティシア王国にとっての一番は魔力過多の畑を作り出せたことだろう。魔力過多の畑だとファティシア王国で育てづらかった作物も育てることができる。そういった諸々の実験をルティアは繰り返していた。

本人的には趣味なのだろうけど、王族が手ずから作って大丈夫だと太鼓判を押すのだ。それならば、と作り出す農家も増えてくる。そうなると自然と農地面積が増え、働き手が必要になり、食料自給率も右肩上がりに増えていく。

そしてファーマン侯爵領のように季節を通して涼しい場所は、どちらかといえば酪農が盛んだった。しかし、酪農ばかりでは冬場の食料に苦慮する時もある。そんな寒冷地で育てられるのも、魔力過多の畑の強みだろう。牛や馬に与える飼料も自分達で賄《まかな》える。他の領や輸入に頼らず生活できるのはどの領にとっても良いことだ。

余剰分は国が買い取り、ある程度長期保存できるものは備蓄品として保管。それ以外は輸出品として他の国と取引している。もちろん領内で他国と交渉が出来るのであれば、各々許可を与えて輸出できるようにした。

「ルティアのおかげで貧民街の問題も解消されつつある。初級ポーションならば殆どの者が買えるようになったしな。もしもの時は神殿に行けばいい」

「ラステア国とも友好的な関係を築けていますし。わざわざトラット帝国に姫殿下を嫁がせる必要性を感じませんね」

カルバの言葉にその場の全員が頷く。

「一番の問題は、どうして他国のデビュタントに皇太子自ら来たのか、ということね。まだまだ足元は不安定でしょう？」

「そうだな。トラット帝国はプライドがえっらい高いからなあ。皇族、しかも次期皇帝ともなればまず来るはずない。偽物ってことは……ないよな？」

「流石にそれはないでしょう。相手の国に失礼ですし……まあ来たとしても伯爵位ぐらいの者がおざなりな挨拶をするぐらいですかね」

「そうだな。毎回上から目線な挨拶をして帰るよな。あの国の使者は」

レイラン王国のように閉鎖的だったり、ラステア国のように以前戦争をしていた、と呼ばない理由があるのであれば別だが……現状、トラット帝国とはある程度友好な関係を築いている。だからこそ呼ばない、という選択肢がない。残念ながら。本当は呼びたくないが、国同士の関わり合いというのはなかなか難しいものがある。

「そう言えば、リュージュ妃はどうしたんだ？」

いつもならいるはずの、リュージュが側にいないことでリカルドが首を傾げる。私はカルバと視線を合わせて小さくため息を吐いた。

「……今、厄介な方がいらっしゃってるんですよ。リュージュ妃はその相手をされてます」

「厄介な方……？」

「フィルタード侯爵です」

「ゲッ……」

「リカルド、一応相手は侯爵ですからね？」

「まあ、そうなんだけどな……」

カルバに窘められたが、昔から苦手なのだとリカルドは顔をしかめる。わからなくはない。あの狡猾《こうかつ》な老人はいつだってこちらを品定めしている。尤も五年前に息子のダン・フィルタードが侯爵位を引き継いでからは前侯爵はほとんど顔を見せなくなったが。

しかしこのダン・フィルタードはリュージュと同母の兄妹の割に全く似ていない。父親に似てかなりの野心家なのだ。時折、リュージュを訪ねては彼女に色々と注文をつけていた。

彼女がその言葉を聞くことはないのだが、勝手に自分に良いように解釈するのが困りものだ。

不意に、執務室の扉がノックされる。

「陛下！　失礼いたします!!」

返事を待つよりも先に大きな声と共に大股でズカズカと執務室に入ってきたのは、噂の張本人。ダン・フィルタードだった。その後ろから慌てたようにリュージュが部屋に入ってくる。

「……フィルタード侯爵、中からの返事を待たずに入ってくるとは失礼では？」

「ああ、これは失礼！　気が逸《はや》りましてな!!」

カルバにチラリと視線を向けただけで、まるで悪いと思っていない。それどころか私の手を強引に握ってきた。

「おめでとうございます！　陛下!!」

「……何がだ？」

「ルティア姫ですよ！　トラット帝国に嫁がれるのでしょう？」

その言葉を放った瞬間、執務室の温度が一気に下がった。とは後のカルバの台詞だ。

一体誰が嫁ぐだと？　その口を縫いつけてやろうか？　そんな私の心情など気にしたそぶりも見せず、ダン・フィルタードは捲《まく》し立てていく。いや本当に……縫うか？

「いやいや、早々に姫君の嫁ぎ先が決まってよかったではありませんか！　しかもトラット帝国なら相手として不足ない……いや、姫君の方が不足と言われてしまうかもしれませんが」

「兄上！」

「なんだ、リュージュ……事実だろう？　姫君は取り立てて何かに秀でているわけでもなし、継承順位こそ三位というだけだ」

「それでも王族に対してなんて失礼なことを言うのです！」

青ざめた顔でリュージュがそう非難すると、ダン・フィルタードは肩をすくめてみせた。事実を言っているのに、とでもいうように。そろそろ殴りつけてもいいだろうか？

「――――フィルタード侯爵、一体どこでその話を聞いたんだ？」

「え？」

握られていた手を振りほどき、真顔で相手を睨みつける。もしも視線で人を殺めることができるなら今正しく、奴は死んでいただろう。そこでようやく、部屋の中の空気がおかしいことに気が付いたようだ。今更遅いが。

「そ、それは……我が家にもトラット帝国とはツテがありますし……」

「なるほど？　トラット帝国は決まってもいない話をベラベラと話して回っていると？」

「そういうわけでは……」

たじろぐ奴に対して、私は執務机を爪で弾く。そして微笑んでやった。奴はつられるように、口角を上げる。

「ルティアをトラット帝国へ嫁がせるつもりはない。侯爵のご友人にもそう伝えるといい」

「な、なぜです！　こんなに良い話はありませんよ!?」

「トラット帝国がどんな国かわかっていて言っているのか？」

「それは……しかし、この大陸で一番強大な力のある国です」

「その国がルティアを盾にポーションをよこせと言ってきたらどうする？」

「そんなことは……」

「絶対にないと言い切れるか？　あの好戦的な国が？」

私の言葉に唇を噛み締め悔しそうな表情を見せた。どうやらルティアを早々社交界デビューさせたがった『元』はここで間違いないようだ。ルティアの功績をライルのものだと言いふらしている時点で察してはいたが……邪魔なら嫁がせてしまえとは安易もいいところ。

ルティアの魔力量、そして知識をトラット帝国に奪われるということがどういうことか理解すらできないのだろう。フィルタード派の中では未だにルティアは三番目の何もできないお姫様らしい。

「しかしですね、トラット帝国と友好関係を結ぶことは良いことだと……」

「娘の命と引き換えに結ばれる条約などなんの意味がある？　そんなに友好関係が結びたいのであれば侯爵の娘を嫁がせるべきでは？」

「いや、うちの娘はまだ幼いので……」

「幼くとも、婚約はできるだろう？　それこそ歳の差なんて、という話だ。それに幼いうちの方があちらに馴染むのも早いんじゃないか？」

私の言葉に奴が睨みつけてくる。しかし間違ったことは言っていない。お前が娘を大事だと思うように、私も娘が大事だ。

私達の睨み合いに終止符を打ったのはリュージュだった。彼女は私に向かって頭を下げる。

「陛下、兄が大変無礼な物言いを致しましたこと誠に申し訳ございません」

「リュージュ！」

「兄上、これ以上無礼な振る舞いをする前にどうぞお引き取りを！」

リュージュが奴を睨みつけ、私もそれにのりお客様のお帰りだと近衛騎士達に奴を部屋の外に出すように言いつけた。

近衛騎士達に促され、ダン・フィルタードが部屋から去った後――

その場の誰もが深いため息を吐く。

「陛下、本当に申し訳ございません」

「リュージュ、君のせいではないよ」

「いいえ、兄を止められなかったのは私の責任です」

「アレを止めるのは骨が折れるわ」

「まるで暴走した馬みたいだな」

まさか本人も馬と言われているとは思わないだろうが、リカルドの言葉にその場にいた全員が噴きだす。

「馬ね、まあ……暴れ馬の方がまだマシな気はしますが」

「そうねえ」

「それよりも、姫殿下のことをトラット帝国に売ったのは確実に奴だろ？」

「噂スズメだけじゃ飽き足らず、余計なことをしてくれたものです」

私達はトラット帝国の書簡に目をやりつつ、これからどうするべきかと話し合う。このまま断るにしても断る理由を諸々考えねばならないのだ。ただ断る、だけだときっと難癖をつけてくるに違いない。

「はあ……早く、国を落ち着かせたいものだな」

「そのためには努力しかありません」

カルバの言うことはもっともだが、これがなかなか骨が折れる作業なのだ。

「そうだ。トラット帝国に嫁がせないのはわかるんだけど、ラステア国はどうなの？」

アマンダの言葉に私の動きがピタリと止まる。それを気にする素振りもなく、アマンダとリュージュが話しだした。いや待て、今度はラステア⁉

「ルティア姫もだいぶ懐いてらっしゃる方でしょう？」

「ええ、そうよ。ラステアのコンラッド様！」

あの方なら良いんじゃないかしら？　とアマンダが言うと、リュージュもとても誠実そうな方ですものねと微笑む。確かに誠実そうでしっかりした若者だとは思う。思うが……

「……歳が、離れすぎてないか？」

私がなんとか絞り出した言葉に、アマンダとリュージュはそれぐらいで丁度良いと告げた。

「ルティア姫の突発的な行動に振り回されることもないでしょうし」

「それになんと言っても婿入りが可能ですしね！」

王弟ではあるが、コンラッド殿下の立場は既に王位から遠ざかっている。本人にその気がないのもあるが、ランカナ女王は健在であり、王太子も既に結婚し子供もできた。安泰という以外ない。

そして一番はランカナ女王が乗り気なことだ。いつでも婿入りさせるのでもらってほしいと言われている。その事実を記憶のかなたに追いやっていたのに、二人のおかげで思い出してしまった。

トラット帝国との関係よりも、今現在とても友好的なラステア国とファティシア王国の更なる友好の架け橋となるにはもってこいなのはわかる。政治的な観点からも、本人達の仲の良さからも理解できるが、それと納得できるかは別問題だ。

「ルティアは……まだ、幼い」

「陛下、娘はいつか嫁に行くものですよ？　ずっとは手元に置いておけませんわ」

「まだ手元に置いておきたいんだっっ!!」

「うちも……娘が産まれたけど、将来夫と息子がこうなったらどうしましょう」

アマンダのため息に私を除いたみんなが笑うが、君は一人だが、うちは二人目の女の子もいるんだからな!!　と心の中で叫んだ。

いつまでも娘を側に置いておきたいのは男親のワガママなのだろう。

悪役令嬢が語る一部と二部

デビュタントをなんとか無事に乗り越え――カレッジでの生活にまた戻った頃。突然降って湧いた噂話がある。

『トラット帝国の皇太子の目に留まり、姫殿下が婚約をするようだ』と。

この話の出所はわかっている。私とアリシア、そしてシャンテと同じ学年に在籍しているフィルタード侯爵家の長男エスト・フィルタードだ。まあ、本人に聞いたら否定はするのだろうけど……他からこの話が出るはずがない。なんせ知っているのはトラット帝国から書簡を受け取ったお父様とリュージュ様、ハウンド宰相、ヒュース騎士団長、ロックウェル魔術師団長とその子供たちぐらいだからだ。

この噂が出てすぐにカーバニル先生に呼び出され、真相を聞かれたのでその時に教えたけど……それ以外で知っているのは、お父様の執務室に直接乗り込んできたフィルタード侯爵。お父様がその場で嫁がせないと宣言したらしいが、それでも噂を流したのにはそれなりに理由があるのだろう。フィルタード派からすれば役に立たない私をトラット帝国へ嫁がせれば、今よりも友好関係を結べる。それなのに断るなんて有り得ない、と言ったところか？

教室内でもチラリチラリと貴族令嬢たちが視線を向けてくる。堂々と聞いてくれればその場で否定してあげるのに、なぜかみんな聞いてこないのだ！　気になるなら聞いてよ!!

「はあ、何だか珍獣にでもなった気分……」

「ルティア様……」

一緒にいたアリシアが困った表情を浮かべている。彼女のことだから、内心ではきっとゲームの強制力が……!!　と思っているに違いない。生憎と、そんな強制力に自分の人生を任せる気はないので、この噂をどう払拭すべきか考えねばいけないだろう。それにアリシアを安心させてあげたい。そんなの関係ないわよって。私たちは自分の手で未来を作るのだから。

それにしても噂をどうするか、だ。放置して消えてくれればいいが、あることないこと言われるのは癪に障る。どうすれば噂話が消えるだろうか？　一番簡単なのは公式に私に婚約者ができることだろうけど、現時点で相手がいないのでそれは無理。流石に一人一人に訂正して回るわけにもいかないし。掲示板に張り出すなんてこともしたくない。なんかそれってすごく間抜けな感じだもの。

「ルティア様、そろそろ移動しないと経済学の授業に間に合いませんよ？」

噂なんて気にすることなく話しかけてきたのはシャンテだ。彼はそもそも噂の類を信じてはいない。というより、真っ先に『こういう話が出てたので否定しておきました』と言ってきた。本人には聞けないから、とわざわざシャンテに聞きに来た人がいるようだ。そんなことするなら私に直接聞いてよ。ちゃんと否定するから。

「……みんながシャンテみたいならいいのに」

「は？」

「だってちゃんと聞いてくれるもの」

「ああ、噂ですか？」

「そうよ。みんな気になるくせに聞いてこないんだもの」

「僕はそもそも嘘だとわかっていましたし。本当だったら母が陛下のもとに乗り込んで大暴れしてますよ」

「その判断基準もどうなのかと思うけど、否定できないところが魔術師団長って感じね」

「でしょう？」

そういってシャンテは肩を竦める。昔に比べればシャンテも魔術師団長との間の蟠《わだかま》りはなくなってきたように見える。妹さんもできて家族団らんの機会も増えたらしい。素敵なことよね。

シャンテは本当はライルの側近候補、となるのだけど一人だけ年が上なせいでカレッジに入学してからは三人でいることが増えた。個人的にとても助かっている。カレッジで私が一番上のクラスにいられるのはアリシアとシャンテのおかげなのだから！

二人ともすごく勉強ができて、カレッジに入学する前から、私の頭に知識を叩き込んでくれた。カレッジのクラス分けは学力順になるから……一人だけ別のクラスになったら寂しいもの。それに別のクラスってちょっと行き来しづらいし。

そんな私を見たからか、ライルとリーンも今必死に勉強している。勉強するより、剣術や畑仕事をしていたいとこぼしていたけれど。

私はパチンと両手で頬を叩くと、経済学の教科書とノートを持って立ち上がった。

「さ、二人とも行きましょう！　勉強勉強！　これが終われば週末だもの!!」

「予習復習も忘れないでくださいよ？」

「うっ……だ、大丈夫よ！　……たぶん」

「週明けは小テストが多いですからね！　ルティア様、頑張りましょう？」

「……はい」

アリシアの言葉に大人しく頷き、教室を移動するために廊下にでる。

するとやはりチラチラとこちらを窺う視線があった。この程度で怒ったりはしないけど、噂が消えるまでずーっと続くのかと思うと気が滅入る。

噂を簡単に消す方法はないか？　そんなことを考えていると、前方からエスト・フィルタードが歩いてきた。元凶め！　と内心で思いつつも、私は素知らぬ顔で通り過ぎようとした。私からわざわざ声をかける必要はないしね。

するとわざわざ呼び止めてきたのだ。

「ごきげんよう、姫殿下。学園での生活はどうですか？」

「──ごきげんよう、フィルタード卿。特に変わりはありませんね」

「そうですか？　最近、姫殿下のおめでたい話題を耳にしたのですが……」

「あら、一体何かしら？　特に何もないけれど……？」

わざとらしいと思いつつ、何もないと告げるとエストはニコニコと笑いながら婚約されたのでしょう？　と聞いてきたのだ。その一言に周りのざわめきが大きくなる。思わず貴方がそんな噂を広げるからでしょ！　と叫びそうになったが、これは使えるかも！　と思い直す。

私はにこりと笑い、彼に聞き返した。

「一体誰に聞かれたのかしら？」

「みんな噂してますよ。大変おめでたいことです」

「そうなの。でも生憎と、私に婚約者はいないしそんな話も出ていないわね。そんなおめでたい話ならお父様から一言あるはずだもの」

スッパリと切り捨てると、周りにいた子たちがヒソヒソと話しだす。これでまた噂が広まることだろう。どうだ！　と彼を見返すが彼は笑顔を崩さない。

「この間のデビュタントで皇太子殿下と踊られていたので、両国間の友好関係を築くために話が出ているると聞いていたのですが……？」

「あれはたまたまです。たった一度踊っただけでそんな話が出るなんて……皇太子殿下にも失礼よ？　それに、私以外に踊った方だっていたと思うけど？」

誘われたので踊っただけ。噂をこれ以上広げるのは相手にも失礼だぞ、と意味を込めて言ったのだがエストはなぜか小さくため息を吐く。まるで私がワガママを言って困らせているかのように。

口元がヒクつきかけた時、アリシアが私の制服の袖をツンと引っ張った。

「……ルティア様、急がないと次の授業に遅れますよ」

「あ……ええ、そうね。急ぎましょう」

アリシアとシャンテと共にエストの横を通り抜ける。その時の彼はまるで獲物を狙う蛇のような、鋭くて嫌な目をしていた。

＊＊＊

授業を終えて王城に戻る。外泊届を出せば比較的自由に自分の家に戻れるのだ。尤も、タウンハウスを王都に持たない貴族階級の子は長期休暇以外で外泊届を出すのには色々と制約がある。外で遊び惚けて問題を起こしたら困るからだ。各家庭から子供を預かっているわけだしね。これればかりは仕方がない。

自分の宮に戻るとすぐさま着替え、私は自分の畑へ向かった。今日はアリシアも一緒だ。もちろん着替えは私の宮に用意してあるので問題ない。

パジャマパーティーだってできてしまうのだ！

アリシアとリーナと一緒に畑に着くと、ベルがいつものほんわかとした笑顔で迎え入れてくれる。

「ベル、いつもご苦労さま！」

「ルティア様、お待ちしておりました」

「この間、ラステアからもらった苗はどうかしら？」

「スクスクと育っていますよ。エダマメ……でしたか？　あれも収穫できそうです」

「枝豆収穫できるんですか!!」

「ええ、実がほどよく詰まってますよ」

ベルの言葉にアリシアがやったーと両手をあげる。普段の彼女からは見られない所作だが、よほど嬉しいのだろう。アリシアが言うには元の世界にあった食べ物と、ラステアの食べ物は似通っているらしい。最近では率先して畑の世話を手伝ってくれていた。

「これで『わーしょく』と言うのが食べられるの？」

「ルティア様、和食です！　わ・しょ・く！」

「わーしょく？」

「和食」

「ワショク？」

「そうです！　これは始まりです!!　もちろんファティシア王国の食事も大変美味しいのですが、和食……心の友よ!!」

エダマメ畑の中心で万歳をしているアリシアを見て、ベルがぽつりと呟く。

「……アリシア様は、ワショクというのがよほど好きなんですねえ」

「そうねえ……ワショクのためならミミーも平気みたい」

アリシアと一緒に収穫してくるわね、と言うと調理器具を用意しておきますね、と言ってベルはリーナと一緒に小屋に向かった。私はアリシアのもとに向かうと彼女に軍手を差し出す。

「ほら、アリシア。手が荒れちゃうわよ」

「ありがとうございます！」

「それで、全部収穫してしまうの？」

「いいえ、今日は三束だけにします」

そう言ってこれとこれとこれです、とエダマメ畑を指さした。でもそれ以外にも収穫できそうな、ぷっくりとした豆の入ったサヤがたくさん生っている。

「それだけでいいの？　みんな収穫できそうだけど……」

「いいんです。このまま茶色くなるまで置いておくんです」

「実がダメにならない？」

「いいえ。大豆が未成熟な状態で収穫すると枝豆になるんです」

アリシアが言うにはダイズと言うのはエダマメが熟した状態で、緑色の時はまだ未成熟なままらしい。でも未成熟でも茹でて食べると美味しいのだとか……何とも不思議な植物だ。

ラステアでは未成熟のまま食べるらしく、アリシアのダイズを発酵？　させてミーソとかショーユーとかを造ると言う話にコンラッド様も興味津々だった。そのため、エダマメ畑は他の作物よりも広く作られている。その畑を見ながら、私は疑問に思っていたことをアリシアに確認した。

「……ねえ、アリシア」

「なんでしょう?」

「トラット帝国に嫁ぐって話があったじゃない?」

「……はい」

「アレって国力が弱まった時に、向こうがちょっかいをかけてきたから行くことになったのよね?」

「そう、ですね……かなり政治的な意味合いが強かったかと」

「そうよねえ……」

ということは、今の時点で私に対してトラット帝国から話が来るのはおかしい。だって国力は下がるどころか、今のところは上昇傾向だ。疫病が流行り、国内の情勢が不安定になるなら別だけれど、まだその兆候もない。ならどうしてトラット帝国はあんな話を持ってきたのだろう?

デビュタントの時もそうだ。

何があの皇太子の琴線に触れたのか? 全くもって謎だらけだ。情報不足といってもいい。でもアリシアが知っている話の中では今の私たちの状態は全く出てきていない。ヒロインが出てきた時にサラッと語られるだけらしいのだ。

まあ物語の本筋と関係ない部分が明かされないのはよくある話。物語の中ではそれでもいいけど、現実問題として謎が多すぎるのは困りものだ。

単純に、ポーション諸々をライルの功績にしたいから、とか? その為には邪魔な私がいない方が良い。いやフィルタード派からすればそもそも役に立たない三番目の認識のままかも? それな

らトラット帝国から皇太子が訪ねてきたから丁度良く売り飛ばそう的な⁇

うんうんと考え込んでいるとアリシアが小さく手をあげ、私の思考にストップをかけた。

「そのーですね……」

「なあに？」

「たぶん、ルティア様の行動が、一部と二部の攻略対象が同時に現れるきっかけになったのかもしれません」

「一部と二部……？　一部は、ライルの話よね？」

「ええそうです。でも続編があると言いましたよね？」

「そうね。前に言っていたわね」

「続編はラステアですけど……もしかしたらトラット帝国も関係あるのかもしれません」


これは仮定の話だ、と前置きをしてアリシアは話しだす。


ファティシア王国の聖なる乙女が誰とも結ばれずに話が終わる。すると続編の攻略対象たちの話になっていく。攻略対象はラステア国の次期国王であるウィズ殿下を中心に、その周りにいるイケメンであろうとアリシアは語った。

「イケメン？」

「えーっと、とても容姿の整った男性のことです」

「ふーん……で、そのイケメンを攻略すると？」

「ええ、でも普通は聖なる乙女が簡単に他国に赴くことはありませんよね？」

「そうね。疫病がまだ流行っているなら聖なる乙女としてみんなを助ける必要があるもの」

「もしも、ですよ？　トラット帝国がファティシアにちょっかいをかけてきたらどうなります？」

「私が嫁いでも止まらなかったら、ってことね……？」

私の言葉にアリシアは頷いた。

もし、もしも、トラット帝国が友好の証として嫁がせた私を無視して、ファティシアに侵攻してきたら……いや、それよりも疫病を治せる聖なる乙女がいるのだ。奪いたいと思っても不思議ではない。でも国力が低下したファティシアにトラット帝国と戦うだけの力はないだろう。そうなるとトラット帝国と戦って勝ったことのあるラステア国に助けを求めるのではなかろうか？

そう考えた時、なるほどこれが原因で続編になるのか——と納得した。

「続編で聖なる乙女がウィズ殿下の目を治す予定だったのかもしれません」

アリシアの言葉に私は頷く。ウィズ殿下の目は呪いのようなものだと言っていた。あの時はまだ片目だけだったが、その状態がずーっと続いていたら……？　きっとポーションだけでも治すことはできなくて、ずっと苦しんだままだったかもしれない。

「呪いの原因はよくわからないけど、あの時は左目を中心に黒くなっていた。それがずーっとそのままってことよね？　もしかしたら体中に広まる可能性もあったのかな？」

「それを聖なる乙女が治せたら……トラット帝国から守ってくれそうですよね？」

「そうかも……」

ウィズ殿下は次の国王だ。彼が長年患っていた呪いから解放されるのであれば、きっと助けてくれるだろう。それにラステア国は一度懐に入れた人にとても優しい。

「……そうなると、サリュー様はどうなってしまうのかしら？」

「たぶんですが……続編の悪役令嬢がその方なのでは？」

「でももうすでに結婚して子供までいるのよ？」

「それはルティア様のせいですよね？」

私のせいだと言われて思わず首を傾げる。

「ルティア様が、二人の間のわだかまりを解いてしまったから、早々に結婚してお子様も生まれたんだと思います」

「そんなつもりはなかったんだけど……」

アレはまさに偶然の産物だ。あの場にウィズ殿下が来るなんてサリュー様だって思っていなかっただろう。お互いに思い合っているのになかなか素直になれないサリュー様と、呪いが原因で嫌われてしまったと思っていたウィズ殿下。

あの時、あの場に二人が揃わなかったら……今も気持ちがすれ違っていたかもしれない。思い合っている二人が結ばれて私的にはとても満足しているけどね。

「偶然でも何でも、本来思い合ってる人たちがくっつくのは良いことだと思います」

「そうね。ラステア国は一夫一婦制で側妃を置く慣習はないから、もしもヒロインがウィズ殿下を好きになってたら大変だったわ」

「あー私でも処刑ですから、たぶん処刑して新しく妃にするとかそんな可能性もなきにしもあらずですよ……」

「ゲームという割に、簡単に殺してしまうのね」

「うーん……乙女ゲームだからですかね。ヒロインに都合の良いようにできているとしか」

「ヒロインに都合良くねぇ」

そんな世界は御免被りたいが、ゲームだからこそヒロインをいじめた相手が没落したり、命を失うのも容認されるのだろう。ただ一つ言えるのは、アリシアのゲームの話と私たちが生きている世界は似て異なる。シナリオの強制力とアリシアは言うけれど、たかだかゲームのシナリオにこの世界で起こる細かなことまで書いてあるわけがない。

ゲームはあくまでゲーム。都合の良いところしか設定されていないはず。

つまり設定にたくさんの穴がある。ラステア国のウィズ殿下とサリュー様が良い例だ。彼らはボタンを掛け違っただけ。それを正すには互いが素直になること。それが直ったからこそ、今は幸せに暮らしている。

そんな穴がそこかしこにあるのではなかろうか？　ふと、あることに気が付いた。お父様たちがこれまで手掛けてきた色々なことは完全にゲームの中にはなかったこと。それらは、聖なる乙女を必要としないのでは……？

「ねえ、アリシア。もしもヒロインに記憶がないとするじゃない？　その場合はシナリオ通りにならない可能性の方が高い気がするんだけど」

私の言葉にアリシアはキョトンとした顔をした。

「それは、なぜでしょう？」

「ポーションのおかげで、聖属性がそこまで必要とされてないでしょう？　もちろんあれば神殿で乙女や守護者として重宝されるけど」

「そうですね」

「ゲームの始まりは疲弊したファティシア国を救うのが目的なのよね？」

「はい。謎を解きつつ、国を助けて恋愛もして～というゲームですから」

「今のところ、疫病が流行る兆候はないし、食料自給率も右肩上がり。ラステア国とはゲームの始まりと違ってかなり友好関係を築けている。聖なる乙女の候補としてアカデミーに来てもそこまで重要視されることはないと思うの」

指折り数えて変更点を上げていく。楽観的に考えるのであれば、今の状態が続くならアリシアのいうシナリオとかけ離れたゲームの開始になるはず。ゲームのヒロインは聖なる乙女の候補として、疲弊した国を救うために重要視されていた。だからこそ王族であるライルや、彼の側近候補のジル、シャンテ、リーンが周りにいたのだろう。

「そもそも聖なる乙女や守護者って……聖属性を持っていればみんなそうなのよねぇ」

「えっ⁉」

「知らなかった？」

「し、知りません。候補ってあったので、聖属性の中でも特別力の強い人がなるのかと……」

「神殿に配属される聖属性はみんな乙女とか守護者って昔は呼ばれていたの。でも流石に歳をとってまでも乙女とか呼ばれると恥ずかしいじゃない？」

だから神官と呼ばれるようになったのだ、と言うとイメージがガラガラ崩れましたと言われてしまう。そもそも国を作った時に手を貸してくれた『聖なる乙女』が正しい意味での『聖なる乙女』

であって、その後の人たちは乙女に倣ったに過ぎない。アカデミーに聖なる乙女や守護者の『候補』が通うのは、神官になった時に困らないように配慮されているからだ。

正しい知識を持たねば、うっかり騙されて神殿から攫われる可能性もある。それを見越して学ばせているわけだ。聖属性の力を独り占めしようと考える人は稀にいるからね。

「でもそれは今の状態だから言えるんだけどね」

「今の状態だから……ということは、もしも国が傾いている時は？」

「聖属性でも特別強い力を持っていれば国を救った『乙女』の再来と思われるんじゃないかしら？」

「つまり……時と場合による？」

「そう。時と場合によるの」

何もない状態だから、乙女も守護者もなることを選ぶことができる。だがもしも国が傾いていたら？　候補になった子たちは皆、神殿で一生を終えることを強制されたかもしれない。下手すれば結婚相手の強要とか、子供を強制的に産ませたりとか、非人道的なことをさせられたかも。

「魔力過多の畑を発見できて本当に良かったと思うわ」

「国が豊かなのって本当に大事なんですね……」

「そうよ。みんながお腹いっぱい食べられて、夜は屋根のある場所でゆっくり休める。アリシアが元いた世界だと当たり前にあった光景は、この世界ではかなり難しいの。でもみんなにそうなってほしいと思ってる」

そう告げると、アリシアは小さく頷く。

「――――姫様、アリシア様、調理道具の用意ができましたが」

リーナの言葉にパッとアリシアが顔を上げる。今日見た中で一番いい笑顔だ。私は今にも踊りだしそうなアリシアと一緒に収穫したエダマメを持って四阿《あずまや》へと向かった。

＊＊＊

「では！　エダマメを調理したいと思います!!」

準備されていたエプロンを身に着けてアリシアはとても張り切っている。私はというと、実験はしても調理はそうすることはない。ユリアナからナイフの扱い方を教えてもらっているけど、残念ながら披露する機会は今のところない。だからエダマメを調理するのはとても楽しみだ。

「枝豆を枝から取るときは、くっついてるサヤの部分を少し切ってください」

三日月のようなサヤの先っちょを切るのだと言って、ハサミでチョン、チョンと切りだす。私もアリシアに教わった通りに切っていく。少しするとザルにいっぱいのエダマメが取れた。

それを洗ってから塩で揉む。揉んだ後はフライパンに沸かしたお湯をコップ一杯分入れ、フライパンにエダマメを広げる。更に塩を足して蓋をした。

「こんなに水分が少なくて平気なの？」

「ええ、蒸し焼きにするので。その方が調理時間が短く済むんですよ」

「へぇ……」

蓋をされたフライパンの中はもちろん見えない。それでも私とアリシアはフライパンに張り付いて出来上がるのを待つ。コンロにかけられてから十分ほど経っただろうか？　アリシアが蓋をあけると、水分はほとんどなくなっていた。そしてエダマメのサヤがぱっくりと開いてる。

「これは出来上がると開くの？　でも開いてないのもあるわ」

「開いてなくても大丈夫ですよ。試しに一つ食べてみて、柔らかくなってれば平気です」

アリシアはトングでエダマメを一つ摘むと、ふーふー息を吹きかけて中から実を取りだす。その時のアリシアの表情は運命の人にでも出会えたかのようだ。

「ああ……ようやく出会えた枝豆ちゃん……!!　あー!!　美味しい……ビール欲しい……」

「びーる？」

聞きなれない言葉に首を傾げる。するとアリシアがちょっとバツの悪そうな顔をした。

「あ、えっと……麦酒です」

「貴女まだ飲んではダメでしょう？」

「気分です。気分」

いくら社交界デビューしたとはいえ、実際にお酒が飲めるようになるのは成人してから。ジトリとアリシアを睨むと、飲んでません。飲んでませんよ！　と顔を左右に振った。

あまりにも否定するので逆にあやしく見えてしまう。そんな私の視線を振り切るようにエダマメをザルに開けてから器に盛り始めた。

「さ！　食べましょう!!」

ささ、遠慮なく！　といって私とベルの前に器を差し出した。ベルはおずおずと器からエダマメをとり、手のひらにのせてジッと観察している。

「ラステア国ではこうして食べているんでしたっけ？」

「そうみたい。お酒のおつまみなのですって」

まあだから、アリシアの麦酒を飲みたいは間違いではないけど。ちらっとアリシアを見ると、アリシアは美味しいー！　と言いながらパクパクとエダマメを食べ進めていた。

私も手のひらに豆を取りだし、口の中に放り込む。

「塩気がちょうど良いわ。美味しい！」

「ああ、これはホクリとしてますね。確かにおつまみかもしれません」

「主食で食べるにはちょっと大変ね」

ザルいっぱいにしないとお腹が膨れないかも、とベルと笑い合う。するとオモチと言うのがあれば、エダマメを潰して絡めてズンダーモチと言うのになりますよとアリシアが教えてくれた。またしても不思議な料理名だ。

「オモチって食べたことあるわ。ラステア国で街を散策した時に屋台で売ってたの」

「どんなものでしたか？　つきたてとかありました!?」

アリシアに聞かれて、私は食べたことのあるオモチを指で数えながら教える。どれも美味しかったが、そのまま食べたりはなかったような？

「えーっと……揚げて甘く味付けしたのとか、中にアンコ？　と言って甘い餡が入ってるのとか……甘いスープの中に入ってたりとか！　デザートが多かったわね」

「どれも美味しそうですね……いいなぁ私も行ってみたい」

「今はラステア国との交流の一環で留学制度もあるから行こうと思ったら行けるんじゃない？」

アリシアの成績は非常に良い。貴族令嬢としてどこにだしても文句のない振る舞いをできるのだから、ファーマン侯爵から許可が出るなら行けるだろう。ただ侯爵が許可を出すかはわからない。

ものすごーくアリシアを溺愛してるもの。離れたくないからダメって言われる可能性はある。

でも当のアリシアは既にラステア国に留学する気満々だ。アレも、コレも、と何事か呟いている。

「私、その時までに醤油を完成させます……あときな粉も作らなくちゃ……」

「ショーユーとキナコ？」

「どちらも大豆があればできるんですよ！　ただ発酵作業があるのでそこはお父様に相談しなければダメなんですけどね……私の知識だけでは発酵に適した魔術式がわからないので」

真剣な表情のアリシアに私も嬉しくなる。色々できるということは、新しい料理が増えるということだ。でもそんなに色々作りたいのであれば、今のエダマメの量で足りるのだろうか？　サヤから出してしまうと、豆は小指の先ほどのサイズしかない。これだと量が足りないのでは？

「アリシア、エダマメ……足りる？」

「大丈夫です!!　足りない時はうちの庭に作ります!!」

「それは……見た目的にどうなのかしら？」

侯爵家の庭園に突如として現れるエダマメ畑。アリシアに甘い侯爵も渋い顔をしそうだ。

「もうそろそろ、別の畑も収穫できますし……収穫し終わったらまたエダマメを植えますか？」

「そうね。それがいいかも」

ベルの提案に頷くと、アリシアが私の手をガシリと握る。

「ありがとうございます!!!!」

「新しい調理法は気になるもの。安定して作れるなら新しい産業になるから大歓迎よ」

「私の知識で良ければ使ってください!!　和食をファティシア国に広めましょう!!」

トラット帝国の皇太子との婚約話が出てから、少し落ち込み気味だったアリシアのテンションが上向きになったようだ。やることが多ければシナリオの強制力が……と悩むこともないだろうし、彼女の性格を考えればこの方が良いのかもしれない。

「そうね。楽しみにしてるわ」

そう返事をするとアリシアも力強く頷いた。

しかし次の瞬間、彼女の顔色がサッと青ざめる。

「――――随分と、面白いことをしているな」

その言葉に振り向くと、いてはいけない人物がそこに立っていた。

モブ王女、皇太子と対峙する

一体全体なんだってこんなところにいるのだろうか――――!?

ライルやリュージュ妃の髪色が黄色味の強いバターブロンドと呼ばれるものなら、彼の髪色はプラチナブロンドになるだろうか？　淡い、透けるような金髪は瞳の色がとても目立つ。

とても冷たい、アイスグレーの瞳。

その瞳が私を愉快そうに見ていた。

「……レナルド・マッカファーティ・トラット皇太子殿下とお見受けします。一体この場に何用でしょうか？」

アリシアたちを隠すように前に立って私は彼に問いかけた。残念なことにこの場で彼と対等に話せるのは私ぐらいなのだ。正直言って相手なんてしたくない。だって婚約を断った相手なのだから。

そんな私の心境なんてお構いなしに彼は興味深そうに畑を見回し、そのまま四阿に近づいてくる。

おかしい。どうやってたった一人でここまで来たのか？　本来なら側にいるであろう侍従も侍女も誰一人として伴っていない。自分の国ならいざ知らず、他国でこの振る舞いは失礼に当たる。

私ですらラステア国を自由に歩き回ったりしないのに!!

「皇太子殿下？」

なにも答えない彼にもう一度呼びかける。しかし、彼は答えることなく私の側まで来ると、テーブルの上のエダマメを手に取った。

「これはどうやって食べるんだ？」

「中の実を取り出して実だけ食べます」

そう教えると彼は躊躇《ちゅうちょ》することなく中身を取り出して口に放り込んだ。突然の行動にギョッとする。そりゃあ食べられない物なんて置いてないけど、だからといって躊躇なく食べるとは思わないじゃないか！

「……ふーん面白い味だな」

「皇太子殿下、質問に答えていただいていないのですが？」

「ああ、うちの連中が色々と話をしている間、暇だったからな」

「なるほど。トラット帝国では客人は勝手に出歩いてよろしいんですね？」

暇だからなんだというのだ！　何か用があって来ているのなら、大人しく貴賓室で待っていれば良いのに!!　私が言い返したのが珍しかったのか、彼はキョトンとした顔をする。そして少ししてから笑いだした。

そこまで笑うことだろうか？　訝しげな視線をおくれば、彼は手をあげ小さく謝る。

「はははは!!　確かに！　これは俺が悪かった。今まで滅した国にしか行っていなかったからな。特に考えもせず出歩いていたが、ファティシアでは失礼に当たるな」

「お客様を一人で出歩かせたとあっては、侍従たちが今頃城で青ざめているに違いありません。どうぞお戻りください」

「……一人で戻れと？」

アイスグレーの瞳が細められ私を見ている。どう見てもからかっている目だ。でもこのままここにいてもらっても困る。一癖も二癖もありそうな人を相手にできるほど私は気が長くない。

わざとらしい笑みを浮かべ、ポケットから笛を取り出す。

「すぐに迎えを呼びます」

ピュイッと笛を鳴らす。これは魔鳥用の笛なので王城から多少離れている場所でも聞こえるらしい。するとと音を聞きつけたクアドがやってきた。

私はクアドに手紙を持たせると、お父様のところへ向かうように伝える。

「それは魔鳥か？」

「ええ、でも大人しいですよ。慣らしてますので」

「普通の姫君は畑仕事もしないし、魔鳥なんて見たこともないだろうな」

自分のことを棚に上げて普通を語らないでほしい。でもきっと彼の周りにいる姫君はそうなのだろう。大人しく、逆らわず、身の回りのことは全て侍女や侍従がやる。自分ですることなんてきっとほとんどないのだ。

それはそれで正しいお姫様かもしれない。私とは違う、というだけ。否定も肯定もしない。本人がそれで良いと思えば良いのでは？　と思っている。

「……普通とは、なんでしょう？」

「ん？」

「普通とは大多数の人がそうである、というだけのことですよね。それに、国が変われば習慣も料理も変わります。私のような者が普通の国もあるかもしれませんよ？」

「なるほど。そういった考え方もあるな」

自分だってフラフラ出歩いてるじゃないか。人のことを言えないだろ！　と思いつつも、迎えが来るまでは彼をそのまま放置することもできない。

何かあったら困るのでベルに小屋に戻るように言い、リーナにお茶を出させる。彼は特に気にすることもなく、四阿に備え付けの椅子に座った。彼の言う普通、からすれば王侯貴族が畑の中にある四阿で寛《くつろ》ぐことなんてないだろう。

そう考えると彼もまた彼の言う普通からは逸脱しているように見えた。

特に、彼の国では皇族の権威が強い。

軍事国家であるから仕方がないのかもしれないが、皇帝の言葉が全て。皇帝がカラスを白と言えば白くなる。そのぐらいに、独裁的な国家なのだ。

なのでその地位に就く者は血生臭い話が絶えない。彼もまたその一人だった。

第三皇子でありながら、皇太子になった人。

有能ではあるのだろうが、その分、命も狙われやすかろう。だからこそ一人で出歩くなんて無謀なことはしないでほしい。何かあったらうちの国の責任になる。そしてそれを口実に攻めてくるぐらい平気でしそうなのだ。

しかしそんなこちらの心の内を知ってか、知っていても無視しているのか毒見がなくても平気で紅茶に口はつけるし、エダマメも食べる。こっちの胃がキリキリしてきた。

「ところで、そちらは第二王子の婚約者殿かな？」

「は、はい……アリシア・ファーマンと申します」

アリシアは若干言葉を詰まらせたが、彼に向かって頭を下げる。対外的にはそういうことになっているので、ここで否定はしない。

「侯爵家の令嬢まで畑仕事か」

「我が国では王侯貴族は民の模範となるように教育を受けます。我々が率先して新しい作物を育て、民に伝えれば、彼らも安心して育てられます」

「なるほど？」

まあ、これは建前というものではあるが！　それを彼に言う必要はない。

たとえ趣味八割であったとしても!!　アリシアは流石に席に座るのに躊躇しているが、私が構わないから座るように言った。彼が勝手にここまで来たのであって、招いたわけではない。

ここは私の畑で、招かれざるは彼の方なのだから。

「それにしても、こんなに広い畑を作ってどうするのだ？」

「他国から種や苗を取り寄せ実験的に色々なものを育ててます」

「ふーん……これもか？」

エダマメを手に取り尋ねてきたので、私はラステアのエダマメという食べ物だと教えた。するとラステアの名前にピクリと眉が動いた。

「ラステア、ね……随分と仲が良いようだな」

「ええ、大変良くしていただいております」

「ラステアの、ポーションの安定的な供給に一役買ったのは姫君か？」

「あれは我が国の魔術式研究機関が考えたことです」

どこまで知っているのだろう？　仲がいい、とは友好国としての意味なのか、それともコンラッド様が頻繁に訪ねてくることを言っているのか……なんとも考えが読めない。

この場にロイ兄様がいたら上手く対処できたかもしれないけど、流石に私では彼の手の内を読むことは難しかった。年齢差だけではない何かが彼の中にはある。

「ラステアとファティシアは気候が違う。魔力過多の畑とはそれほどまでに食料や薬草を安定的に供給できるのか？」

「そうですね。天候や気温に左右されることはあまりありません。よほど天災でも起これば別でしょうが、概ねラステアで作れる作物はファティシアでも作れています。尤もラステア以外の国からも作物を取り寄せて実験していますが」

「それか、それは便利だな」

エダマメが気に入ったのか、ひょいひょいと口の中に放り込んでいる。チラリとアリシアを見ると、自分の食べる分が減っているせいか悲しそうな目をしていた。

「……気に入られたのでしたら、少しお分けしましょうか？」

「いや、いい。下手に持ち帰って毒でも入れられたら戦争の口実になるからな」

「そんな……！」

「それぐらいは平気でやるぞ？　そちらが俺と姫君との婚約を断ったからな」

ニヤリと笑われ、口元がヒクついてしまう。淑女にあるまじきだが、この場合は仕方ないだろう。

婚約の話を断ったぐらいで戦争するとかどれだけ好戦的なのだ。そんなことしていたらどの国とも戦争することになる。

「姫君の国にはうちと仲良くしたい者もいるようだ。そいつがペラペラと喋っていたからな。本当は誰が魔力過多の畑を作り、ポーションを広めたのか、とかな……」

そのせいで我が皇帝陛下が姫君に興味を持った、と笑いながら言うのだ。民のために自分の魔力を使うのであれば、嫁に来させれば帝国でも同じように使うだろうと！

「つまり、自分たちがやりたくないことを私に押し付けるために嫁いでこいと？」

「その通りだ。我が国では皇帝の権威が最も強い。だが貴族たちもかなりプライドが高い。そのせいで民のために魔力を使うなんて発想は全くないんだ」

なんとも酷い言い草だ。国は民がいなくては成り立たない。王様だけいたってなんの意味もないのに！　それがわからない人が皇位についているなんて……

「まぁ、普通に考えたら嫁いで来ない方がいいだろうな。皇帝の妃は一人ではない。姫君が嫁いできたら、離宮にでも閉じ込めて必要な時にだけ力を使わせ、酷使し続けるだろう」

「……そんな話を私にして良いのですか？」

「俺個人としては姫君を気に入ったが、だからと言って我が国の奴隷にしたいわけじゃない」

とはいえ、皇帝陛下の考えはわからないと彼は言う。

自分が一番だと思っている人なら、たとえ友好国の姫であっても奴隷みたいなモノだと思っているのだろうか？　いや、友好国と思われているかどうかも謎だな。未だに周辺諸国と小競り合いを繰り返していると聞く。何か理由があればファティシアに攻め込むことも厭《いと》わないはず。

そんなことを考えていると、どんどんエダマメが彼の口の中にはいっていく。半分ぐらい減ってしまっただろうか？　そんなに食べないでよ！　と言えるわけもなく……アリシアは今にも泣きだしそうだ。

「それにしても美味いな」

「……収穫したばかりですから」

「他にはないのか？」

「は？」

「他に収穫できそうなものはないのか？」

「ありますけど……？」

そう言うと、どれが食べられる？　と聞いてきた。さっきまで王侯貴族が畑仕事なんて、と言っていなかったか？　いや、馬鹿にした言い方ではなかったけど。

どうしようか考えていると、頭上でクアッとクアドの鳴き声がする。四阿から出るとクアドがひらりと私の肩に降りてきた。私がつけた手紙はない。

これなら直ぐに侍従が馬車で迎えに来るだろう。

「おかえり、クアド」

首元を撫でてねぎらっていると、足首に付けてある筒をツンツンとクアドがつっつく。どうやらまた手紙を持ってきたらしい。

中の手紙を取り出し、その文面に目を走らせる。その内容に思わず目眩を起こしそうになった。タイミングが悪い。悪すぎる!! いつもなら嬉しいはずの訪問も、今は素直に喜べなかった。

手紙にはコンラッド様が兄様の宮に来ていると書かれていたのだ。

＊＊＊

どうしよう! どうしよう! どうしよう!!

コンラッド様とレナルド殿下が鉢合わせる状況は避けた方が良いのではなかろうか? だって何度も戦をしている間柄。どう考えたって友好的なわけがない。内心で冷や汗をダラダラとかきながら、クアドに返事を持たせる。ロイ兄様! 絶対に! 絶対に!! コンラッド様を宮から出さないでください!! ファティシアで鉢合わせて戦争勃発! なんてことになったら大変なんだからー!!

「姫君、どうかしたのか?」

「え、いいえ! なんでもありません!!」

後ろから声がかかり、ビクリと肩が跳ねる。私はもう暫《しばら》くしたら迎えが来ると誤魔化して、収穫できそうな果物を教えた。この際、別のことに興味を持ってもらった方が良いのでは？　と考えたからだ。それで時間を潰しているうちに城から迎えも来てくれるだろう。

下手にラステアの名前を出さない方が良い。それに兄様の宮にいるうちは、コンラッド様と彼が鉢合わせることはないのだから！

私は収穫できそうな果実を彼に教える。その大きな木からはワサッと実が鈴なりに生っていた。

「これは？」

「これはラステアでよく食べられている果物です。ライチといいます」

「らいちー？」

「ラ・イ・チです」

「ライチ、な」

ライチをザルに収穫して、水で周りを洗い、ヘタの部分から周りの果皮を剥くように教えると彼は器用に果皮を剥く。そんな彼を見ながら、心の中では思いっきり焦っていた。

ラステアの名前を出さないようにと言いつつ、自分から出してどうするー!!　そりゃあこの畑にはラステアの作物はたくさんあるけれど!!

「周りは鱗のようなのに中身は白いんだな。それに水分も多い」

「真ん中にタネがあるので、気をつけてくださいね？」

「ふーん……」

気をつけろと言ったのにそのままパクリと口の中に放り込む。ラステアのものでもあんまり気にしていないようだ。そしてモゴモゴと口の中を動かすと、自分の手の中にタネを吐きだした。

私はポケットに入れていた手拭きを彼に差し出す。

「瑞々しくて甘いな」

「ラステアは他の場所よりも温暖な土地ですから。水分を多く含んだ果実が好まれるんです」

夏場は凍らせて半解凍状態で食べるらしいですよ、と言えば暑い日にそんな食べ方ができるのはラステアだからだな、と言われる。戦争をした間柄だからだろうか？　彼はラステアに多少詳しいようだった。

「トラットの夏は短い。それにそこまで暑くもならないから、凍らせて食べるという発想もないだろうな」

「冬が、長いと聞いています」

「そうだ。北の土地になるほどに秋でも寒さで凍死する者がいる。土地も痩せているから毎年冬を越すのが大変なんだ」

「なら尚更、ご自分たちで魔力過多の畑を作れば良いではないですか？　魔力持ちが一人いたところで劇的に変わることはないですよ」

そもそも私一人が嫁いだところで魔力過多の畑を大量に作れるわけではない。使われた土地はまた魔力が減れば元の土地に戻るだけ。定期的に魔力を注ぎ続けなければいけないのだから。だからこそ少ない魔力で魔力過多の土地が作れないか研究しているのだけどね。

「食べるものが豊かなのはいい国の証拠です。自分たちの権威を誇示するなら、魔力過多の畑を百でも二百でも作ればいいんですよ。作物を量産できるように整えてあげるんです。税をとるだけでなく。そうすればいい君主と誉めてもらえます」

「それは良いな！」

はははははと彼は笑いだした。何がおかしいのだろう？　畑一つ作れないということは、食料を入手する手段がないと言うことだ。戦をするにしたって食料は絶対必要である。現地調達できるほど、豊かな国に戦を仕掛けると言うことは、裏返せば負ける可能性が高いと言うこと。

どの国だってトラット帝国の属国になり下がりたくはない。多くの血が流れる。これまでだってトラット帝国は周りの国々を併合して大きくなった。そこに食料がないことで餓死者が増えれば、国としての形すら保てなくなるかもしれない。

恐怖の象徴であり、救いがない国。

その皇太子である彼は、トラット帝国をどう導くだろうか？

「――――姫君、魔力過多の畑を作るには魔力以外に何が必要だ？」

「魔術式の入った宝石……魔法石があれば十分です。魔術式は公開してますよ」

「秘匿しないのか？」

「どうしてです？」

「それがあれば無限に様々な食料を作れるだろ？」

「そうですけど、でもみんなお腹いっぱい食べられた方が幸せじゃないですか」

「幸せ？」

「お腹が空いてると、嫌なことばかり考えてしまうでしょう？　それに美味しいものはみんなで食べた方が良いじゃないですか」

そう言うと、彼は私の頭に手を置きクシャクシャっと頭を撫でた。そしてほんの一瞬だけ苦い物を口に含んだかのような表情を見せる。

「姫君は愛されているのだな」

「……愛されていないから、傷つけていいわけではありません」

「それは建前というものだ」

「そうでしょうか？　私は未だに三番目と誹《そし》りを受けますが、別に気にしてませんよ？　……昔は、多少、気にしてましたけど」

別に順風満帆な人生を送ってきたわけではない。死にそうになったこともある。行き違いになったことも。それら全てを笑顔で許しているわけではない。腹が立つこともあるし、怒りをぶつけたい時もある。いや、正直やられたらやり返すぐらいの気持ちはいつだってあるのだ。

でもその前に少しだけ立ち止まる。何かを口に出して言うことはとても簡単だ。ただ私は王女で、同じ年頃の子たちとは責任のあり方が違う。些細な一言が、大きな出来事になったりもするのだ。

昔の、ライルのように……

私とは違う、三番目でありながら皇太子の地位に上り詰めた人。彼はどちらだろう？


「ルティア姫」

良く響く、優しいテノールの声。でも今は、今だけは……ちょっと聞きたくなかった声が後ろから聞こえた。周辺の温度がスッと下がったのはきっと気のせいではないはず……

振り向きたいけど、振り向きたくない。でも振り向かねばならない。心の中の葛藤を隣の彼に悟られぬよう、恐る恐る後ろを振り返る。

「こ、コンラッド様……？」

名を呼べばいつもの優しい笑みがこちらを見た。しかし優しい笑みを浮かべているけれど、瞳の奥はひんやりとして見える。そんなコンラッド様の後ろにはトラット帝国のお付きの人と、うちの侍従が立っていた。更にその後ろに見える馬車は一台。馬は、いなかった。

正直に言おう。うちの侍従たちの顔色はあまり良くない。私だってできればこの場にいたくないもの。だって下手すれば目の前で戦争が始まるかもしれない一触即発の事態だ。同じ馬車に同乗するなんてありえない!!　けどそのありえない、をコンラッド様はやったのだと思う。

兄様!!　どうして宮から出したの!!　と内心で兄様に怒りをぶつけながら、コンラッド様に略式の挨拶をする。コンラッド様はまるで隣の彼が目に入っていないかのように、いつも通り軽やかに歩み寄ってくると私に話しかけてきた。

「こんにちは、ルティア姫。そろそろ枝豆が収穫の時期だと思ってきてみたんだ」

「そ、ソウダッタンデスネー」

「枝豆の新しい使い道は我々も興味があるからね」

「ワタシモイマカラタノシミデスー」

片言の言葉を話すだけで精一杯。そんな私をみてコンラッド様はちょっと笑った。酷い。

それからコンラッド様はようやく彼に視線を向ける。まるでまだいたのか、とでもいうような視線だ。お付きが来たんだからとっとと帰れともとれる。

「ああ、お初にお目にかかります。トラット帝国の若き皇太子殿下」

「……そちらはラステアの王弟殿かな？」

「ええ、コンラッド・カステード・ラステアと申します」

「私はトラット帝国第三皇子のレナルド・マッカファーティ・トラットだ」

お互いに笑っているけれど、目が笑っていない。握手すらしないし！　怖い。怖すぎる‼　コンラッド様の後方にいるうちの侍従たちはみんな顔を青くして、どうにかしてくれと視線で私に訴えかけてくるが、私にどうにかできるわけないじゃない‼

「こ、皇太子殿下……城から迎えがきたようですし、どうぞお戻りください」

彼にそう声をかけると、仕方ないといった風に小さく息を吐く。いやいや、早く戻ろうよ！　コンラッド様は色々と良くしてくださるから兄様の宮と畑に関して、出入り自由になっているけど貴方はそうじゃないでしょう‼

しかし彼は私の心の中の訴えなんてまるっと無視すると、私の手を取り指先に口付けた。

「へ？」

「ルティア姫、次にお会いする時はレナルド、と呼んでいただけますか？」

「ぜひ、呼んでください」

呼んでください、とお願いしている風だが視線は呼べ、と言っているようにしか見えない。私は呼びたくないけど、呼びたくないけど、ここで断って色々と揉めると困るよね。困るんだよね？　後ろから哀願するような視線がビシビシと刺さる。仕方なく当たり障りない返事をすることにした。

「つ、次が、あれば……」

なんとかそう絞り出すと、彼は私の手を離しようやく侍従たちのもとへ向かう。大人しく馬車に乗る後ろ姿を見送り、ホッと一息つくとコンラッド様が私の手を取る。

「あの、コンラッド様?」

「……存外、心が狭いなと」

「はい?」

心が狭いとは何だろうか? 私が首を傾げていると、ポケットからハンカチを取り出し指先を拭う。それはもうしっかりと。

「あ、その……収穫作業していたので、汚れちゃいますよ?」

「うん。それは平気」

平気、と言われてもこちらが平気ではないのだが……どうしようか考えても特にアイデアも浮かばない。ひとまずさせたいようにするのが良いのだろうか? コンラッド様の様子を眺めていると、私の指先を拭ったあと、そのまま自らの口元に持っていきチュッと軽い音をさせてキスをする。

「うん、これで良し」

「へ?」

何が良しなのかわからないが、何だかものすごく恥ずかしいことをされたのだけは……理解、した。いや、どうしてこうなったの?

邂逅、そして――――（レナルド視点）

「殿下、いかがでしたか？」

城の貴賓室に戻ると、帝国から連れてきた三人の側近の一人マルクス・アーベルが問いかけてきた。俺はその問いに頭を左右に振り、ラステアの王弟の話をする。

「あの調子ではラステアの王弟の方が優位だろうな」

「ラステア国ですか……」

あからさまに肩を落としたマルクスに苦笑いを浮かべた。ラステアとは過去に幾度か戦争をした間柄。はっきり言えば父である皇帝はラステアを嫌っている。自分の威光が陰る原因だと。

そのラステアとファティシアがここ数年、かなり親密にしているという。ファティシア王国自体はさほど脅威と思っていないが、近年ラステアでしか作れなかったポーションの開発に成功した。そしてそのポーションはラステアの物と比べて遜色ない。ポーションの開発と共に魔力過多の畑というのが国中に広がり、食料自給率も上がったと聞く。

食料の安定供給。それはわが国にとっても見過ごせないものだ。それを確かめる目的もあって、第一王女のデビュタントに参加した。それに噂の第二王子の顔も見ておきたかったのもある。奴らから言うと、この国の次期国王だそうだ。母親似のまだまだ幼い顔立ち。緊張した面持ちで王女と共に社交界デビューを果たしていたが、まあ素行は悪くなさそうだった。

だが目的は第二王子ではなく、第一王女。

ファティシアとラステアの仲を取り持ち、魔力過多の畑やポーションの開発に関与しているらしい。ラステアの女王が気に入るほどの才。そして噂通りデビュタントにはラステアの上位貴族も数名参加しており、確かにファティシアとの交流は深いのだと見てとれたが――――覚えている限り王族の参加はなかったはず。

しかし先ほどの気安い様子を見る限り、ラステアの王弟は頻繁にファティシアに訪れていることが窺えた。あそこに割って入るには、あの王弟を物理的にどけねばならないだろう。そしてその作業は些《いささ》か骨が折れる。

「そちらもダメ、ということは完全に手詰まりですね。どうやら普通のお姫様ではないようですし」

マルクスは深いため息を吐く。その様子にファティシアとの話し合いは不調に終わったことを理解した。あの男は帝国が強気に出れば頷くはず、と言っていたがそんなことはなかったわけだ。

そもそもまともな神経を持っていればトラットなんかに可愛い娘を嫁に出す父親はいないだろう。従属国なら別だが、デビュタントの様子から見ても国王が王女を大事に思っているのはわかる。

やつの目はだいぶ節穴のようだ。尤も、あんな男の言葉を信じていたわけではない。俺はマルクスにファティシアが彼女を嫁がせることはないだろうと告げる。

俺の言葉に、茶の用意をしていたギルベルト・シュルツは首を傾げた。

「確か、例の方の話では……こちらに嫁がせる予定だったのでは？」

「前提条件が変わっているだろ？」

「前提条件……ああ、疫病、でしたか」

「そうだ。帝国でも流行っているあの疫病だ」

昨年末頃からある疫病が流行っている。疱瘡《ほうそう》を発症し、死亡率も高い。死ななくとも顔や体に痘痕が残る、何とも厄介な病だ。どんな種類の疫病が流行るとは言っていなかったが、あの男の言う通りに疫病は流行った。それによりファティシアも国力が下がると言っていたが……

逆に帝国の方が従属国に病が広がって死者が増えている状態だ。

「部分的にはあってるんですけどね」

「そうだな」

「聖属性持ちの……予言の娘、だったか？」

主人よりもソファーで寛ぎながらハンス・クリューガーが軽く首を傾げる。そして予言の娘、という言葉に向かいに座るマルクスが頷いた。

予言の娘――

未来を予知できる、との触れ込みだったが全てを見通せる訳ではないらしい。

そして未来は変わる可能性もある、とわかった。

もちろん予言を絶対的に信用しているわけではない。しかし、ある程度の精度で当たるならば可哀想だが、あの少女はこれから搾取される運命にあるだろう。あのろくでもない男達に。憐れむ気持ちはあるが、自ら撥ねのける力がなければ搾取されても仕方がない。そして使い道がなくなれば、帝国に売り払われるだろう。

皇帝は喉から手が出るほど『聖なる乙女』を欲しがっている。

あのお姫様ぐらい行動力があれば別だが、あの少女にそれだけの行動力はない。全てを諦めた目をしていた。あれでは何も変えられない。

「ファティシアの国力が下がっていれば、戦争回避のために姫君を帝国へ差し出す可能性はありますが、今の状態で戦争を仕掛ければラステアと手を組まれてしまうでしょうね」

マルクスは残念です、と言いつつギルベルトが用意した茶に口を付ける。俺もソファーに腰を落ち着けると、ギルベルトからティーカップを受け取った。カップからは上質な茶葉の香りがする。それだけでこの国の生活水準が高いことが分かった。

帝国の茶葉も良質なものを使っている。だがそれは貿易を通じて入手した物。重い税をかけ、領民から搾取するだけの土地から良質な物は生まれない。だがファティシアは自国の品に自信があるのだろう。そこかしこに使っているのが見て取れる。

そしてこれは重税をかけて得たものではない。ファティシアに来る道中寄った街も、そして王都もどこも等しくにぎわっていた。人々の顔は明るく、帝国の民とは大違いだ。

「下手に藪《やぶ》を突っついて蛇を出す必要はない。父上がどんなに望もうとも、ファティシアを属国にするのは不可能だ」

「しかし……どうするよ？」

「どうもしない。何もできないさ」

ハンスに肩を竦めながら告げる。今の状態で無理矢理王女と婚姻を成すことはできない。本人が断固拒否するだろうし、ラステアと手を組まれては帝国の方が分が悪いからだ。あの男や、その一派が国王に掛け合ったところで自分の娘を差し出せといわれるのがオチだろう。

　ファティシア王国は国内に膿《うみ》を抱えてはいても、その治世に問題はない。王家を糾弾する理由もないし、逆に王家を糾弾しようものなら領民から突き上げを食らうのは糾弾した側の方だ。それぐらいならもっと別の方法を考えた方が良い。いずれ、こちらに来てもらうための仕込みを。それは直ぐに花咲かずともいい。時間をかけることにこそ意味がある。

「……そうだ。マルクス、魔法石を手に入れてくれ」

「魔法石、ですか？」

　マルクスは不思議そうな顔をする。それはそうだろう。帝国では魔術を使うのは王侯貴族だけ。しかもアカデミーで習う時に使うぐらいだ。

　普段から使うようなことはほぼない。唯一使う場所があるとすれば、戦場ぐらいだ。魔法石とは戦争の道具であって、ファティシアのように日常生活に使うものではない。魔力保持者が少ない我が国では到底できないこと。そしてある種の思考の違いというものだろう。

　王侯貴族が畑仕事に魔法石を使う、なんて帝国の人間では絶対に思いつかないことだ。

「話には聞いていたが、ここのお姫様は自分で畑の世話をしているんだ」

「……えー自分で？　本当に？」

「まあ、三番目と蔑まれていたと聞いていたが……その分自由に過ごしているようだな」

「いや、だからって畑仕事はないだろ？」

「なかなか美味かったぞ」

　何か食べたんですか！　とマルクスが悲鳴のような声をあげる。帝国では毒を盛られることが日常茶飯事なせいだろう。しかし他国の皇太子に表向きは友好国となっている国の姫が毒を盛ることはない。戦争の口実になることくらい余程愚かでない限りはわかることだ。

ま、盛られるとしたら別の薬だろうが……あのお姫様じゃ無理だろうな。ラステアの王弟が現れた時の表情は特に面白かった。アレじゃ腹芸は到底こなせない。

歳はたしか五つ下だったか……？　無垢なようでいて、無知ではない。為政者として、何が大事かを知っている。

「まあ問題ないだろ。本人も食べていたし。それに、あのお姫様は俺の顔には特に反応しなかった」

「そうは言ってもですね……って、そうなんですか？」

「騒がれるのが日常茶飯事だと、あの対応は流石に傷つくな。とはいえ、そっち方面は全く免疫がなさそうだ。ああ、あと流石に土産はもらってないぞ？」

「当たり前だろ！　子供の頃から何度殺されかけたと思ってるんだ」

呆れたようにハンスがため息を吐く。だからこそ断ったのだ。お姫様本人にその気はなくても、知らぬ間に使われるのは気の毒だ。しかしギルベルトはそう思わなかったのか、今からでも貰えないかと聞いてくる。

「持って帰って、毒が入っていたと言えば脅す材料になったのでは？　そうすれば、殿下の思惑通りに話が進むかもしれないですよ？」

「もしくはファティシア内でわざと襲われるとか？」

「それって殿下が危険な目に遭うの前提だろ？　俺は反対」

二人の言葉にハンスが反対する。確かにそれは悪手だろう。それであのお姫様が手に入るとは思えない。逆に徹底的に調べて、その結果帝国に不利な情報が出た時の方が困る。

「どちらにしろ、今彼女を連れて行くつもりはないし、何か仕掛ければ、ラステアの王弟が邪魔してくるだろう。それよりも魔法石を手に入れ、この間もらった領地で試したいことがある」

「試したいことですか？」

「魔力過多の畑を作る」

「魔力過多の畑って……でもそしたらオレたちが作るってことか？」

「そうなるな」

ハンスは不思議そうな顔で俺を見る。我々がそんなことをする理由がないからだ。だが気候関係なく作物が育つのであれば、作る価値は大いにある。そして作れる魔力を保有しているのが自分達だけなら自分達で作るしかない。

魔力過多の畑を作れればポーションができ、そして皇族自ら作れば他の貴族も追随する可能性がある。どこまでできるかはわからないが、ファティシアのお姫様を無理に連れて帰るよりはその方が建設的だろう。目下の問題は帝国内の疫病の駆逐。初級ポーションでどの程度疫病を治せるのか確認しなければいけない。

それに――

「魔力過多の畑を理由にお姫様をこちらに招くこともできる」

ソファーの背もたれにゆっくりと背中を預ける。

「……来ますかね？」

「ラステアに自ら行ったのだろ？　ならば、協力してほしいと頼めば来る可能性はあるんじゃないか？　まあ、その前にこちらの印象を変える必要があるがな。現状、あまり良いとは言えない。まるで子猫が威嚇してるかのようだったぞ？」

「親しくなった程度で来てくれればいいけどなぁ」

「彼女は……見た限り、かなりのお人好しだ。どうしてもと教えを乞われて断ったりはしないだろ」

もっとも、魔術式研究機関の魔術師達だけが来る可能性も否定できないが。それならそれで構わない。ついでに魔力過多の畑を生み出してくれれば手間も省ける。

「食料自給率とポーションの作成。これは急務だ。今のままでは死者が増える一方だからな」

「例の予言の娘は借りられないんです？　確か聖属性の魔術が使えたでしょう」

「王侯貴族なら兎も角、庶民まで治させるのは不可能だろ。どれだけの人数がいると思ってるんだ？」

ギルベルトは皇族自ら魔力過多の畑を作ることに難色を示したが、ハンスの言葉に確かにと肩を落とした。いくらこちらに借りを作りたいといっても、そこまであの男も愚かではないだろう。下手に聖属性の使い手をこちらに渡して返ってこない時の方が損失が大きい。

自領に魔力過多の畑を作るにもあの娘は必要だろうしな。

「戦争をするにもある程度の備えが必要だ。今、我が国にもっとも欠けているものがそれだろ？」

「そうですね。私も殿下の言葉には賛成です……ただ」

「陛下が難色を示す、か？」

「ええ」

「構わないさ。自分の領地をどうしようと俺の勝手だろう？　兄上や姉上達も同じように勝手にしているのだから、俺だけダメと言うことはない」

　我が兄や姉らがやっていることは搾取することだけだが……国がどうやってできているのか理解できていない者に、領地を任せるとはその土地の者に死ねと言っているようなもの。

　従属国ではあるが、それでもある程度は目をかけてやらねば反乱を起こされてしまう。

　残念ながらそれが理解できないようだ。

「じゃあ、新しい土地で試して……そこに王女を招くって算段でいいのか？」

「ある程度、親しくなる必要があるが……そこは上手くやるさ」

「簡単に親しくなれますかね？　だって殿下の顔が通用しなかったんでしょ？」

　ギルベルトが笑いながら言う。人より顔が良いというのは自負しているが、あのお姫様は一切気にしたそぶりがなかった。つまりは見た目で判断するよりも中身で判断するタイプなのだろう。

　それならそれで構わない。

「ま、ここにいる間は畑に通ってみる。あの畑はかなりのものだしな」

「ですがまだ十三歳ですよね？　日中はカレッジに通っているのでは？」

　マルクスの言葉に唸る。確かにその年齢なら通っていておかしくない。

「カレッジか……」

「皇族の案内をするなら王族だろ？　その時にいつ畑にいるのか聞けば？　いない時に行っても仕方ないだろ。それに一人であんまり出歩いてほしくないんだけど」

「一人、畑を管理している風な男がいた。それに話を聞きたいから問題ない。それに一人、といってもこの国で襲ってくる奴はいないだろ？　トラットと開戦したいなら別だがな」

本人がいなくとも、聞くことは多分にある。自国で魔力過多の畑を作るのであれば、情報はあるだけ良い。ハンスには悪いが、一人で出歩かせてもらうことにした。帝国の皇太子が一人で出歩いていれば、自ずと目は俺のみに向く。その間に三人には情報集めに集中させることにした。

ふと、クルクルと表情のよく変わる王女を思いだす。デビュタントと今日でまだ二回しか会っていないが印象は悪くなかった。

茶色い髪に蒼い瞳が印象的な少女は、どうして畑仕事をしようなどと思ったのだろうか？　国の為？　それとも、もっと別の目的があるのか？　どちらにしろ普通ではない。いや、普通のままでは生き抜けなかったのか？

自分と同じ、必要ないと蔑まれた三番目。

母は、皇帝に望まれ入宮したがそもそも権力争いには向かない性格だった。ただただ皇妃や他の側妃に疎まれぬよう、俺が生まれてからも後宮の片隅でひっそりと暮らしていた。

だが皇帝の寵愛を受ける母は、他の妃にしてみれば邪魔な存在。その子である俺も。日常的に命を狙われる日々だった。母が心労で儚くなってから、俺の存在なんて忘れたように振舞う皇帝。

後宮内は次の子供を産ませず、生まれた子供が育たぬように力のある妃が目を光らせている。子供同士でも同じだ。帝位は男が優先ではあるが、だからと言って女が就けぬわけではない。兄や姉達は俺を疎み、うっかりと危険な目に遭わせようとする。全ては子供の戯言で片付けられてしまうのだ。

俺が皇帝になった暁には、あの場所を必ず壊してみせよう。いらぬ子など産まれぬように。その為にも彼女が必要だ。慈悲深い、心優しい王女。彼女が王妃となればトラットも変わるだろう。

そう。たとえ残りの皇族をすべて排除したとしても変えなければいけないのだ。

「――手に入れると決めたからには、ラステアの王弟に負けるわけにはいかないな」

モブ王女と王弟

ひとまず、食べられてしまった分だけエダマメを収穫し直し、ロイ兄様の宮に行くことにした。危うく国同士の問題に発展しかけたのだ。ちょっとくらい文句を言っても許される気がする。

私の心臓に負担がかかった分ぐらいは、だが。

「それにしてもだいぶ枝豆ができたね」

隣を歩くコンラッド様はエダマメとライチの入ったカゴを背負い、緑一面のエダマメ畑を見ながら感慨深そうに呟いた。確かにいつもよりは多いけれど、エダマメの中身を考えるとこれでも少ないのではないかと考えてしまう。

「アリシアがどうしてもミソー？　とショーユー？　を作りたいんですって」

「そうなんです。それには大豆が欠かせなくって……」

「ミソーとショーユーかあ。ショーユーは魚醤とは違うのかな？」

「大豆から造る醤油はまず魚醤と香りが違います！」

「香り……」

「そうです。魚醤は魚介類を塩漬けして発酵させたものなので、特有の匂いがありますよね？」

そうアリシアが言うと、コンラッド様も頷く。ギョショーと言うものは独特な匂いがあって、苦手な人も多いのだとか。あとしょっぱいらしい。調理するにもコツがいるらしく、あまりたくさんは造られていないそうだ。

「醤油と魚醤はとてもよく似てるんですが、味が全く違います。どちらも塩漬けしてしょっぱいんですけど……植物性の大豆と動物性の魚醤ではこう、味わいが!!　繊細な味が違うんです!!　どちらも長所、短所はあるんですけど、私は醤油が!!　普通の醤油が!!」

アリシアの熱弁を聞きながら、さっきのことを考える。どうしてコンラッド様は私の手をゴシゴシ拭いたのだろうか？　しかもその後にちゅ、ちゅーするし……

今までも挨拶としてのやりとりはあったけど、さっきのは何だか違う気がするのだ。何が違うのかと言われるとちょっと困るのだけど。もうちょっと別の思惑を感じる。

歳の差を考えれば、私とコンラッド様は兄妹のような関係では？　と勝手に思っているけど、そうではないのか？　それとももっと別の??　でも今までそんな話はしたことがない。そりゃあランカナ女王陛下にはコンラッド様と婚約しないかと言われてるけども！　アレはなんていうか、ランカナ様特有の親しい人に対する冗談のような、そんな感じなんだと思う。

チラリとコンラッド様に視線をおくる。コンラッド様のことは特別と言えば特別だけど、その特別がどの特別なのかいまいちよくわからない。

もちろん好きか嫌いかで聞かれたら、大好きな方なのだけどね。とても良い方だし。子ども扱いされる時も多いけど、でも王族として対等に扱ってくれている。

この感情に名前があるのかないのかよくわからないけど……

「――――……そんなわけなんですよ！　ルティア様!!」

「うん！　ごめんなさい、聞いていなかったわ!!」

考えごとをしていて聞いていなかったと正直に伝えると、アリシアはそんなあ、としょんぼりした。だって仕方ないじゃない？　ちょっとの間で色々と起こりすぎなのよ！　もう一度アリシアに謝ると、コンラッド様は心配そうに私の顔を覗き込む。

「……トラット帝国の皇太子のことかな？」

「え、えーっと……はい」

本当はコンラッド様のことですよ、と言いたいけど恥ずかしさが先にきてしまってコンラッド様の言葉に頷いた。

「トラット帝国の皇太子は第三皇子なんですね」

「戦で功績を挙げた、と聞いている」

アリシアの言葉にコンラッド様が眉間に皺を寄せながら教えてくれた。コンラッド様がトラット帝国のことをあまりよく思っていないのがわかる。それも仕方ない。コンラッド様はラステア国の龍騎士隊の一部隊を率いているのだから。

有事の際は皆、戦士であると言われているラステア国。それでも一番初めに戦争に向かうのは騎士たちになるはず。好んで戦をする国と、戦争をふっかけられたから仕方なく対応する国とでは戦争に対する思いも考え方も全然違う。

コンラッド様がレナルド皇太子殿下をよく思わないのもわかる気がする。うちだってできることなら戦争は避けたい。大事な人たちが死ぬかもしれないもの。

「トラット帝国は強大で、皇帝の権威が特に強い。皇帝の意向に背けば、国内の貴族であろうとも一族郎党消されるだろう。それに皇帝は後宮に侵略した国の姫を囲っているとも聞いている。だから従属させられた国々は下手に決起することもできないようだ」

「それは……自国の姫様が大事だからですか？」

「――アリシア、たぶん違うわ」

「え？」

「そうだね。後宮に囲われるということは、皇帝の渡りがあるということ。自国の姫が皇帝の子供を産む可能性があるということだ」

「……それってつまり、自国に連なる子供が帝位に就くのを待ってるってことですか？　それまで耐え忍ぶと？　でもそんな簡単にいくでしょうか？」

嫌な話だが、多分その考えは当たっている。だからこそレナルド皇太子殿下はエダマメを持っていくことを断った。毒を入れられる、と言っていたがきっと日常的に後宮内ではそんなことが起こっているのだろう。

自国の姫が皇帝の母となる。

そうなれば、併合された国をまた独立させることができるかもしれない。併合された国は帝国に逆らうだけの力がもうないのだ。ならば、後宮という閉鎖された空間で戦うしかない。

「あの国の後宮はまるで蠱毒《こどく》のような場所なんだよ」

「蠱毒って……呪いとかに使うアレですよね？」

「アリシア、よく知ってるわね」

「ま、前に本で読んだことが……」

焦って答えるアリシアに、きっと生まれる前の世界での話なのだなと察する。この世界でそんな本を貴族令嬢が読むことはまずないからだ。アレは禁書の類に近いしね。私は王城の図書館で手当たり次第に色んな本を読んだ結果、蠱毒のことを知っていたのだけど。

それでも最初は意味が分からず司書の人を困らせた記憶がある。今思えば人を呪う方法なんてそう簡単に教えられるわけないわよね。

「甕《かめ》の中に虫とか蛇とか入れて、最後に残ったモノを呪物として使うんでしたっけ？」

「そう。きちんと養えれば、富を産むけど、養うことを怠れば喰われてしまう。憎い相手に金銀財宝と一緒に贈る、というやつだね」

「贈られた相手は意味がわからず、養うことをしないから喰われてしまうんですよね」

私の言葉にアリシアの顔色が悪くなる。

「虫が入ってた時点で私、捨てそうです……」

「それはいいね！」

ははは、とコンラッド様が笑った。逆に私だと育ててしまいそうだと言われ、そんなことはないと言いたいが……変わった虫なら育てそうだなあと思い直す。でもちゃんと育てると蠱毒は何になるんだろ？　そんなことを考えつつ、トラット帝国の現状をコンラッド様に確認する。

「つまり……トラット帝国の後宮はそれほど酷い、と言うことですか？」

「そう聞いている。まあ征服した国の姫をどう扱おうが皇帝の自由ではあるんだろうけどね。奴隷にされないだけマシ、ってところかな」

「さ、殺伐とした後宮で寛げるんですかね？」

「さて、皇帝自らそんな場所にしてるわけだからね。居心地云々は自業自得かな。そんなわけで、第三皇子なのに皇太子になったのは本人がかなり慎重で計算高い人間だからかもしれない」

コンラッド様はアリシアの言葉にそう答えると、私の鼻先をツンと突っついた。

「私に近づいたのも理由がある、と？」

「そう」

レナルド皇太子殿下の目的……一番の目的は魔力過多の畑を作ることだろう。戦争で疲弊した国はいくら属国にしたところで税収は見込めない。そもそも戦争を一番早く終わらせる方法は、食料を断つことだ。畑を焼き、食料庫から食料を略奪する。それだけで戦争する期間は短くなるだろう。

焼かれた畑はその年の収穫は見込めない。収穫が見込めなければ……属国になった国に訪れる冬はかなり厳しいものとなる。人が死に絶えた場所にまたもう一度、畑を耕し、食料を生産できるだけの人を増やすのは難しいのだ。領土が増えても、帝国が裕福にならない理由はそれだろう。

まあ、首都に住み派手な暮らしをしている皇帝や貴族たちには、縁遠い話なのかもしれないが。

それにそのことを大変だと感じるなら戦争なんて仕掛けないわね。

「ポーションも大事だけど、帝国が侵略している国は元々痩せている土地が多くてね。ファティシアの魔力過多の畑はかなり魅力的だと思うよ」

「自分たちで作ればいいのに……」

私がそう言いながら頬を膨らませると、アリシアも小さく頷く。

「魔力を持っているのは貴族だけですものね。頑張ればできるのに……」

「その辺は、ラステアやファティシアと帝国との決定的な違いだね。彼らにとって領民は自分たちの為にいるのであって、施すためにいるわけじゃない」

ファティシアの貴族だって率先してやっているわけではない。私たち王族が率先してやっているから、仕方なくやっている人もいるだろう。でもやるだけマシなのだな、と感じる瞬間だ。

できる力があるのにやらないなんて、何のために魔力を保持しているんだかわからない。いや、彼らからすれば魔力保持をしているのは選ばれた人間だからと思っている可能性もあるかも？ 国が違えば考え方も違う。仕方ないことだけど、仕方ない、で済ませたくない話だわ。

「でもトラット帝国の皇太子様はどうしてルティア様に近づいてきたんでしょう？ 普通は供の人も連れずに出歩きませんよね？」

「それを言われるとちょっと耳が痛いけど、確かに彼が一人で出歩くのは珍しいと思う」

「……多分、どこからか情報が漏れているんです」

「それはどういった……？」

「私が魔力過多の畑を作ったとか、ポーションを安定供給するのに一役買ったとか、そんな情報です。表向きは義弟のライルが発案したことになってるんですけどね」

「それもそれでどうなのかと思うが」

「別に良いんです。それで身の安全が買えるなら安いものですし」

私の言葉にコンラッド様が難しい顔をした。トラット帝国の後宮もかなり問題があるようだけど、ファティシアにだって色々と問題はある。未だに解決に至らない原因は、相手が尻尾を出さないから。私が黙り込んだことでコンラッド様は何か思い至ったようだ。

「ルティア姫、いっそのことラステアに留学に来ませんか？」

「留学、ですか？」

「国内の問題が落ち着くまでの間、ラステアにいれば心安く過ごせるのでは？」

「うーん……でも、私はこの国でやりたいことがまだあるんです。だから行くとしたら、全部が終わってからですね」

とっても魅力的な申し出ではあるけれど、これからファティシアで起こることを知っている身としては自分だけ安全な場所にいるなんてできない。それに王族が率先して新しい作物を育てている、ということが新しい作物を広める一番の近道なのだ！　あと、レシピ付きにすると尚良い。

「……ちなみに、それが全部終わるのはいつぐらいの予定です？」

「えーっと……順調にいけば五年後？　かな、と」

「五年、か……」

「五年なんてあっという間ですよ。私がラステア国に行って五年経ってるでしょう？」

「五年も経ったらルティア姫は素敵なレディになってるでしょうね」

「なってたらいいなあ」

ちょっと自信がない、と言うとコンラッド様が首を傾げた。

「だって五年経っても畑を耕すのやめられそうにないですもん」

「それもルティア姫の長所だと思いますよ？」

長所と言われてちょっとだけ嬉しくなる。

「……五年経ったら三十かあ」

「どうかしましたか？」

「いや、五年後はおじさんとか言われたらどうしようかと」

「コンラッド様はおじ様になっても素敵だと思いますけど……？」

そう言うと、コンラッド様はにこりと笑ってくれた。

王子と王女と悪役令嬢と王弟の緊急会議

ロイ兄様の宮に行く前に、一旦自分の宮に戻る。

流石に畑仕事した後の格好で行くのはちょっと……とアリシアに言われてしまったのだ。私も兄様も気にしないけれど、やはりちゃんとした令嬢は意識が違う！　申し訳ないけどエダマメとライチをコンラッド様に預けて兄様の宮に先に行ってもらうことにした。侍従長に渡してもらえば、私たちが着くころには調理されて食べられるだろう。

部屋の扉を開けると先に戻っていたリーナとユリアナが待ち構えていた。

「ユリアナ、着替えの用意をしてもらえる？」

「その前にお風呂です。姫様」

「でもお風呂に入ってたら時間が……」

「お・風・呂・で・す!!」

ユリアナの剣幕に押され、私とアリシアは浴場に放り込まれる。浴場は広いし、お母様と一緒に入ったりもしてたから私は平気だけど……アリシアは極々普通（？）の令嬢だ。今まで泊まったことはあったけど一緒に入ったことはなかった。一緒に入るのって大丈夫だろうか？　とチラリとアリシアを見ると、浴場の広さに目を丸くしている。

「わあ……銭湯みたい……」

「戦闘？　戦うの？」

「あ、違います！　違います！　私が前生きていた世界では、銭湯と言って大衆が入る公衆浴場？　えっと入浴施設があったんです」

「みんなで入るの？」

「もちろん各家庭にもあるんですけど、バスタブが狭いのでたまに広いところに入りに行ったりするんですよ」

何だかとても面白い。それに、各家庭に浴場があるなんて凄いことだ。この国の一般庶民は体を清潔に保つ術式があるから、それを使って体を清潔に保っている……表向きは。

体を清潔に保つのは生活する上で絶対的に必要なものではないから優先順位は低い。その術式を入れてもらうくらいなら、夜遅くまで内職できるように灯りの魔術式を石に入れてもらうだろう。数年前に比べれば生活が豊かになってきたとはいえ、まだみんながみんな安定して裕福になったわけではないのだ。夜遅くまで働く人はたくさんいる。

最終目標はみんなが一定時間働けば、ちゃんとお腹いっぱい食べてベッドでゆっくり休めるようになること。それには専門職の育成も大事だし、ただお金が稼げればいいというわけではない。

それとは別に王侯貴族はわざわざお風呂をいれさせたりする。魔物討伐の遠征に出ていれば別だけど、そうでない限りは邸宅に浴場が設置されているのだ。サイズはまちまちだが、水の魔法石と火の魔法石があれば簡単にお湯が作り出せる。こういうのを権威の現れ、というのかしら？　つまりは魔法石を入手するのに苦労はしていません、ということらしい。

「大衆浴場……それがあったらみんな入りにくるかしら？」

「どうでしょう？　もともと湯船に浸かる習慣がないですし」

「そうね。ないわね……」

そんな話をしていると、わらわらと侍女たちが浴場に入ってくる。私たちは侍女たちに体から髪からゴシゴシと丁寧に洗われ、ようやっと湯船に浸かった。お湯に浸かるのはこんなに気持ちいいことなのに、知らないのは何だか勿体無い気がする。

だからと言って強制できるものでもない。

「……ねえ、気軽にお風呂に入れたら嬉しい？」

体を洗ってくれた侍女たちに問いかける。すると侍女たちはう～んと悩んでしまった。

「王城に仕えている侍女や侍従は高貴な方に仕える上で清潔にしている必要があります。なので王城内には共同浴場がありますけど……でも魔法石も支給されてますから、忙しいとそれですませてしまう時もありますね」

「そうなのね」

濁した言い方に、本当は入りたいけど入れないのかな？　と考えてしまう。共同浴場はそんなに広くない。みんながみんなお風呂に入ろうとしたらすごく時間がかかるだろう。そうなると休む時間が短くなってしまう。結果として支給されている魔法石で済ませる、になっていそうだ。

「あとたまにしか入らない場合……お風呂の垢が酷そうで……」

「あか？」

聞きなれない言葉に首を傾げる。すると侍女の一人が簡単に説明してくれた。

「長期体を洗わないと体の汚れがお湯に浮くんですよ。良い石鹸を使っても普段から入っていないと汚れは落ちづらいんです。あ、でも我々も二～三日に一回は入りますよ？」

「うーんもともとお風呂に入る習慣がないと、確かにお湯の汚れは王城の共同浴場より酷くなりそうですね。お湯を清潔に保つのが難しそう」

アリシアがそう言うと、侍女たちもコクリと頷く。お城の共同浴場はその辺も考慮していて、それに対応した魔法石でお湯が作られているらしい。

「お城と同じ魔術式を入れた魔法石はきっと高くなるわよね……」

「そうですね。もしも一般に広く普及を目指すなら、安価な物でなければいけません。ですが安価なものでは長期使えませんし、一長一短ですね」

侍女たちの話を聞きながらお風呂の広さや、水を大量に使うからそれを処理する方法も考えなければいけないと思い至る。試しに離宮に作ってみてもいいかも。そんなことを考えていると、アリシアがある提案をしてくれた。

「いっそのことアミューズメントパークみたいにすれば良いのかなあ」

「あみゅ……？　なあに？」

「え、あーえーっとお風呂と食事処を一緒にするんですよ。お風呂の代金は安くして、食事の代金を少し高めにするんです」

それならたとえお風呂しか入らない人がいても、食事を食べていく人がいれば補填《ほてん》できるのでは？　とアリシアは言った。

「……それなら新しい作物をそこで調理して出せば広まりやすいかしら？」

「あ、それいいですね。お風呂入った後は麦酒と枝豆ですよ！」

公共事業はまだやったことがないけど、兄様に相談して計画を詰めてもいいかもしれない。

「さあさあ姫様、アリシア様、ロイ殿下の宮に行かれるならそろそろ支度をなさってください」

お風呂に入る手伝いをしてくれていた侍女たちと話し込んでいたら、侍女長が浴場に顔をのぞかせる。そうだ。兄様の宮に行くのだった……!!　話がはずんで、いつもよりも長風呂になってしまう。浴場から出ると、ユリアナと侍女長がテキパキと私たちの用意を整えてくれた。

リーナもいつもの制服に着替え終わっていて、準備は万端だ。そうして私たちは兄様の宮へと急いで向かうのだった。

＊＊＊

宮につくと侍従長が待っていて兄様のもとへ案内される。部屋の中でソファーに座り寛いでいた兄様を見つけると、私は無言で兄様のもとへ行き顔に手を伸ばした。そして頬を左右に引っ張る。

「……痛いよルティア」

「痛くされて当然のことをしたのですよ？」

ぷくっと頬を膨らませると、ロビンが後ろからまあまあと私を止めに入る。

「だって！」

「そうは言っても、コンラッド殿に行ってもらうのが一番早かったんだよね」

「そういう問題じゃないと思うのですが！」

「ほら、僕が行っても面倒ごとが増えるだけだし？　それにコンラッド殿が行くと一瞬で収まりそうじゃないか」

ほら、ではないのだ！　私の心臓がギュッとなった分だけ大人しく頬をつねらせてほしい。ロビンに引き離され、口を尖らせているとコンラッド様の笑い声が聞こえてきた。

「本当に仲良しだね」

「兄様は呑気すぎるのです！」

「まあ、俺が行くって言ったのもあるから……そんなに怒らないであげてほしいな」

流石にコンラッド様に言われてしまうと、それ以上怒ることは難しい。

「ルティア、機嫌を直して。ルティアが収穫してきたエダマメとライチがあるよ？」

食べ物で釣れば機嫌を直すとでも思っているのだろうか？　そう思いつつ器に盛られた茹で上がったエダマメと冷えたライチを見る。

……やっぱり美味しそうだわ。そんな私の心の中を読んだかのように、コンラッド様はライチの表皮を半分剥くと私の口に押し当ててきた。

「ほら、美味しくできてるよ？」

あーんと言われて、渋々口を開けて受け取る。

小さい頃なら良いけれど、流石にこの歳になってくると誰にされても恥ずかしい。そんな私の様子をロビンがニヤニヤっと笑いながら見ている。後で絶対にロビンにも同じことをしてあげよう。そうすればきっと私の気持ちがわかるはず。

「美味しい？」

「……美味しいです」

コンラッド様にそう答えると、嬉しそうに笑う。この笑顔に誤魔化されてはいけないと思いつつも、これ以上は怒ることの方が労力を使いそうなので諦めた。

私とアリシアがソファーに座ると、兄様はコンラッド様をジッと見る。

「——それで、トラット帝国はラステアから見ても不穏ですか？」

その言葉に少しだけコンラッド様は考え込む仕草をすると、小さく頷く。

「トラット帝国では疫病が流行っているんだ。と言っても、従属させた国の方だけどね」

「疫病……？」

「話は聞いていましたけど、疫病……ですか」

疫病という言葉に思わず反応してしまう。もしかしてファティシアで流行る予定だった疫病のことだろうか？　今のところファティシアではその兆候はないけれど、トラット帝国では流行っているのか、と考え込む。

コンラッド様はどんな病気なのか丁寧に教えてくれた。

「そう。最初は数日熱が出るんだけど一度下がるんだ。その後、顔を中心に丘疹《きゅうしん》ができて全身に広がっていく。再度熱が上がり、発疹が化膿して膿疱になる。致死率、感染力が非常に高い病気だね」

隣に座ったアリシアが小さな声でポツリと呟く。

――テンネントウ、と。

もしやアリシアが前に生きていた世界では同じ病があったのだろうか？　すぐに聞きたいけれど、アリシアのその知識は多分まだ誰も知らない知識だ。その話をしても誰から聞いた、とか、本を読んだ、では誤魔化せない。病気の対応を知っているのなら誰だって知りたいからだ。

「それにしても……うちでは流行ってないわよね？」

「具合が悪くなったらまず初級ポーションを飲むようにしてるんだろうね」

「つまり具合が悪くなった人たちがみんなポーションを飲んでくれているってことかしら？」

「食生活の向上もあるかもしれない。ここ数年、魔力過多の畑のおかげで飢饉《ききん》もないし、安定して食料が作れている。これはとても良い傾向だね」

ロイ兄様が嬉しそうに話す。

食事ができること、初級ポーションが買えるだけの生活がおくれること。それが疫病が流行らない一番の要因なら、こんなに嬉しいことはない。お父様の政策が国中に広がっているということだ。その一助を担えたなら、今後も色々と研究しがいがあるというもの。

「ラステアでも流行ってはいないな。逆に、帝国の従属化した国で流行っているということは、かなり国が疲弊しているってことだろうね」

「従属化した国の面倒をトラット帝国は見ないのかしら？」

「奴隷とほぼ変わらないからね。搾取はしても面倒を見るような者はいないと思うよ。残念ながらそういう国なんだ、トラットはね。そのくせどんどん領地を広げようとしている。理解に苦しむ行為だね」

いつものコンラッド様からするとちょっと厳しい言い方だ。でも確かに面倒を見る気もないのに領地を増やしてどうするのだろう？　税収だって望めやしないのに。

「一番の問題は、疫病の流行る場所から難民がきた場合ですね。ファーマン領が接しているから、そこから入ってくる可能性があるかな」

難民、と言われ着の身着のままで逃げてくる人たちを想像する。

きっと命懸けで逃げてくるはずだ。でもファティシアやラステア国で彼らの面倒を見るには予算と、ポーションの確保が必要になる。それに一人や二人ならともかく、たくさんの人が押し寄せたらその地域が混乱しそうだ。

「みんな、助けてあげられると良いんだけど……」

「うーん。でも表立って助けるのも色々と問題が起こりそうなんだよね。難癖をつけるのが好きな国だから」

兄様が困ったように言う。コンラッド様も苦笑いを浮かべながら頷いた。

「従属化した国の人間は帝国の所有物。勝手に手を貸すとは何事だ！　と言い出しかねないね」

疫病に感染している可能性もあるし、何とも悩ましい話だ。助けられるのなら助けてあげたいが、食生活や文化の違う国にすぐ馴染むのは難しい。しかし行き場所がなければ、各々の国の貧民街に住み着き悪さをする可能性もある。だからと言って自国の民より手厚く迎え入れれば、自国民と難民との間で分断を招きかねない。

それにしても、話を聞く限りトラット帝国は従属化した国を顧みることはないようだ。でも、それならばどうして魔力過多の畑を作りたいのだろう？

「トラット帝国は……どうして魔力過多の畑を作りたいのかしら？」

私の問いに、みんなが顔を見合わせた。

「そりゃあ、ポーション作るためじゃないです？」

ロビンの言葉に私は首を振る。

「もしそうなら、宮廷魔術師がいるはずだもの。私を嫁がせる必要はないと思うの。魔術式もポーションのレシピも公表されているのだし」

「貴族全員分となると量がいるからでは……？」

「自分が一番だと思ってる人が、わざわざそこまでするかしら？」

トラット帝国の皇帝は従属化した国に対してとても冷たいように思う。領土を広げるだけ広げて後は税を搾り取るだけなんて、そんなの数年後には人が全くいない不毛の土地になるだけだ。

それなら国内の貴族たちに対しても同じなのではなかろうか？　皇帝でも無視できない人もいるかもしれない。でも、全部の貴族の面倒を見るような人ではないと思う。

それとも自国の貴族は別だと言うだろうか？

例えば自分ならどうするだろうかと考える。

「私が皇帝なら……宮廷魔術師たちに自分たちの分と予備のポーションだけを作らせて、貴族と取引の材料に使うと思うわ」

「ああ、確かに。その方が言うことを聞かせやすいよね」

兄様が頷き、でもそれだけではダメだよね、と言われ私は頷く。

「そう。これには欠点もあって……貴族たちが自分たちでレシピを入手して、魔力過多の畑を自分で作ればクリアできてしまうのよ」

そこまで帝国の貴族たちがやるかはわからないが、帝国ほど大きな国なら必ず貴族の派閥も複数あるはず。その人たちが協力し合えばできなくはない。疫病は致死率が高いのだ。

自分の魔力を魔力過多の畑に使いたくないなんてワガママは言ってられないだろう。疫病にかかったら生きるか死ぬかの問題になるのだから。

「そうなると……どうしても私が必要な理由ってないわよね？　帝国側にどんな風に私のことが伝わっているかはわからないけど」

「そう言えば、宮に戻る途中に話していたが……どうしてルティア姫が積み上げた功績が別の者の功績になっているんだい？」

コンラッド様の言葉に私と兄様は顔を見合わせる。私としては別に不服はない。広めたと思しき相手もわかっているし。誰が作ったか、よりも国中に広まって使ってもらえる方が大事だ。

それがわかっているから、兄様も私も特に訂正もせず放置している。

「――――簡単に言うと、我が国の派閥の問題です」

兄様の言葉にコンラッド様は話を促す。

「うちは第二王子が王位継承一位になってます。それはご存知ですよね？」

「ああ、確か正妃が産んだ王子なのだろ？」

そういえばライルに会ったことなかったかな？　と思い至る。コンラッド様はライルのことを全く知らないのだ。私は慌ててライルのフォローにまわった。初対面の前から印象が悪いって、やっぱり悲しいものね。

「昔はまあ、色々問題があったけど……今はとても真面目な良い子です。私が使ってる畑の一部に彼の畑もあるんですよ？　一緒に畑仕事したりしてて……」

「もしかして、兄弟仲は良好？」

「ええ、今は。双子が生まれてからは特に双子に夢中です」

双子たちの宮にアッシュと一緒に足繁く通っていて、お母様もライルの変わりように驚いていた。それに……双子を初めて抱っこした時、ライルがポロポロと涙をこぼしたと聞いている。新しい弟妹たちはライルにいい影響を与えているのだろう。

とは言っても、たまにドヤ顔で自分の方が懐かれてるんだぞ！　って顔されると、ほっぺたをつねりたくなるが!!　昔よりは遥かに良好な関係だけど、家族だから喧嘩もちょいちょいするのだ。でもそれって普通のことだと思う。何もわからず、お互いを羨むよりずっと良い。

「兄弟仲は良好だけど、それとは別に思惑がある？」

「そうですね。正妃であるリュージュ様のご実家が問題なのです」

「……聞いておいて何だけど、それは俺が聞いてしまっても大丈夫なのかな？」

「コンラッド殿は悪用しないでしょう？」

「え、なに？」

そう言って兄様はチラリと私を見た。それに釣られるようにコンラッド様も私を見る。

「いや、うん。そうだね」

「なので大丈夫ですよ」

二人は少しの沈黙の後、顔を見合わせにこりと笑った。一体何が大丈夫だったのだろうか？

アリシアを見るとちょっと目をキラキラさせている。私が首を傾げると、兄様は気にしなくて良いよと言った。そんなこと言われたら気になるじゃないか‼　でもその顔は絶対に教えてくれない。だって楽しんでる顔だもの。兄様の後ろにいるロビンにも視線を向けたが、ロビンもまたわざとらしく顔を逸らした。

――後でアリシアに聞くことにしよう。

「……話を戻します。えーっと正妃であるリュージュ様のご実家、フィルタード家は我が国ができた時からある家なんです」

「始まりの家の一つなの」

「始まりの家……？」

聞きなれない言葉にコンラッド様は首を傾げる。ラステア国みたいに、すごく長い歴史のある国ではないけど、ファティシア王国にも国ができた時の物語があるのだ。

「ファティシア王国ができる時に、五つの家と聖なる乙女が協力しあって国になったの。歴史書にちゃんと書かれている話なのよ？　そんな家だから家格だけはピカイチなのよね。私たちは辺境伯爵家なんだけど、あまり権力に興味がないの」

「ああ、だから第二王子が継承一位なんだ？」

コンラッド様は納得したように頷いた。

お母様が既に亡くなっていることも関係しているだろう。双子たちはまだ幼いので除外するが、第二王子の派閥は野心家で、第一王子、第一王女の派閥はないに等しい。

「つまり、第二王子には絶対に王位に就いてもらいたい人たちがいるわけだね？」

「正直、王家に対する忠誠心もあまりないみたいです。それでいて発言力だけは大きい。そのせいか派閥の貴族たちの態度も悪いんです。陛下も、側近たちもなかなか心労が絶えないのですよ」

「その派閥が……同じように畑仕事をしている第二王子を見て、ルティア姫の功績を第二王子の功績だと広めたと言うことか……」

兄様はコンラッド様の答えに頷く。そして第二王子であるライルがそれを望んでいるわけではないことも告げた。

「ならば噂を消す努力はすべきだ」

「そうもいかないんです。僕らは彼らにとってあまり邪魔にならない存在でないといけない。王子や王女の住む宮は比較的安全ですが、それ以外の場所はそうとは限らないでしょう？」

「それは……王族を害する者がいると？」

「正直、本来王位に就くはずだった伯父の死から怪しいんです」

「そんなに前からなのか……」

唸るような声に私たちは苦笑いを浮かべた。確かに長い。長期計画だ。それでも王位を諦めきれないのだろう。王様はそんなにいいものではないと思うけど、彼らにとっては違うのだ。

「仕方ない、とは言いたくないけれど……今はまだ、彼らが何かをしたとしてもトカゲの尻尾切りをされるだけなんです。もっと確たる証拠がないといけない」

「そのために噂をそのままにしているんだね？」

「そうです。でも本当のことを知っている人にとってみれば、私は国内にいてほしくない存在。だからトラット帝国に嫁がせようとしているんだと思います。役に立たないのだから、婚姻を結んで仲を取り持て、という感じですね」

そこでラステアが出てこないのは、ラステアとファティシアの仲が良好だからだろう。

私がラステアに嫁ぐよりも……例えばだけど、コンラッド様がこちらに婿入りする可能性だって十分にある。それではきっと困るのだ。

「そうなると、帝国側がその話に乗るだけの理由があるはずだな」

「そうなの。私を魔力過多の畑を作らせるためだけに閉じ込めておく可能性があるって言われたけど、王族用のポーションだけなら私じゃなくても十分できるはずだし」

色々考え出すと矛盾している箇所も出てくる。ただ、こちらが深読みしているだけとも考えられるから、この問題はとてつもなく難しいのだ。

本当に魔力過多の畑を作らせるためだけに欲しいのか？

それとも全く別の思惑があるのか？

「私がトラット帝国に行って喜ぶのは、行かせたい人と魔力過多の畑が欲しい人だけだけど……流石に皇太子の伴侶になる人に貴族たちが魔力過多の畑を作れとは言えないでしょう？」

「あそこは……捕虜として捕まっても態度がでかい人が多いからなあ。言い出しかねないとは思うけど、そんなこと言ったら首をはねられるだろうねえ」

たとえ第三皇子が伴侶となる人にあまり興味がなくとも、皇室の権威に傷をつけるような真似はさせないはずだとコンラッド様は言う。

従属化した国の姫とは扱いが違うはずだから、と。

「だんだんわからなくなってきたわ」

「情報量が少ないからね。でも気をつけた方が良い。あの皇子はだいぶ食わせ者だ。なんだかんだと理由をつけてルティア姫に会いにくると思うよ」

「一応対等な関係ではあるから、無茶な要求はできないんじゃない？」

「そういうこっちゃないですよ、姫さん……」

ロビンの言葉に私は首を傾げた。

「姫さんは女の子なんですよ？　例えばどうしても帝国に連れ帰りたい皇太子が、姫さんを手込めにしたらどうするんです？」

「そうね――――ひとまず、急所を蹴り上げるわ!!」

グッと握り拳を突き上げると、リーナがうんうんと頷く。

「そうそう。良いですよ……じゃなくて、二人きりになるとかそういうのを避けてくださいよ！」

「あのぉ……カレッジでは私とシャンテくんが一緒にいるので大丈夫かと」

「それだけじゃ不十分ですね」

アリシアの申し出にロビンがキッパリと切り捨てる。確かにアリシアとシャンテだけでは不十分だ。だって向こうは皇太子、こちらは貴族令嬢と貴族子息。他国とはいえ身分的にはあちらが圧倒的に上になる。他国だから自重してくれれば良いけど、自重していたら一人で出歩くなんて真似しないわよね。そうなると滞在中は平気でフラフラと出歩く彼と遭遇しそうだ。

それは困る。非常に困る。そう考えていると、兄様がポンと手を叩いた。

「ルティア、明日から皇太子が帰るまでカレッジを休もうか！」

「え！　どうしてですか!?」

「だってカレッジに押しかけてきたら、彼らを案内するのはルティアの役目になるだろ？」

「それは……そうです、ね？」

カレッジの学長が案内しても良さそうだが、学長が噂を信じて忖度《そんたく》してきたら困る。婚約する予定があるなら、尚更私が案内した方が良いだろうと。そんな忖度は必要ないのだが、それを説明するにはお父様の手を煩わせることになるだろう。一筆書いてもらうとか。

「そういえば――――コンラッド殿は学業も大変優秀だとか？」

「まあ、ある程度はね」

「もちろん彼らが帰るまでは僕の宮に滞在されますよね？」

にこりと笑いながらとんでもないことを言いだす。いや流石にそんなわけないじゃない！　と止めに入った。

「兄様……コンラッド様だって予定があるのよ？」

「いや、大丈夫だよ」

「だって、ルティア」

「え、えっと……本当に大丈夫ですか!?　兄様に合わせていません!?」

私は慌てて向かいに座るコンラッド様の顔を覗き込む。トラット帝国の人たちがどのくらいいるかは聞いていないが、婚約云々の使者ならば一週間ぐらいはいそうだ。

そうなると、コンラッド様もそのぐらいいることになる。

それは本当に大丈夫なのだろうか？

「俺の仕事はそんなにないからね。姉上は優秀な方だし、ウィズも後継者として頑張ってるから。それにこんな時にラステアに戻ったら、姉上に怒られてしまうよ」

なぜ怒られるのだろう……？　むしろ帰らない方が怒られるのでは？　そんな私の疑問をよそに、兄様はコンラッド様に手を差し出す。

「と言うわけで、明日からルティアの勉強を見てあげてください」

「兄様⁉︎」

「承知した」

「コンラッド様‼︎」

ガッシリと手を組み合う二人を見て、思わず叫びそうになったが、それを察したロビンに口を覆われてしまった……

王女と悪役令嬢のパジャマパーティー（アリシア視点）

ロイ様たちとの話し合いが終わり、みんなで食事をしてからルティア様の宮に戻る。その途中で、ラステア国の王弟殿下コンラッド様から声をかけられた。どうしたのかと首を傾げると、先に歩いているルティア様を見る。

つられてルティア様を見たあと、コンラッド様に視線を戻すと人差し指を口元に当てられた。

『な・い・しょ』

と口がパクパク動き、何が内緒なのかと少しだけ考えてハッとする。

「アリシア様、どうなさったのですか？」

ルティア様の従者であるリーナちゃんに声をかけられビクリと肩が震えた。コンラッド様はにこりと笑い私に手を振る。

「し、失礼いたします」

カーテシーをしてから、リーナちゃんの後に付いていく。チラリと後ろを振り向くと、コンラッド様はニコニコと笑ったまま手を振っていた。私はそれに軽く頭を下げてどうしようかと考える。

アレはきっと、ルティア様に余計なことは言わないようにって意味なのだろう。それからルティア様の宮に戻って、もう一回お風呂に入って、ため息ばかり吐いているルティア様と一緒にルティア様が七〜八人は眠れそうなベッドに上がった。

「ねえ、アリシア……どう思う？」

「ど、どうとは……？」

フカフカの枕をぎゅっと抱きしめたルティア様はとても可愛い……ではなく、私はどうすれば良いのだろう？　さっきコンラッド様には余計なことを言っちゃいけないよ、と言われたけれど……実際にどこら辺までがダメなのかがわからない。それに私はこれでもルティア様の一番の友人を自負している！　友達の悩みにアドバイスするのは普通の行為では!?

さらに言うなら、ラステア国の王弟殿下とファティシア王国の第一王女殿下。王国民なら自国の王女殿下を優先するだろう!!

「アリシア？　どうしたの、アリシア？」

「えっ⁉　なんでしょう!!」

「だから、どう思うって聞いてるのよ」

「えっと、明日から休む話ですか？」

「そう。コンラッド様は本当にトラット帝国の皇太子が帰るまで、兄様の宮にいるつもりかしら？」

いるだろう。確実に。あの過保護気味なコンラッド様が、今の状態で国に帰るわけがない。

ルティア様は歳が離れていることと、幼い頃からの知り合いということで自分が恋愛対象にならないと思っているようだが!!　私の所感からすると、最初のうちこそ親戚の子みたいな扱いだったけど、だんだんとこう……外堀を埋め始めたんだよね。

ロイ様もロビンさんも気がついているのに止める気配がない。ルティア様を任せるに値する方だと思っているのかな？　でもロビンさんもルティア様の事特別に思っているように見えるんだけど、そうするとライバルに塩を送る的な感じにならない⁉

ルティア様のあずかり知らぬところで火花を散らしているんだろうか？　こ、これぞ乙女ゲーム的な展開!!　個人的にはキャーッと布団の上で悶え転がりたい気分だ。でも流石に自分の部屋でもないのにそんな奇行に走ったら引かれてしまう。私はこれでも侯爵令嬢なわけだしね。うん。

色々言いたいことをグッとこらえつつ、咳ばらいを一つするとルティア様の質問に答えた。

「ええっと……コンラッド様の今までの対応を見る限り、確実に残られるかと」

「それって本当に大丈夫なのかしら？　クアドに手紙を持たせてランカナ様に確認する必要があるわよね⁉」

どうしよう‼　と焦る姿も可愛い……じゃなくて、私はそこまでする必要はないと止めに入る。

「ご本人が大丈夫だと言っているのなら、大丈夫なのでは？」

「そうはいっても……うちの国のことで、他国の方の手を煩わせるわけにはいかないわ」

普通はそう考えるよね。うん。一般的なお姫様とは一線を画していると常々思っているけど、こういうところはすごく責任感が強い。でも今回に限ってはコンラッド様の力を借りた方が良いと思うのだ。私やシャンテくんじゃトラット帝国の皇太子殿下に意見することは難しいもの。

二人っきりにならないように、と側にいることはできても向こうが実力行使してきたら私たちじゃどうしようもない。コンラッド様は部隊を率いる立場。ラステア国の人たちが強いというのもあるけど、部隊を率いるくらいならすっごく強いはず。

きっと皇太子殿下と何かあっても守りきることができるだろう。なのでなるべくルティア様が罪悪感を抱かない方向に持って行く。

「ルティア様……ルティア様はコンラッド様とずっと一緒にいるのは嫌ですか？」

「そんなことないわ！　だって、その……コンラッド様は私の趣味を知っても笑わないし、お姫様らしくないなんて言わないもの」

そりゃあ、それ込みでルティア様のことが気に入っているのだ。言うわけがない。コンラッド様の良いところは、外堀を埋めつつもルティア様が負担に感じないように振る舞えるだけの心の余裕があることだろうか？

できるなら私もルティア様にはそんな人と一緒になってほしい。皇太子殿下よりもずっと、コンラッド様はルティア様を大事にしてくれるだろう。

「それなら、今回はコンラッド様に甘えられては？」

「でも……」

「コンラッド様も本当にどうしても国に帰らねばならない時はちゃんと言ってくれますよ」

「そうかしら？　なんだかニコニコ笑って、大丈夫とか言い出しそう……」

その可能性も否定はできない。が、最優先事項はルティア様の気持ち。ルティア様がコンラッド様に気を許しているのは見ていればわかる。

ただそれが恋なのかと言われるとちょっと判断がつかない。家族のように思っている、と言われても頷けてしまうし……そこまで考えて、もしやそのせいでコンラッド様は余計なことを言わないようにと私を制したのかな？　と思えてきた。でも少しぐらい脈があるかとか聞いてみたい。

年頃の乙女がする恋バナはいつだって憧れなのだ。

「ルティア様……もしも、もしもですよ？　好きな人ができたらどうします？」

「好きな人って……家族以外でってことよね？」

「そうです。吟遊詩人とか小説の中で語られるアレです」

「んー遠ざけると思うわ」

その一言にサッと血の気が引いた。

――――私のせいだ。

私が、この世界の未来に起こる出来事を話したから。

悪役令嬢として死にたくなくて、自分が助かりたくて、ルティア様を巻き込んだ。そのせいでルティア様は本来のルティア様とは全く違う人生を送ることになった。私が、自分で何とかしようとしなかったせいで……ルティア様に全部の責任を押し付けて、そのせいでルティア様は自分の気持ちよりも王族としての責務を優先している。何が起こるか、わからないから。

でも、でも……!! 一人の女の子として幸せを望むのは悪いこと？ ルティア様だって好きな人と幸せになる権利はあるのに。私は泣きたい気持ちになりながらルティア様の袖をギュッと握る。

「ど、どうしてですか!?」

「だって、危ないでしょう？」

「ルティア様を守れるぐらい強かったらどうですか!? それなら……!!」

「うーん……それでも遠ざけると思うわ。だって、絶対はないもの」

絶対はない。それはわかっている。

「ルティア様、ルティア様は……もしや一生独身でいるとか言いませんよね!?」

「まさか！ そんなこと言うわけないでしょう？ いずれは何処かの誰かと婚約して結婚するんじゃない？」

「投げやりすぎですよ!!」

王侯貴族の娘に生まれたのなら政略結婚は当たり前のこと。もしもファティシア王国がトラット帝国よりも弱っていたら、ルティア様は言われるままに嫁いだだろう。でも今は違うのだ。違う。

違うのに、どうしてなのだろう？

「……アリシア、どうして泣くの？」

「わ、私……悔しいんです。ルティア様の役に立てなくて」

「十分助けてもらっているけど……？」

ちょこん、と首を傾げながら私の顔を覗き込んでくる。いいや。助けられているのは私の方だ。私の荒唐無稽《こうとうむけい》な話を信じてくれて、そのための対策を立ててくれた。

アカデミーの卒業パーティーは不安だけど、それでもルティア様が側にいてくれるなら大丈夫だと思える。こんなに良くしてもらっているのに、私はルティア様を幸せにする手伝いもできない。何もできない自分を恨めしく思いながら、ルティア様の小さな手を握る。

この小さな手がたくさんの命を救った。この国で一番幸せになる権利を持っている人。

「ルティア様、私はルティア様の幸せを願っています」

「そ、そう？」

「絶対に、絶対に幸せになってほしいんです！」

「アリシアったら急にどうしたの？」

「好きな人と結婚して、子供を作って畑を耕して、花をいじって、シワシワのおばあちゃんになるまで長生きしてほしいです」

「そうね。そうなれれば幸せね」

幸せになってほしい。こんなに素敵な方なのだもの。

「ルティア様は誰かを好きになろうとは思わないんですか？」

「うーん……あと五年経ったら考えようかしら？」

「その間に何処かの誰かと婚約させられたらどうするんです！」

「そしたら、その人を好きになれるように努力してみるわ」

「それじゃ、ダメですよー‼」

「え、そうなの⁉」

私がまた泣きだすと、ルティア様は慌てだす。それではダメなのだ。ルティア様にはちゃんと愛する人と結ばれてほしい。難しいことはわかっているけれど。

いや、難しくはない。

あと五年、コンラッド様なら待つのでは⁉　この話をコンラッド様に伝えて、あんまりグイグイとルティア様に迫らないようにしてもらいつつ、要所、要所でアピールしてもらえば良いのでは⁉

その可能性に気がつき、私はガシッとルティア様の肩を掴む。

「ルティア様……歳の差って気にされます？」

「歳の差って……もしかしてアリシアまでコンラッド様の話を真に受けているの⁉」

「いえ、ルティア様的に気にされるのかされないのかを確認したくて！　あとどんなタイプが好みですか‼」

そういうとルティア様はちょっと考え込む仕草をした。

「……好みの、タイプ？」

「そうです。背の高い人とか、話が上手とか、体がガッシリしてる、逆にぽっちゃりめとか……色々あるじゃないですか」

これぞ恋バナ！　とばかりにルティア様に聞いてみる。きっとコンラッド様ならそれらも全てへし折って、自分を見てもらうように仕向けるのだろうけど。

好みぐらいは把握しておきたいはずだ。ドキドキしながらルティア様の答えを待つ。

「そう、ね……たぶん……」

「たぶん……？」

「好きになった人がタイプなのではないかしら？」

「え？」

「だってどう言っても理想は理想でしょう？　現実はきっと違うと思うのよね」

「理想でも良いんですよ？」

「理想を語るほど、男の人を知らないもの」

そう言われると言葉に詰まる。カレッジでは他の貴族たちの手本になるべく振る舞い、きっと誰が良いとか悪いとか認識する暇もないのだろう。

それ以外の男の人は血縁者かライル殿下の側近候補三人だ。

コンラッド様や……一応、トラット帝国の皇太子もいるけれど。あそこら辺は特殊枠になってしまうはず。好みの対象からは外れているのかもしれない。

「……誰かを見て、ドキドキしたりとかないです？」

「うーん……ハラハラならいくらでもあるけど」

「誰でも良いんですよ？」

コンラッド様の名前が出れば万々歳だが、そうしたらルティア様はコンラッド様を遠ざけてしまうかもしれない。

それは困る。

いや、大人しく遠ざけられる人ではないけど。それすらへし折ってきそうだけど!!

「あ、一人いる！」

「ドキドキした人がいるんですか!?」

「ええ、一人だけいるわ」

にこりと笑うルティア様に私の期待も高まる。

「カーバニル先生」

「え？」

「カーバニル先生と会った時、私とてもドキドキしたわ！」

それは、たぶん、私が求めている意味ではない気がするけど、だけど……ルティア様が嬉しそうに笑ったから、私も一緒に笑うことにした。


コンラッド様にはご自分で頑張ってもらおう。

ポンコツ王子、未知との遭遇

「――――本当に大丈夫ですか？」

朝食が終わり、ロイ兄様の宮に行くとコンラッド様が迎え入れてくれた。兄様はすでにアカデミーに行ってしまったらしい。もしかしたらアリシアと一緒に行ったのかもしれない。

そんなことを考えつつ、コンラッド様とお茶を飲む。もう一度確認しなければいけないからだ。だけど昨日と変わらずコンラッド様は問題ないと私に告げる。その笑みに疑いの眼差しを向けてしまう。本当に大丈夫なのだろうか？ やっぱりクアドに頼んでランカナ様に確認を取るべきか？ うーんと悩んでいると、アリシアの顔が頭に浮かぶ。何があってもコンラッド様なら平気ですよ、と言っていたけど……本当に平気なのかな？

本当はアリシアと一緒に登校したかったけど、レナルド皇太子殿下がカレッジに来たらとても困る。それに、フィルタード侯爵家のエスト・フィルタードが余計なことを言わないとも限らない。ロイ兄様ぐらい落ち着いて対応ができれば良いけど、まだまだ貴族的な対応が得意でない私には難しいだろう。だってすぐに顔に出てしまうし。嘘って、苦手なのよね。

いや、対応策があっても学長が忖度したらお終いだ。学長がお似合いですね、なんて一言でも言おうものなら学園中に噂が出回る。それを嬉々としてエスト・フィルタードは話して回るだろう。

「ルティア姫、どうかしましたか？」

「え、ああ、いえ。アリシアが……昨日の夜、変なことを聞いてきたので」

「変なこと？」

下手に彼の話題を出すのも悪いような気がして、昨日の夜の話をコンラッド様にする。恋バナというものについては、アリシアが泣いてしまったこともあり黙っておく。それ以外の話をしても障りのない内容を伝えてみた。

「アリシアが言うには、女子会とパジャマパーティーは仲の良い友人との必須科目のようなものなのですって」

「もしかして一緒に眠ったんですか？」

「ええ、パジャマパーティーはベッドの上でおしゃべりしながらするものですし、気が付いたらそのまま寝てしまうもの」

「うーん……あんまり想像がつかないなあ。行軍訓練や魔物討伐なんかで、部下たちと雑魚寝することはあるけど」

普通の王族は友達と一緒に寝るなんてあまりないだろう。ロイ兄様だってお友達と一緒に寝たりはしない。ちゃんと客間があるわけだし。もちろん、私の宮にだってある。でもそういうの抜きにして、友達と一緒に遅くまでお喋りするのは楽しい。

毎日会っていても話題が尽きることがないのだ。

「あ、でも、そういうことをするのはアリシアとだけですよ？」

「ずっと思っていたんだけど、アリシア嬢とはとても仲が良いんだね？」

「ええ。とても！　一番の友達ですもの」

「そうかあ……」

「はい！」

元気よく返事をするとコンラッド様はフイッと顔を逸らした。首を傾げつつ、コンラッド様の顔を覗き込むと、口元に手を当てて笑っている。

「あのぉ……？」

「いや、うん。ルティア姫は大人びているところもあるけど、やっぱり十三歳の女の子なんだな、って。そう思っただけだよ」

「私、そんなに大人びているところなんてありますか？」

「あるよ。考え方とか、たまにこちらが驚くぐらいだ」

驚かせるようなことなんてそんなにしていないのだけど……でも詳しく聞くのもなんだか恥ずかしいのでやめておく。

褒めてもらえるような内容なら良いけど、お世辞だとコンラッド様が困るだろう。

＊＊＊

お茶を飲み終わり、兄様の宮の客間に移動する。流石に私の宮にコンラッド様を招いて勉強するのは色々と問題があるからだ。一応ね！　色々と配慮しなければいけないのよ。私はともかく、コンラッド様に変な噂が立っても困るし。

「そういえば……コンラッド様はライルに会ったことはなかったんですね」

「ああ、そういえばそうだなあ」

タイミングが悪かったのかも、とコンラッド様は言った。

一番初めにラステア国の大使としてコンラッド様が来た時、私もライルもまだ社交界デビューが終わっていなかったから夜会に出ていない。その後のお茶会もライルは来ていなかった。

あのとき参加していたのはリュージュ様とお母様と兄様、確か……ライルは双子の面倒を見るからと断ったのだ。乳母と侍女もいるのに。でもアレは今思えば双子を口実に使ったのかも。自分は未熟だからと。

今のままだとコンラッド様のライルに対する印象はあまり良くない。せっかくの機会だし、ライルに会ってもらえないかな。私はチラリとコンラッド様を仰ぎ見る。

「あの……会ってみます？」

「え？」

「ライルです。私の一つ下で、髪色はリュージュ様似です」

「じゃあ金色？」

「はい」

兄様の隣の宮がライルの宮だというと、コンラッド様も挨拶ぐらいはしてみようかなと言ってくれた。私は兄様の宮を出てライルの宮に向かう。入り口を守っている衛兵にライルがいるか聞くと、今日はすでに訓練所に行ったと言われてしまった。どうやらいつもより早く出てしまったようだ。

「訓練所？」

「今日は乗馬訓練みたいです。だからいつもより早く出たみたい」

「乗馬……あ……！」

「どうしました？」

「カッツェを馬小屋の近くの小屋に預けてるんだ」

「カッツェは大人しいから馬も驚かないと思いますけど？」

「いや、人の方が驚くと思うよ」

「あ」

お互いに顔を見合わせ、私は慌てて乗馬訓練用の訓練所に向かう。本当はバタバタ走ってはダメだけど、ライルがカッツェに驚いて怪我をしたら大変だ。カッツェは大人しくて良い子だけど、ライルはそれを知らない。

「――――ひょわああああああっっ!!!!」

聞き覚えのある悲鳴に私は額を押さえる。確実にライルだ。きっとカッツェに驚いたのだろう。もしや泣いてはいないだろうかとドキドキしていたが、馬小屋の近くで腰を抜かしていたライルはカッツェにベロンベロン顔を舐められていた……カッツェ的には友好的な挨拶だが、初対面でされると本当にビックリする。食べられるんじゃないかって。

「ライル、ライル！　大丈夫？」

「る、ルティア！　これ、これ、龍!?」

「そうよ。ラステア国のコンラッド様の飛龍でカッツェと言うの」

ライルの側に膝をついて落ち着くように背中をポンポンと叩いてあげる。怖がってるかな？　と顔を覗き込むとすごく目がキラキラしていた。その感情には私も覚えがある。

「飛龍……すごい！　かっこいい!!」

そう言うとライルはぴょこんと立ち上がり、私の隣にいたコンラッド様を見つけて頭を下げた。

「お初にお目にかかります、ファティシア王国第二王子、ライル・フィル・ファティシアです。勝手に飛龍に触ってごめんなさい」

急に謝ってきたライルにコンラッド様は少し驚いた顔をする。勝手に触った、と言うよりはカッツェがベロンベロン舐めてた、の方が正しそうだけどきっとライルなりの気遣いなのかもしれない。

「ああ、いや。驚いただろ？」

「ええっと……はい。でも全然怖くなかったです！　俺が驚いて転んだのを心配してくれたみたいだし。凄く利口な子なんですね」

「カッツェは優しい子だもの」

自分の飛龍ではないけど、褒められると嬉しい。これで私にも龍好き仲間ができたことになる。

「そうだね。カッツェは比較的温厚な性格の子だから平気だけど、全部の龍がそうではないから触る時は気をつけた方がいい」

「はい！　……えっとその……もう少し触っても良いですか？」

ライルは恐る恐るコンラッド様に尋ねる。コンラッド様は訓練の時間に間に合うなら良いよ、と許可してくれた。ライルはちょこんとまた頭を下げると、そっとカッツェに手を差しだす。

「カッツェ……？」

小さな声で呼ぶと、カッツェがクルクルと喉を鳴らした。

「わあ……」

ベロンとまた顔を舐められたが、ライルは嬉しそうだ。そしてひとしきりカッツェを撫でると、時間だ！　と言って慌てて訓練に行ってしまった。そんなライルの後ろ姿をコンラッド様は楽しそうに見ている。

「……想像とは違った、かな」

「そうですか？」

「うん。君たちはとても仲が良いんだね」

「お客様の前だからあんな感じなだけですよ？」

少しすました感じのライルを思い出し、普段はもう少し砕けた口調だし私と口喧嘩もよくすると伝える。一つ違いだから姉上とも呼んでくれないし、と呟けばコンラッド様はおかしそうに笑った。

「歳が近いとそうかもね」

「コンラッド様とランカナ様は違いましたか？」

「うちは姉上がアレだからねえ……覚えてないけど、姉と呼べと圧が強かったって乳母が言ってた」

「兄弟が増えるって嬉しいものですからね」

「たまに大変な時もあるけどね」

ちょっと遠い目をしたコンラッド様。ランカナ様が何か無茶なことでもしたのだろうかと考えて、ちょっとだけ思考を停止した。多分聞いたらダメなやつだ。うん。

「さ、俺たちも勉強しに行こうか？」

「そうですね。近いうちにまたテストがあるのでお願いします」

休んでいる間のノートはアリシアが持ってきてくれるのでなんとかなる。だけどテスト対策は持ってきてもらったノートだけでは難しい。兄様の宮に戻り、勉強用の部屋に案内してもらう。

「さて、じゃあ始めようか」

「はい、よろしくお願いします！」

そう言って頭を下げれば、コンラッド様も笑顔で頷いてくれた。

生ける龍の国（コンラッド視点）

ラステア国は、龍が守護すると言われている国だ。

正しくは龍と共に生きる国。ラステアの民は龍と共にあると言っても過言ではない。大昔には龍と番《つがい》になったラステアの民がいたとも聞く。今よりももっと、魔力濃度の濃い時代の話。もしかしたら龍は人の姿をとることができたのかもしれない。

今となっては、確かめる術はないが……

その血のせいか――ラステアの民は戦闘力が高く、体が頑丈にできている。

一般的な人間なら死ぬような大怪我も、ラステアの民であればそこまで酷いことにはならないのだ。とはいえ、病や呪いは別の話。病にかかれば伏せるし、呪いを受ければ簡単に命を落とす。

そうならない為に作られたのがポーションだ。

ポーションの発見はラステア国にとっても画期的なものだったが、他の国にとっても大変な特効薬だった。すぐに使えば、大怪我をした瀕死の人間も治すことができるのだ。我先にと手に入れたがる国が増え、諍いの元になった。

しかもポーションの濫用は戦争を長期化させる。

ラステア国はポーションのレシピだけを公開し、薬草の持ち出し禁止とポーションの持ち出しにも厳しい制限を設けることになった。

それがここ二〜三百年の話。

今はある程度、落ち着いているが、未だ諦めていない国があるのも知っている。そんな中、甥であり、次期ラステアの王となるウィズ・カステード・ラステアに呪いがかけられた。かけた者はその後すぐに死んでしまった為、呪いを解くこともできない。

いや、命を使ってかけた、と言った方が正解なのかもしれないが……

「姉上、ウィズの様子はどうですか？」

「あまり良くはない」

「呪いは上級ポーションでも打ち消せないのでしょうか？」

「昔々ならいざ知らず、今の我らがポーションだけで呪いに打ち勝つのは難しかろうな」

たった一人の後継者。もしもあの真面目な甥に何かあれば、担ぎ出されるのは俺になる。それは正直避けたかった。まだ、番う相手すら見つけられていないのに——

甥は可愛い。歳も近く小さい頃から稽古をつけたり、勉強を教えたり、姉や義兄の代わりに面倒を見てきたのだから。しかし、これと、それとは違うのだ。

もしも彼に何かあったら……姉は確実に俺を後継者に指名するだろう。もう一人子供を産む、という選択は姉にはない。心の底から愛した番である義兄を亡くしてしまったから。

新しい相手と一緒になるなんて考えは微塵もないだろう。

普通の王家としては有り得ないことなのだろうが、ラステアではそれが罷《まか》り通る。それぐらい番は重要なのだ。

「ま、番って言い方からして違うか……」

普通は結婚相手、というらしい。

ラステアではもっとも結び付きの強い相手を選ぶ為、『番』と呼ぶが。

「何かいい方法はないものかな。上級ポーションでずっと抑えられるものでもないだろうしなあ」

呪いは体を蝕んでいく。怪我は癒せても、奥深くに根を張り、ジワジワと命を脅かしていくのだ。

龍舎に向かい、カッツェと皇龍デュシスの様子を見る。カッツェは俺の気持ちを察しているのか、少し落ち着かない様子だ。デュシスに至っては全く龍舎から出てこない。

「デュシス、お前にもウィズの呪いがよくない状況だってわかるのか？」

そう話しかければデュシスはチラリとだけ俺に視線をよこした。早くなんとかしろ、と言われているようで何とも言えない気分になる。そしてこんな時だけ無言なのだ。意思の疎通ができる癖に。

「俺もできることならやってるし、代われるものなら代わりたいよ」

そう呟くと、カッツェが俺の頭にカプリと噛み付いてきた。そしてグルルルと低い唸り声をあげる。きっと冗談でもそんなことは言うな、と言っているのだろう。首元をポンポンと撫でてやる。そうすると、カッツェも少し落ち着いたのかベロンと俺の顔を舐めた。

「何か、方法があればいいんだけどな……」

呪いをかけた者は死んだが、どこの国の者かわかっている。わかっているが、証拠がないので下手に相手を突くわけにもいかない。なんせ死人に口無しだ。それを理由に戦争でも仕掛けるつもりか、と難癖をつけられても困る。あの国と違って、うちの国は戦争がしたいわけじゃない。

きっとラステアの弱体化を狙っているのだろう。それほどまでにポーションが欲しいのだ。

別に永遠の命が手に入るわけでもないのに……

それにもしもウィズや姉、俺が死んだとしても代わりはいる。

王族がいなくなれば、皇龍デュシスが王を新たに選定するのだ。それがラステアの決まり。その隙を狙って戦争を仕掛けるのも、まあ難しいだろう。

その時は、ラステアの人々は一丸となって戦うだろう。もう遠慮する必要はないと。そうなったら簡単には止まらない。普段陽気な人たちが怒ると、それはそれは恐ろしいのだから。

＊＊＊

ウィズの呪いは長期に及ぶと思われた。

しかし、一人の少女の出現によって、それはあっさりと終わりを迎える。

少女の名前はルティア・レイル・ファティシア。ファティシア王国の第一王女。

ガラス細工のように、そっと触らなければ壊してしまいそうなほど華奢な少女は、一体どんな手を使って治したのだろう？　その場にいた全員が口を噤《つぐ》んだため、未だに聞けていない。一応、彼女が国に帰った後も聞いてはみたが、姉は笑うだけで答えてはくれなかった。

「それよりも……あの娘がそうなのであろう？」

「……どうしてそう思うんです？」

「お前の態度はわかりやすい」

キッパリと言い切られ、俺は口を噤む。本来、ラステアの民の番はラステアの民から現れる。それなのに、俺の番相手は全く現れることがなかった。

だからこそ、自分の直感に確信が持てないでいるのだ。

「良いではないか。歳の差ぐらいよくある話であろう？」

「普通の王侯貴族の話ですよね？」

「普通でなくとも、番相手が歳の差がある時もある」

「それは、まあ……あるでしょうけど」

姉の番相手。義兄は姉よりもだいぶ歳が離れていた。老齢な将軍は俺の師であり、父のような存在でもあったが……姉といる時は、穏やかな表情をしていたことも知っている。

あれが番なのか、と心の奥底があたたかな気持ちになったものだ。

「姫君はラステアの民ではない。番と言ってもピンとこんだろうなあ」

「そうでしょうね」

「つまりお前が頑張らねば、姫君はどこの誰とも知らぬ者と婚約して結婚してしまうということだ」

「……そう、ですね」

「お前はそれで良いのかえ？」

よくはない。よくはないが、彼女はまだ八歳の少女で……俺は成人も済んだ二十歳の男だ。どう考えても今、どうこうという話ではない。そんなことを言い出したら絶対に警戒される。もしも彼女が、あと十歳、年を取っていたなら年齢的に問題はなかったのだが、これればかりは仕方がない。

「コンラッド、其方をファティシア王国との外交窓口にしてやろう」

「は？」

「そうすれば自由に行き来できるであろう？　向こうとて、何の思惑もなく魔力過多の畑の作り方や、ポーションを持ってきたわけではあるまい？」

「それは、そうでしょうけど……」

「王族同士、仲良く交流を深めるが良い」

そう言うと朱い紅を差した唇をニィッとひく。

「妾はなあ、可愛い娘が無事にできるようだし、今度は可愛い妹も欲しいのよ」

「そんな勝手な……」

「今のところ、妾の願いは順調に叶っておる。あとは其方だけよ。のう、コンラッド?」

一度言い出したらきかないことを嫌と言うほど知っている。義兄も姉とは歳が離れ過ぎていると、一度は婚姻を断ったがそれでも食い下がり成し遂げた人だ。

龍を恐れず、姉に気に入られ、この国で暮らすには問題ないはず。それに彼女を国から出したくないと言われれば、俺を向こうにやればいいと思っているに違いない。

カッツェがいればラステアとファティシア間の往復は難しくないし、それに龍を気に入った彼女のことだ。カッツェが一緒にいた方が喜ぶだろう。

一瞬のうちに色々な思惑が頭の中をめぐる。

「コンラッド?」

「……善処します」

それだけ言うと、俺は小さなため息と共に姉の前を辞した。

正直なところ、姉にファティシアとの外交窓口に任じられたのは良かったかもしれない。ファティシアとも話し合って、好きに行き来できるようにしてもらえたし。おかげで暇を見つけては頻繁に会いに来ている。

だがついでとばかりに集めた情報では、国の中での彼女の立ち位置はあまりいいものではない。

それなら尚のことラステアに連れて行くのもいいだろう。

慎重に状況を見極めながら彼女の成長を待つのも良いものだ。


下から困惑気味の視線が刺さる。俺はその視線の主に目線を合わせた。

「コンラッド様、本当に今日も大丈夫ですか？」

「うん、問題ないよ」

「本当に、本当です？」

「本当に、本当」

「……ランカナ様にお尋ねしても？」

「もちろん大丈夫だよ」

五年の歳月は彼女を少しだけ大人にした。前はもっと、会いにきただけで喜んでくれたのに……今は長期滞在すると、国での仕事は大丈夫なのかと心配される始末。もちろん急ぎの仕事は全て片付けてきている。その辺抜かりはない。

「私としては、その……コンラッド様の教え方はわかりやすいので、とても助かるんですけど……」

「ならいいと思うんだけどなあ」

「お仕事を放り出してまで滞在されたら、ラステアの官僚たちに悪いですし」

「俺の部下はみんな優秀だから大丈夫。俺が一人いなくても問題なく処理してくれるよ」

正確にはウィズが肩代わりしているのだが。叔父思いの甥をもって俺は大変助かっている。まあウィズも番であるサリュー嬢と毎日一緒に居られる上に子供もできて浮かれているからな。少しぐらい負担が増えても問題ない。

「それに、トラット帝国の皇太子もまだ帰っていないだろ？」

「本当に彼らが帰るまでいるつもりですか？」

「もちろん」

にこりと笑いかけると、彼女はちょっと困った顔をして、その後自分の頬をつねると俯いてしまった。こうして時たま突拍子もない行動をするが、そこも愛らしい部分だ。

「どうしたの？」

「……いえ、その、コンラッド様に迷惑をかけているな、と」

「俺が好きでやってるんだから、気にしなくていいんだよ？」

「でも、ですね……でも、その、コンラッド様と長く一緒にいられるのも嬉しいなって思うので、私は悪い子なのかもしれない、デス」

「悪い子かあ」

良い子にしか見えないが……本人は俺を困らせていると本気で心配しているのだろう。

「コンラッド様、本当にホントーに！　大事な用ができたらちゃんと帰ってくださいね？」

「うんうん」

「約束ですよ？」

「大丈夫だよ」

君より大事な用なんてないのだから。言葉には出せないが、それでもこの時間がもっとずっと続けば良いなと思う。まずは外堀から、しっかり、確実に埋めないといけないが。

それは何のための争いか？


コンラッド様から勉強を教わるようになって五日ほど経った。経済、薬学、ついでに剣術、体術、弓を使った騎乗諸々を教わっている。後半は必要ないんじゃない？　と言われたけれど、何かあった時に咄嗟に身を守る行動ができるようになりたいのだ。

今は二人とも馬に乗って畑へ移動中。

ほどよく勉強、ほどよく体を動かす、そんな日々を過ごしている。ちなみにまだトラット帝国の皇太子一行は帰っていない。婚約云々の話は断られているのだから早く帰ってほしい。

「ルティア姫は魔術も使えるのだから、武術は使えなくても良いんじゃないかい？」

「咄嗟に魔術を使えるほど器用ではないので……それよりは体の方が先に動きそうですし」

「あー……」

なんとなく納得、という表情を浮かべられた。解せない!!　それに剣術や騎乗した状態で弓を引けるとか、そういうのはとても大事なのだ。外に出た時に襲われたら困るじゃないか。

継承権を抜きにしても絶対安全、ということはないのだ。

リーナや、騎士たちが私を守ってくれるだろうけど、足手まといになりたくない。

私が動くことで好転するかもしれないし。それに何でもできるようになりたいのだ！

「昔は……その、お城から出るなんて絶対に無理だって思ってたんです」

「うん？」

「自分の宮とお城の一部分がいける場所だったんです」

たぶん、それが普通。それが一般的なお姫様。私の世界はそれだけのはずだった。

「本の中では色々な場所に行けるけど、実際の自分の世界はここだけで……どこにも行くことはできないと思ってたんです」

アリシアのいう『ゲーム』の私はそんな世界で生きてきたはず。でも私はその世界の枠からはみだした。アリシアのおかげで。私はたくさんのことができるようになったのだ。

だからもっともっと増やしたい。行ける場所も、できることも、何でも!!

「普通のお姫様は、そんなに出歩かないものかな？」

「普通のお姫様はそうじゃないんですか？」

思いもよらない言葉に、私がそう聞き返す。普通とはそうではなかろうか？　少なくとも物語のお姫様はそうだ。コンラッド様はうーんと首を傾げた。

「姉上は……王位に就く前も、就いてからも自由に出歩いたからね。国を見て回るのも王の役目だって言ってたかな。もちろんお付きの人は大変だったけど」

「王様なのにですか!?」

お父様がそんなことをしたら、ハウンド宰相様がものすごく怒ると思う。怒った宰相様はとても怖いのだ。たまにポーションを届けに行くと、宰相様に怒られているお父様に遭遇する時がある。

まるで吹雪いているんじゃないかってくらい、部屋の空気がヒンヤリしているのだ。

残念ながら私じゃお父様は助けてあげられないから、宰相様にポーションを渡して早々に部屋を出ていくけどね。たぶん、何かしたのはお父様の方だろうし。

「王様だけど、うちの国は女性も家を継ぐ権利が平等にあるから。戦場に女性がいることも普通だよ。女性の将軍もいるし戦争になったら、たぶん、姉上が先頭に立って指揮をするかな」

「それは……なんかすごいですね？」

女性の将軍までいるとは！　戦争とかそういうのは抜きにしてちょっと憧れる。

「うちは国民皆戦士と言われるぐらい、戦闘力は高めだからね。だからあとは本人の努力とか、才能とかになるかな」

「ファティシアは余程のことがないと、女性が継ぐことはないですね。それだけ優秀だと周りに示す必要があります」

「ということは、王位も？」

「そうですね。継承権がある、というだけで、もしも継ぐならば他の継承者を押し退ける程、自分が優秀だと示さないといけません」

例えば第一継承者があまりにも暗愚であるならば、女性であっても王位に就くことはできるだろう。それも他に継ぐ者がいないという前提の話だ。今のファティシアは、ロイ兄様はすごーく優秀だし、ライルもとても頑張っている。私が王位に就くような隙はどこにもない、と思う。

――聖属性のことを考えると、可能性はゼロではないけど。

と言っても私は王位に就く気はさっぱりない。でも色々な場所を見てまわるには、危険も伴う。魔物に遭遇しないとも限らないし！　私はそのためにも自分の身を守る術を学んでいるのだ。そのせいかフィルタード派の貴族だけでなく、他の貴族たちからも変わり者認定されている。

「ルティア姫は、王位に就きたい？」

「いいえ全く！」

即答するとコンラッド様に笑われてしまった。

「そんなに興味ないの？」

「ありませんよ。兄様がなってくれればいいなーって思ってますけど、今のライルなら……たぶん王位についても大丈夫かなって思うし」

「この間会った第二王子だね？」

そう言われて私は頷く。コンラッド様的にはライルはどう見えたのだろう？　私的にはちゃんとしてきてると思うけど、他国の王族から見てはわからない。

「コンラッド様から見て、ライルはどう見えました？」

「まだ一回しか会ってないからなんとも。デビュタントの時もルティア姫としか会わなかったし」

「そういえば、そうですね」

五年もファティシアに通ってきてくれてるのに、全然会っていないのも不思議な話だ。

「どうして今までライルと出会わなかったのかしら……？」

「うーん……大体ファティシアに来ると畑に直行してたし、お世話になるのもロイ王子の宮だしね」

「ライルの宮は隣だけど……ああ、そうか。ライルってば双子のところに入り浸ってたからかも」

「そう言えば双子の王子と姫とも会っていないね」

そう言われて納得する。ライルは王族として必要な勉強や畑仕事が終わってからは、双子たちのもとに入り浸っていたと言ってもいい。それではコンラッド様に会うこともなかっただろう。

「今度双子とも会ってください。とっても可愛いです。ほっぺがぷにぷになんですよ？」

「いいね、うちはウィズが大きくなってしまったからなあ。小さい頃は、にいたま、にいたま、って後をついて歩いてたのに」

「そうなんですか？」

「ウィズが小さい頃は俺が面倒を見ていたからね。姉上と義兄上は忙しかったから」

普通は侍女と侍従が見るものではなかろうか？　それともラステア国ではそれが普通なのか？

違う国のことだから、色々と疑問は尽きない。

それにウィズ殿下とコンラッド様は二歳差だった気がする。

コンラッド様が面倒を見ていた、というよりは一緒に育ったの方が近いんじゃ……と思っていると、畑が見えてきた。畑には、とーっても見覚えのある長い髪の人と、今はとっても会いたくない人が一緒に立っているではないか！

「……今から馬を引き返したい」

「そうは言っても、気づかれちゃったしねえ」

コンラッド様の声がスッと低くなる。見上げると、目を細めて少しだけ眉間に皺が寄っていた。

やっぱり友好的な国ではないし、会うのは嫌なのだろう。

「えっと、大丈夫です？」

「大丈夫だよ。いきなり殴り合いの喧嘩になることはないから」

「そ、それは大事な気がするんですが!!」

ははははと笑うコンラッド様と一緒に、馬を所定の場所に繋ぐと畑に向かった。畑につくと、ちょっと顔色の悪いカーバニル先生が真っ直ぐに私に向かって歩いてくる。

いや、歩いているように見えるけど物凄く速い。そして私の目の前に来るとガシッと肩を掴まれた。正直、少し痛い。それに顔も怖い。

「せ、先生!?」

「……ごめん」

「は？」

「ごめんなさい！　流石にしがない雇われ魔術師だから!!　他国とはいえ、皇族の頼みをバッサリ断れなかったのよっっ!!」

ヒソヒソヒソっと早口で私の耳元に話し続ける。あんまり耳元で話されるとくすぐったいのでやめてほしい。そう思っていると、グッと体が後ろに引かれた。

背中がポスッとコンラッド様の胸にぶつかる。

「あまり放置しても問題があるのでは？」

「あら、ごめんなさいねぇ」

さっきまでのちょっと顔色の悪い先生から、いつもの先生に戻った。それどころかニヤニヤ笑っている。そこで笑う理由がよくわからないけど、まあいつも通りの先生に戻ったから良しとしよう。

「先生？」

「あ、そう。そうよね。ええっとねぇ……あちら様が、どーしても実地訓練したいって言うのよ」

「実地訓練？」

「魔力過多の畑を作りたいからって、魔法石の扱い方とか色々教えてほしいと打診があったの」

「それはいいことです、ね？」

自分たちで魔力過多の畑を作るのなら、ポーションもすぐに作れるようになるだろう。いや、作れるようになると良いのか？　それとも悪いのか……？

判断に困っていると、先生も苦笑いを浮かべている。

「良いこと、ということにしましょう。まあ、とりあえず、畑を作りたいわけ。で、アタシに白羽の矢が立ったのよ」

こんな可憐なアタシにこんな仕事回すなんて酷くない⁉　と言うけれど、私は先生が騎士団の騎士とも平気で渡り合えることを知っている。この間もちぎっては投げ、ちぎっては投げと騎士団で暴れていた。全くもって弱くはない。むしろ魔術を使える分、とても強い。

魔術耐性はあるし、下手な騎士よりも強いという部分で白羽の矢が立ったのだな、と推察する。

「で、教えてたんだけどーどうしても実地で練習したいと言うわけ」

「最初は鉢植えからとかでしょう？」

「そうね。最初は慣れないからそこからね」

私やライル、リーン、アリシアのように魔力が豊富であれば多少失敗しても、直接畑を作る方が早いのだが、普通の人はそこまで魔力はない。

なので失敗しても何度も練習できるように、今は鉢植えから始めることになっている。

「鉢植えは大丈夫だったの？」

「鉢植えは大丈夫だったの。だから、実地訓練をしたいんですって」

そんな話をしていると、トラット帝国の皇太子――レナルド殿下がこちらに歩いてきた。

「こんにちは、ルティア姫」

「ごきげんよう、レナルド皇太子殿下」

そう返すと、レナルド殿下はチラリとコンラッド様を見る。

「まだ、居られたんですね？」

「王家公認なのでね」

「そんな話は聞いていないが……？」

「おや、そうですか？」

何となく首筋がピリッとした。困って先生を見ると、先生は口元を隠してはいるけれども、何となく目が笑っている。こんな時に！　とジトッとした目で見ると、先生はコホンとわざとらしく咳払いをした。先生が話を進めてくれないと何も進まないんだからね！

「レナルド殿下、畑の件ですが……今、ルティア姫に相談していたところなのです」

「そうなのですね。ルティア姫、是非とも魔力過多の畑を作らせてもらいたいのですが、よろしいですか？」

「畑を作る、ですか？」

「ええ、国に帰る前に試しておきたいんです」

もう一度、先生を見る。先生は少し困ったような表情を浮かべた。ここで良いですよ、と言っていいものだろうか？　魔力過多の畑を作れるようになることは悪いことではない。

悪いことではないのだが……何となく、嫌な予感がするのだ。

＊＊＊

彼らは、私の畑の一部を使わせてほしいと言う。複数形なのは彼の側近の人も一緒だから。もちろん畑を使うのは構わない。構わないが、どうもこう嫌な感じがする。どうしようか悩んでいると、彼らから見えない位置でカーバニル先生が口をパクパク動かす。

『こ・と・わ・れ』

そう動いた。

つまりは先生からしても、なんかあるぞ！　と言うわけだ。しかし帝国の皇太子からの要請を先生が断るには無理がある。身分的には向こうが上なわけだし。だから私に直接断れと言いたいのだ。

「ルティア姫、やはり難しいでしょうか？」

「え、ええっと……」

ニコニコ笑っているのに、圧がある。側近の三人も同じようにニコニコ笑っているのに、目が笑っていない。何だか値踏みされている気分だ。正直言えば、自国でやる前に一度試してみたいというこ とに偽りはないと思う。でも、それを理由に何かしそうで怖いのだ。

「鉢植えで、試されたんですよね？」

「ええ、ですが広い場所でも試してみたくて」

「鉢植えでできたなら、自国で何度か同じように試してから広い場所でやってみては？」

「そうなると先生がいませんからね。できるならこちらにいるうちに修得したいのです」

「な、なるほど……」

他の三人も同じように頷いた。そんな彼らの目をジッと見る。嘘は、ついてない。ついてない、と思う。彼らは本気で魔力過多の畑を作りに来た。

「帝国では、疫病が流行っています。それもかなりのスピードで。せめて下級ポーションでも作れれば、民の助けになると思うんです。それに魔力過多の畑は作物も早く育つのですよね？」

「そうです。魔力の量にもよりますが、普通の畑よりも早く育ちます」

「収穫量も上がるとか？」

「ええ」

すでに聞いているであろうことを更に私に問いかけてくる。

まるで真綿で首を絞められているかのようだ。


『お前が断れば、帝国の民に死者が増えるぞ』と――


正直に言えば、帝国のことなんて私には関係ない。ラステア国のような友好国でもないし、どちらかといえば付き合いを遠慮したい国。

アリシアの『ゲーム』の話からすれば、絶対に行きたくない国でもある。

でも、でもだ。

トラット帝国の皇帝は……民を慮《おもんぱか》ることはない、と思う。このまま放置していたらどんどん死者は増えるはず。帝国は従属化した国から搾取はしても、助けることはしない。

彼は皇族の一人として民を助けたいと言った。このまま疫病を放置すれば、帝国の力を削ぐことにはなるだろう。そしたら帝国に攻められ、従属化した国が帝国に牙を剥くかもしれない。

叛逆の狼煙《のろし》が一つ上がれば、他も続く可能性がある。

帝国が滅びるのであれば自業自得かもしれない。だが、その戦火が他国に飛び火しないとも限らないのだ。

ファティシアや、ラステアに。

それならば、これは投資と考えればいい。トラット帝国に恩を売る。疫病が流行れば、そのうち首都まで侵されていくだろう。その時に下級ポーションだけでもあれば……一気に国が崩れることはないはずだ。それが良いか、悪いかは別にして。

「……わかりました。私の畑の一部をお貸しします」

「ありがとうございます、姫君」

「ただし、貸すのは殿下がこの国にいる間だけです。魔力過多の畑は魔力を抜くこともできるので！　お戻りの際には抜いていってください」

「……抜くことが、できるんですか？」

「ええ、もちろん。そうでないと本来の作物を育てる時に困りますから」

「なるほど」

レナルド殿下はにこりと笑う。その後ろで先生が手で顔を覆っていた。

だって仕方がないじゃないか。

お人好しと呼ばれても、私は――――助けられるなら、助けたいのだ。

いくら他国のことでも、人がたくさん死ぬのがわかっていて放置するのは寝覚めが悪い。


レナルド殿下は側近の三人を紹介してくれた。


赤茶色の髪に茶色い瞳のマルクス・アーベル卿。

アッシュグレーの髪色に琥珀の瞳のハンス・クリューガー卿。

紺碧色の髪に黒い瞳のギルベルト・シュルツ卿。

三人とも長くレナルド殿下に仕えている騎士なのだと言う。腰に剣を佩《は》いているのだから、確かに騎士なのだろうけど……クリューガー卿はともかく、他の二人から受ける印象はちょっと違う気がした。アーベル卿からはハウンド宰相様と同じような感じがするし、シュルツ卿に至っては何だか物凄く観察されているように思える。

そんな三人は私の観察を終えたのか、今度はコンラッド様に絡んでいた。

「……それで、王弟殿下も一緒に畑仕事をなさるおつもりですか？」

「ああ、普段から手伝っているしね」

「それはそれは……ラステアは暇なんだな」

「女王陛下も王太子もとても優秀だからね。私の出る幕はあまりないのですよ。おかげでファティシア王国の外交担当になれましたが」

「国を空けて入り浸れるとは羨ましい限りだ」

「友好国同士、普段から密な行き来が大事だからね」

ははははは、と背の高い男の人たちが集まって笑っている。笑っているけど、目は全く笑っていない。首筋はピリピリするし、思いっきりため息を吐きたいところだけどグッと我慢する。

私はパン！　と手を叩くと、ギスギスした言い合いを止めた。

「さ、カーバニル先生。殿下方に教えて差し上げてください。魔力の抜き方も一緒に！」

そう言って笑うと、先生に全部押し付ける。だって私が教えるよりも本職なのだから。教わるなら本職からの方がいいはずだ。先生はちょっと前までニヨニヨッとした顔をしていたけど、途端に嫌そうな顔になる。まあ、付き合いが長い私だからわかる程度だけど。

「せ・ん・せ？」

「わかってるわよ……さ、殿下方こちらにどうぞ」

「おや、姫君は教えてくれないのですか？」

「私よりも本職の先生に教わった方がいいですよ。私の場合、もう完全に自己流なので。人に教えられるようなものではないのです」

教わるなら基礎からしっかりと教わった方がいい。そう告げると、彼は仕方ないと言うように肩をすくめた。そして三人を従えると先生の後ろに付いて行く。

「さ、コンラッド様はあちらに一緒に行きましょう？」

「ええ、そうですね」

コンラッド様は私の肩に手を置くと、そのまま押すように収穫場所へ向かう。そんなに押さなくても良いのに、と思って顔を見上げるとコンラッド様と目があった。

「良かったんですか?」

ひそりとコンラッド様が耳に囁く。

「魔力過多の畑を作るのに、ルティア姫の畑を提供して」

「ああ、そのことですか。どうせ魔力は抜けますし！　実際に作物を植えたりもしないから、問題はないです」

「なるほど」

コンラッド様の瞳に映る私は少し困った顔をしている。それに気がついて聞いてきたのだろう。心のうちを見透かされているようで少し困ってしまった。

「……本当は下級ポーションでも作れるようになると、帝国の力をつけることになるのでは？　と思わなくもないんです」

「その意見には賛成です。帝国は確実に使うでしょうね」

「ええ、でも……」

「でも?」

「レナルド殿下は民を助けたいと言いました。私はその言葉を信じてみようと思います」

ロビンがいたら、姫さんのお人好し！　と怒っただろう。帝国の、しかも皇太子の言う言葉を鵜呑みにするなんて、と。それぐらいに楽観的な主張なのだ。

本当に、彼らは民を救うのか？

それとも皇帝や貴族たちだけがその恩恵を受けるのか？

全くもってわからない。

もしかしたら、私のこの選択は間違いかもしれないけれど。

「姫君は優しいですね」

「そうでしょうか？　私、投資と思うことにしたんです」

「投資？」

「そうです。自分が罪悪感を抱かないための、投資、です」

「なるほど。他国に干渉することは、いくら困っていても向こうからの要請がなければできないからだね？」

「ええ。そして要請を受けても助ける確率はとても低いんです」

相手がトラット帝国だから。ちょっとでも隙を見せれば、攻めいってくる可能性のある国。とてもじゃないが、そう簡単に手助けなんてできない。

「どの国も……帝国の国力が削がれれば、と心の内では思っている」

「ええ、わかります」

「でもそれと、民を救いたいと思う気持ちは別だからね」

「はい」

「あの皇太子が、本当に民を助けるのかは……彼の今後の動きを見ればわかるだろう。今はそれで良いんじゃないかな？」

コンラッド様の言葉に私は頷く。助けられるなら、助けたい。でも、助けられない。だから希望を託す。今はそれしかできないから。

「この投資が、吉と出ればいいね」

「そうですね」

先生に魔力過多の畑の作り方を教わっているレナルド殿下に視線を送る。視線を感じたのか、彼が振り返った。パチリと目が合うと、その口元がニッと弓を引くように笑った。

皇太子、帰還する

――――長かった。

日にちにすると十四日ほど。本来の予定より五日も多く滞在していった。そのトラット帝国の皇太子がようやく、ようやくっっ!! 帰ったのだ!! もちろんその間に面倒なこともあったけれど!! 私は彼らが乗り込んだ馬車をものすごく良い笑顔で見送った。花でも振り撒きたいぐらいに!

「いやあ、ようやく帰りましたね! 長かった長かった」

「そうね。これでようやくカレッジに行けるようになるわ!!」

ポツリと聞こえた声に同調するように、思わず拳を空に突き上げる。すると後ろからプッと噴き出す声が聞こえた。振り向けば、カッツェを従えたコンラッド様が肩を震わせながら笑っている。

さっきまでいなかったのに!!

「ご、ごきげんよう……コンラッド様」

「いや、うん。そうだね。学校に行くのは大事なことだよね」

「そうですよ！　大事なことですよ!!」

コンラッド様から教えてもらうのはとても楽しかったけど、王族としてはカレッジで学ぶべきことも沢山あるのだ。貴族との付き合い方だけではない。一般市民もカレッジには通っている。

もちろん通えるのは裕福な子たちではあるけれど……それでも、通える子たちが増えている現状を考えると、国が豊かになっていると思って良いだろう。

「名残惜しいけど俺もラステアに戻るよ」

「そうですね。お仕事、溜まってますよね……きっと」

「そこまでじゃないと思うけど」

「いえ、その……ランカナ様に怒られたら、私も一緒に怒られるので」

今回はファティシアの都合でコンラッド様に滞在してもらったのだ。そのせいでコンラッド様が怒られでもしたら申し訳ない。普段はいても一日～二日。それが十四日もいたのだ。

いくらカッツェに乗って直ぐに来られるとはいえ……一度も帰らなかったのだから、問題が生じていてもおかしくはない。

「姉上はそんなことで怒るような人じゃないから平気だよ」

「本当ですか？　ちゃんと言ってくださいね？」

「大丈夫、大丈夫」

そう言うとコンラッド様は私の頭を撫でてくれる。優しい方だなあ。何かお返しでもできれば良いのだけど、子供の私にできることは少ない。今度ジャムでも作って持っていってもらおうかな。

「それじゃあ、俺もそろそろ行くね」

「はい。ありがとうございました。とても助かりました」

「うん。俺も楽しかったよ」

コンラッド様がカッツェに飛び乗ると、カッツェはバサッと翼を広げる。

「ルティア姫、また今度」

「はい！　また今度!!」

ひらひらと手を振られ、私も同じように振り返す。するとグン、とカッツェが上昇してそのままラステア国の方角へ飛んでいった。その姿を見送り、私は小さなため息を吐く。

「……良いなあ、飛龍」

「そっちですか!!」

「ロビン！」

「あーロイ様の代わりに、コンラッド様を見送りに来たんですよ」

ということは私が笑われた原因はロビンが呟いた言葉ということだろうか？　こんな時まで気配を消してなくてもいいのに。おかげでロビンがいることに気が付かなかった。

「……さっきのはロビン？」

「さあ、なんのことだか？」

ロビンは良い笑顔を浮かべてとぼけている。その態度で自分だと言っているようなものだ。ぷくっと頬を膨らませると、いつものようにロビンは私の頬を両手で挟んで潰してきた。

「ロビンのせいで笑われちゃったじゃない」

「そんなところも含めて姫さんですからね。コンラッド様も気にしませんよ」

「そうかしら?」

「そうそう」

おざなりな回答にロビンの脇腹をギュッと掴む。

「ギャッ！　な、何するんですか!!　姫さんのエッチ!!」

「ロビンだって私の頬を潰したじゃない！」

「もーそんなに膨らませていたら、元に戻らなくなりますよ」

「戻るもん!!」

ロビンと言い合いをしながら、ロイ兄様の宮へ向かう。兄様はアカデミーに行っていてレナルド殿下の見送りに来ていない。あまり派手な見送りはいらない、とのことで私と要職についている者たち数名が見送りに来たわけだ。向こうとしてはまだ私との婚約を諦めていない。だがそのことを彼をよく思わない人たちに知られるのも具合が悪いのだ。

大事なのは、私が見送りに来た、という事実。

まだ婚約には至っていないけれど、それなりに友好的な関係を築けていると一緒に来ていたトラット帝国の人たちに見せたいのだろう。

コンラッド様が言ったように、彼の立場は盤石なものではない。

「それにしても……あの皇太子様は婚約できないからって余計なもんを残していきましたねえ」

「そうね。まさか、うちと作物の取引をしたいなんて」

「マジックボックスが普及してるわけじゃないですし、採れすぎたものを他国に売るのは悪いことではないんですけど」

「相手がトラット帝国だからちょっと考えちゃうわよね」

魔力過多の畑のおかげで、国内の食料自給率はとても高い。そして加工できる食品はいいとしても、そうでないものはあまり気味になってしまう。あまってしまった食料は市場価格が下がる。下がる分には買う人は嬉しいだろうけど、作っている人にとっては困ってしまうのだ。

「疫病が流行っているのは本当でしょうし、それで国民が困っているのも事実なんでしょうけど本当に国民に回るのかが問題っすよね」

「そうなのよ。でも魔力過多の畑を作るみたいだし」

「ポーションができると困りません？」

「困るけど、病を治すためなら仕方ない気もするのよね」

彼らの作る魔力過多の畑は、私たちが作るものに比べて魔力量が少ない。カーバニル先生が言うには、トラット帝国の人たちは総じて魔力量が控えめだったそうだ。

――――つまり上級ポーションを作ることはできない。

「下級だけなら、そこまでの脅威にはならないってコンラッド様も言っていたし……それに病気の初期の状態なら、下級ポーションでもきっと治るだろうし」

「妥協するしかないですかねぇ」

「そうね」

トラット帝国が余っている食料を買い取るならば、市場の価格も下がり過ぎず丁度良い値段で保たれるだろう。向こうで安定的に魔力過多の畑が作れるようになって、食料を売る必要がなくなっても大規模なマジックボックスを作れるようになれば問題は解決する。現在その調整中なのだ。

そうすれば国が買い上げて、もしもの時に配布できる。

ただ作るのに魔力量と、繊細な作業が必要らしいので簡単に増やせるかは別問題だけど。魔力だけなら有り余っているから私に言ってくれればいつでも手伝うのだけど……繊細な作業があると言われると腰が引けてしまう。繊細な作業って本当に難しいんだもの。

「マジックボックスの大きいサイズがたくさん作れればなー色々と保存しておけるのに」

「もしもの時に食料を貯蔵しておくのも大事ですしね」

「できればお祝い事の時に配れると一番いいわね」

悪いことで配るよりも、良いことで配る方がずっと良いし。それに今のところその兆候はないけれど、トラット帝国の人たちが国に帰ってファティシアのことをどう報告するかわからない。

戦争を経験したことはないけれど、人がたくさん死ぬようなことは起きてほしくないのが本音だ。

「お祝い事ねえ……そういや、皇太子様は随分と整った顔をしてましたけど、姫さんのタイプではなかったんすか？」

「タイプ……？」

ロビンの言葉に首を傾げる。

「お付きの騎士たちもみんな整った顔してましたけど、一番は皇太子様だったでしょう？」

「そう、なの……？」

「姫さん、もしかして男の顔はみんな同じに見えるとか言いませんよね？」

「い、言わないわよ！　ちゃんと見分けつくもの!!」

「見分けがつくならあるでしょう？　タイプみたいなの」

「タイプって言われてもよくわからないわよ」

タイプってなんだ。タイプって！　口を尖らせると、ロビンは、わざとらしいため息を吐く。

「春はまだまだ先っすねえ」

「そりゃあこの間、終わったばかりじゃない」

「そう言う意味じゃないっすよ……てか、その調子だとコンラッド様の顔見ても普通とかそんな感じなんっすか？」

「コンラッド様？　コンラッド様は優しい顔立ちをされてるじゃない」

「……皇太子様は？」

「……え、えーっと綺麗な顔をしているとは思ったわよ？」

「……なるほど」

ロビンはうんうん、と頷く。

「じゃあ、コンラッド様と皇太子様はどちらが好きですか？」

「そんなのコンラッド様に決まっているでしょう？」

なんだこの質問は？　首を傾げると、ロビンはハンカチで目元を拭う仕草をする。

「良かったっすね、コンラッド様……」

「何が良かったの？」

「そのうちわかりますよ」

「何それ」

ロビンは時たまわからないことをいう。ジッと見上げていると、学校のお友達と恋バナでもしてください」といわれた。

「恋バナしてどうするの？」

「恋バナするとタイプとか、諸々がわかるようになります」

「そんなものなの？」

「そうですよ。大事ですよ恋バナ。姫さんを身近に感じてもらうチャンスです」

「そうなの？」

なんだか誤魔化されているような気もするが、ロビンはこれ以上は教えてくれないだろう。昔からそうなのだ。自分で考えなさい、と言われているような気分になる。

「さ、そろそろロイ様もアリシア様と一緒に帰ってきてるでしょうし、急ぎましょう」

「そうね。アリシアにも悪いことをしたわ」

毎日のように学校が終わってから来てもらったのだ。授業が進んでもなんとかついていけるのは、彼女とシャンテのおかげだろう。そうしてロビンと二人で兄様の宮に向かう回廊を歩いていると、慌てた様子の侍従に声をかけられた。

「姫殿下！　ルティア姫殿下!!　お待ちください!!」

「なあに？　どうしたの？」

「じ、実は……少々問題が起こりまして」

「問題？」

少し青い顔をした侍従は、お父様のもとへ急いでほしいという。

なんだかとてつもなく嫌な予感がした。

＊＊＊

ロビンと別れ、侍従についてお父様のもとへ向かう。侍従の顔色を見るとまだ青褪めたままだ。

「ねえ、何があったの？」

「ええとですね、レナルド皇太子殿下が手紙を置いていかれたのです」

「手紙？」

「はい」

「その手紙が問題なの？」

そう問いかけると、侍従は小さく頷いた。

「その、陛下が大変お怒りなんです」

「お父様が？　そんなに失礼な内容なの？」

「そういうわけではないのですが……」

侍従は汗をふきながら答える。つまりは、失礼な内容ではないけれど、お父様的にはとても腹の立つことが書いてあったということかな？　一体何を書いたのだろうか？　お父様の執務室の前に着くと、侍従が近衛騎士に扉を急いで開けるように言う。

「お父様、お呼びにより参上いたしました」

「ああ、ルティア……」

「レナルド皇太子殿下が何か置いていかれたと伺いましたけど？」

「そう。そうなんだ……まったく！　なんてものを置いていったんだ!!」

お父様は手に持っていた紙をグシャッと握りつぶす。その手に持っているものが彼からの手紙ではないのだろうか？　握りつぶしてしまったら、読めなくなるではないかと思わなくもないが……今のお父様にそれをいっても意味はなさそうだ。だって物凄く怒っている。

「ええっとーそれで、なんて書いてあったんです？」

「……ルティア、レナルド殿下をどう思う？」

「どう、とは？」

「人間見た目ではない、と私は思っている。もちろん見目も中身も良い者もいるが……ルティア的には、レナルド殿下をどう見る？」

質問の意図がよくわからない。彼は王城の侍女たちが騒ぐぐらいには、見目は良いのだろう。でもそれは彼の側近たちも同じだ。皆、見目の良い人たちだった。

でもだからといって、特別なにかを感じることはない。

コンラッド様やウィズ殿下も素敵な方たちだし、ラステア国の城仕えの人たちも見目の良い人は多かったからだ。前にサリュー様に聞いたことがあるけど、顔で採用したりはないはず。と言われたから、たぶんないのだろう。

「お父様、確かにレナルド殿下は見目は良いのでしょうが、側近の方々も同じく良かったかと」

「……うん」

「城の侍女たちも騒いでましたし」

「そうだな」

「ですがラステア国の方々も皆さん見目の良い方が多いですよ？」

「そうなのか？　いや、そうではなくて、ルティア的に好ましく思うかどうかの話をしているんだ」

「私がですか？」

好ましいとは、どの程度のことをいうのだろう？　国同士の付き合いとして、友人として、家族のような関係として、色々あると思うがお父様はどれを指していっているのだろう。

その時にふと、先ほどロビンと話していたことが頭に思い浮かんだ。

『じゃあ、コンラッド様と皇太子様はどちらが好きですか？』

私は迷わずコンラッド様をあげた。

つまりは、お父様の話もそういった話なのだろうか？

「お父様、レナルド殿下よりはコンラッド様の方が好ましく思います」

そう素直に告げると、お父様の顔色が真っ青になる。

「る、ルティア……コンラッド殿とは歳が離れてやしないか⁉」

「そうですね」

「……つまり、年上がいいということか？　いや、それにしても歳が……」

お父様がブツブツとなにごとか呟きだす。私は意味が分からず側にいたハウンド宰相様の顔を見た。宰相様は私に「好ましい」とはどの程度の意味かと聞いてくる。

「そうですね。家族のような？　そんな好ましさです」

「つまり、恋愛的な意味ではないと？」

「恋愛っっ⁉　る、ルティア⁉⁉」

「陛下は黙っていてください」

「そもそも王族の結婚に特別恋愛感情なんて必要ないのでは……？」

宰相様にそう告げると、そんなところだけちゃんと王族なんですね……とため息を吐かれてしまった。そんなところだけ、とは失礼な！　いつ政略結婚の話が出てもいいように、心の準備ぐらいはしているのに！

「……ルティア、お父様は恋愛結婚だぞ？」

「それはお父様とお母様が珍しい例というだけで、普通は違いますよね？　伯父様とリュージュ様は政略結婚するはずでしたし、お祖父様とお祖母様もそうでしたよね？」

「そうですね。基本的に王侯貴族は、幼い頃から家同士の付き合いを考慮しつつ決めています。陛下は逃げ回っていましたけど」

逃げ回っていたのか……それなら私もそうしようかな？　今のところ、アリシアの話のようにトラット帝国に嫁ぐ気はサラサラないわけだし。結婚適齢期まであと五年。つまりアカデミーを卒業するまで婚約者を作らない、というのもありかもしれない。

「それで、レナルド殿下の手紙には何が書かれていたのですか？」

「――――ルティアと、友好的な関係になったから……二ヶ月後の誕生パーティーにルティアを招待したいと」

「私を誕生パーティーに？」

「そうです。正式な招待状は後ほど送ると」

宰相様は困った顔をして、お父様がグシャグシャにしている手紙に視線を向ける。そうか。そんなことが書かれていたから、私が彼の見た目に騙されたとでも思ったのかもしれない。というか、

友好的な関係を築いた覚えはカケラもないが⁉

「私、特別友好的な関係を築いた覚えはありません。それに、トラット帝国にも興味はないです」

「姫君、トラット帝国では、今、疫病が流行っているようですよ？」

「知っています。コンラッド様から伺いました。レナルド殿下はご自分で魔力過多の畑を作って、ポーションを作ろうとしていましたのでそれで対処されるかと」

「……彼らだけで、領民を救えると思いますか？」

「全く思いません。ですが、私はファティシア王国の王女です。ちょっと隙を見せたら攻め込んでくるかもしれない、危うい国に手を貸すほどお人好しではありません」

本当は助けてあげたいと思う。でもそれは傲慢というものだ。全ての人を救えるなんて、そんなの思い上がりもいいところ。根本を変えることをしなければ結局元に戻るだけなのだから。

もしも、トラット帝国が今までとは違い領民を慮り、ちゃんと助けたいと思うのであれば……多少手を貸すことも吝《やぶさ》かではないが、今の状態では絶対に無理だ。

「トラット帝国との国境沿いにある、ファーマン侯爵領でも疫病の報告が来ています。あちらはポーションがあるので大事に至っていませんが」

「もしかしたら、国境を超えて来るかもしれないってことですか？」

「その可能性は大いにありえます」

同じ病が流行っているのに、トラット帝国では死者が増え、ファーマン侯爵領では治っている。それが知られたら、どんどん国境を越えてくるかもしれない。そうなってしまったら、大変なことになる。

疫病が流行り国力が下がれば、トラット帝国はポーション欲しさに攻めてくるかもしれない。そこまで考えて、むしろそれを狙っているのでは？　と思い至ってしまった。

「……ハウンド宰相様、もしかしてトラット帝国はそれを狙っているのでしょうか？　疫病をファティシアに広めようとしている？」

「街を……滅ぼすのに一番簡単な手段です。流行り病を患った者をわざと送り込み、そのまま放置しておけば街中に広がるでしょう」

「病人……しかも、トラット帝国から逃げてきた人たちですものね。侯爵領の人たちだって無下にはできないでしょうし」

「人の善良さに付け込んだ、なんともいやらしい手段です」

わざわざ私を誕生パーティーに呼ぶ理由はそれだろうか？　魔力を大量に保有している人間が一人でも少なくなれば、ポーションが足りなくなると思っているのかもしれない。ポーションが足りなくなったら、疫病は広がるだろう。

トラット帝国に行くのに最低でも二週間はかかる。疫病が流行り始めた侯爵領を避けるのならもっと、だ。そうなると使者はもっと早くこちらに来るかもしれない。

わざとらしく、侯爵領を通って。その中に病人がいたら……――

「ま、そうはいってもポーションが足りなくなることはないんですけどね」

「そうですね。侯爵領によっては、最低限しか作っていないところもありますけど！　ファーマン侯爵領なら在庫たくさんありますし!!　だって私とアリシアで作りましたもん」

「ただファーマン侯爵には、トラット帝国から来た者を直ぐに神殿の隔離部屋に入れるように伝える必要がありますね」

宰相様の言葉に頷く。感染《うつ》る病気は早々に隔離してしまうに限る。アリシアの話からポーションは腐るものでもないし、と在庫をたくさん用意しておくように国中に伝達しておいて正解だった。

それに足りなければ、王城でも作っているので直ぐに届けることもできるだろう。向こうの思惑通りに事が運ぶと思ったら大間違いなのだ!!

「ひとまず、念には念を入れて私もポーションを作りますね!」

「そうですね。他の領で足りなくなる可能性もありますし……どことは言いませんけど」

「そうね。どことは言わないけど」

もしかしたら、これも計画のうちの一つなのかもしれない。まず一番目障りなファーマン侯爵領の力を削る。そして徐々に国力を低下させて、トラット帝国を引き入れ、ヒロインを使ってアリシアとライルの婚約を破棄させるのだ。

その後はライルを王位につけて、自分が主導権を握る。なんせ大勢の前で侯爵令嬢と婚約破棄をするのだ。そんな王に忠誠を誓う貴族たちがいるだろうか?

普通はいない。

たとえどんなに優秀でも何の咎《とが》もない令嬢を貶めて、真実の愛に酔った者。そんな人を信じられるわけがないのだ。王位に就いたら思い付きで何をするかわからない。

それにファティシア王国は一夫多妻が認められている。侯爵令嬢を正妃に、ヒロインを側妃にすれば解決する話だもの。でもそれをしなかった。しない、ということはそれなりに理由があるということ。自分が権力を掌握するのに必要な手順だったのだろう。

それがアリシアの話の裏で起きていたことなのだ。たぶん。

ただ現実では、ポーションが潤沢にあるから向こうの思惑通りにはいかない。五年の間にフィルタード派以外の貴族たちは、ちゃんとポーション作りに手を貸してくれているからだ。フィルタード派の貴族たちがどれほど備えているかはわからないが、神殿は対処しているはず。

「王族が率先してやっているのに、自分たちはやらないとか怠慢よね」

「そうですね。そのくせ困ったら我先にと奪うのでしょうし」

「いっそのこと飛龍があれば良いのに。そうすれば、トラット帝国までビュンッと行って、ビュンッと帰ってこれるのになあ」

「その場合はコンラッド様にお願いするしかありませんが、トラット帝国ですからね」

「そうね。ちょっと難しいわよね」

何度も戦をしている国に、送ってくださいなんて口が裂けても言えない。だって彼らと会うと、必ずといって良いほど舌戦が始まるのだ。ピリピリした空気は胃にも悪い。

「招待状が送られてきたら、どうするか考えましょうか」

「そうね。疫病が流行ってるのを理由に断ってもいいし」

「それもありですね」

私と宰相様がそんな会話をしている間中、お父様はずーっと何かを呟き続けていた。

王子と王女と悪役令嬢の密談　三

お父様とハウンド宰相様と別れ、私はまたロイ兄様の宮に向かう。ようやく帰った相手のことなんて今はまだ考えたくない。いずれ考える日が来ようとも！

ふんふんと鼻歌を歌いつつ、兄様の宮に向かっているとライルとアッシュに出くわした。

「ライル、どこに行くの？」

「俺はこれから宮に戻るんだ」

「ふーん……来年はカレッジでしょう？　勉強は進んでる？」

「そこそこな。それよりも大丈夫なのか二週間近くもカレッジを休んで」

「……コンラッド様に勉強を教わっていたから平気よ。それにアリシアに頼んで進んだところを見せてもらっていたし」

「そっか……なんか、大変だな」

ライルは哀れみを含んだ視線を私によこす。帝国からの縁談を断ったことで、色々あったことを知っているのだろう。そうなのよ。本当に大変だったのよ。と内心で思いつつ、私が逃げ回っている間にライルが彼とお茶してたことを思い出した。

「ライルはレナルド殿下と話をしたんでしょう？」

「あーなんか、向こうからお茶をしようとか言われたから少しな」

「どんな話をしたの？」

「どんなって……当たり障りのない話？」

そう言いながらライルはちょこんと首を傾げる。私もつられるようにして首を傾げた。当たり障りのない話って、どんな話だろう？　兄様よりも年上だし、話が合うのかな？　貴族的な会話って私は苦手なんだけど、ライルは大丈夫だったのだろうか？

「まあ、ポーションのことは専門家のカーバニル先生に投げたけど、あとは兄弟仲はどうなのか、とか、勉強のこととか？　そんなもんだよ」

「ふーん。ライルから見てレナルド殿下はどう見えたの？」

「どうって、隙のない人だなって」

「やっぱりそうよね」

「ああ。なんか探るような目をしてる。言葉尻から何かを引き出そうとしてるような感じかな」

彼の側近たちにも同じ印象を持ったとライルは言う。それと、かなりの手練れだとも。彼らに話の流れで一度だけ剣術の稽古をつけてもらったのだそうだ。

ライルは手も足もでなかったと少し悔しそうな表情を浮かべる。

「でも俺がレナルド殿下と稽古をする羽目になったのは、兄上が逃げ回ったからだぞ……」

「そうなの!?」

「アカデミーがあるからって、全部俺に押し付けたんだからな。あの人」

少しだけ口を尖らせて、不服そうな顔をして見せた。でも本心では任せてもらえて嬉しいのだ。だって目が笑っている。

「まあ兄様は剣術、苦手だしね」

「そうだな。俺は体を動かす方が好きだし」

「適材適所よ。適材適所」

そう告げるとライルは苦笑いをした。この間、飛龍に会った時は年相応にはしゃいでいたけれど、普段はかなり落ち着いている。目線だって私が顔を上げないと合わなくなってしまった。アリシアの話の『ライル』と似てきているのかもしれない。

そして兄様がレナルド殿下の前に出なかったのは、話の通りであれば疫病にかかるから。疫病の広がっている国から来ているのだ。念のため、と思ったのだろう。

「そういや、どこかに行く途中じゃないのか？」

「あ、そうよ。兄様の宮に行くの」

うっかりアリシアが待ってるの、と言いそうになったが慌てて口を噤む。アリシアは一応、ライルの婚約者――――ということになっている。ライルの宮に行ったことはないのに、兄様の宮によく行っているとなると流石にちょっと問題だろう。

「ええっと、それじゃ、私行くわね」

「ああ。頑張れよ」

「ええ、明日からカレッジに行くから……小テストの対策しなきゃ」

頑張れ、と言われ、私は素直に頷くと、ひらりと手を振って兄様の宮へ向かった。

＊＊＊

兄様の宮ではアリシアが今日の分のノートを兄様に見せつつ、何か話をしている。その様子を部屋の入り口からジッと見つめた。

「……姫さん、どうしたんです？」

「ううん。なんでもないわ」

訝しげな表情のロビンが私を見ている。私は口元に手を当てて、にやけないように我慢した。

だって、兄様のアリシアを見る目が……お父様がお母様を見る目によく似ている。つまりはそういうことだろう。実際にはライルと婚約しているわけじゃないし、アリシアは誰とだって結婚できる。その相手が兄様でも良いじゃないか！

もっともアリシアは気が付いていないようだけど。こういう時ってアレよね。下手に周りが手を出しちゃダメなのよね？　にやけたいのを我慢しつつ、私は二人に声をかける。

「兄様、アリシア、私、ようやく解放されたわ!!」

「残念ながら勉強からの解放はまだ先だけどね」

「それはまあ、仕方ないわ。でも勉強は嫌いじゃないもの。努力するのみよ！」

「その意気ですよルティア様!!」

アリシアに応援されつつ、私もテーブルにつく。テーブルの上には明日の小テストの範囲が書かれたノートが広げられていた。すごく見やすいノートだけど、その範囲の広さに苦い物を食べた時のような顔をしてしまう。

「うっ……流通経済は範囲が細かい上に広いのね」

「流通経済は必須だからねぇ。ルティアのしたいことをするには、そこの見極めも大事なんだから頑張らないと」

「……はい」

頑張るといった手前、やっぱりちょっと無理とはいえない。

もうちょっと勉強したところが、するすると頭の中に入る頭の持ち主でありたかった。流石にそんな芸当は持ち合わせていないので、頑張って頭の中に叩き込む。コンラッド様の教え方がとても上手かったのと、兄様とアリシアのお陰でなんとかなりそうな気がしてきた。

「ところで、父上はどうしたの？」

「レナルド殿下が……私に誕生パーティーの招待状を送るって手紙を置いていったの」

そういってため息を吐く。

「……ルティアはあまり接触しなかったんだよね？」

「そうよ。ほとんど話してない。話してたのはコンラッド様の方が多いんじゃないかしら？」

「それなのに手紙を置いていったの？」

「しかも私と仲良くなったとか書いたらしいのよ‼」

カケラも仲良くなった覚えはない！　と吠えると、ロビンがどうどうといってくる。別に暴れ馬じゃないんだけど……

「父上はさぞ怒っただろうねえ」

「そうよ。なんだかすごく怒ってた」

「ルティア様、トラット帝国に行かれるんですか？」

「行く気はさらさらないわね」

「でも国賓《こくひん》として招待されると断るのに理由がいるんですよ……ね？」

アリシアの言う通り、国賓として招待されると断る口実がいる。でもそれは後でハウンド宰相様と相談して決めれば良いことだ。今から悩んだところで疲れるだけ。

むしろ目下の心配事は小テストの方だ。コンラッド様がわざわざ残って教えてくださったのに、テストの点数が悪かったら申し訳ない。

「そうねえ。でもまだ招待状が来たわけじゃないし」

「トラット帝国は、ルティア様を欲しがっているのでしょうか？」

「招きたいと言うならそうだろうね」

「もう！　来てから考えたって遅くないわ。それよりも明日の小テストの方が問題よ‼」

ぷくっと頬を膨らませると、二人は顔を見合わせて笑いだす。

「ルティア様らしいですね」

「そうだね」

「だってまだ起こってないことだもの。確かに私がトラット帝国に行くことで、よくないことが起こる可能性もあるけどね」

「というか、確実に起こるんじゃないっすかね？」

拉致監禁されたらどうするんです？　とロビンが問いかけてきた。それも込みで、後で考えると言うとロビンはわざとらしいため息を吐く。

「先に対策立ててた方が良くないですか？」

「一番はコンラッド様と一緒に行くことなんだろうけど、流石にそんなことお願いできないし……

うっかり戦争なんてことになっても困るものね」

「あー確かにコンラッド様ならうってつけでしょうねえ」

「そこまで迷惑はかけられないから、いっそ飛龍でも借りられたらなあって」

「飛龍を、ですか？」

「飛龍ならビュンッと行ってビュンッと帰ってこれるもの」

往復一日もかからない。向こうに行って、ちょっと顔を出してそのまま飛龍に乗って帰って来れば良いのだ。陸路を行く方が道中襲われでもしたら大変だし。

「確かに陸路で行くとどこで襲われるかわからないからね」

「空路で行くなら直ぐでしょう？　トラット帝国には龍騎士隊はないもの」

そういうと、兄様は確かに、と頷いた。

「それ、結構安全な方法かもね」

「でも私だけ、というわけにはいかないから……うちの騎士団でも誰か騎乗できる人がいないとダメでしょう？」

流石に一人で行って、一人で帰ってくるなんて無謀なことは言わない。そうなるとラステア国から飛龍を何頭も借りなくてはいけないし、その訓練もきっと大変だ。簡単に乗れるわけではないとこの数年で知っている。私だって乗れるものなら一人で乗ってみたいもの。

「あーふと思ったんですけど、ラステア国の龍騎士隊に、ファティシアの騎士服を着てもらえば誤魔化せるんじゃないんすか？」

「やあね、ロビン。私のためにそんなことお願いできるわけないでしょう？」

とてもじゃないが現実的な解決方法ではない。そう言うと兄様は少し考え込む仕草をした。そして少しして、この問題は一旦棚上げにしておこうか、と言われた。

「まだ招待状は来てないしね」

「そうよ」

「ちゃんと来てから検討しようか」

「そうそう。来てからよ。本当に送ってくるかもわからないんだし」

「でも……本当に大丈夫でしょうか？」

「その時に考えるわ。今は明日の小テストの方が大事！」

心配そうな顔で見てくるアリシアに笑いかけると、私は目の前の問題に集中することにした。

嫌な噂の広がり

「ロイ兄様とアリシアのお陰でなんとか小テストは切り抜けたわー！」

久しぶりの学舎。久しぶりの授業。そして久しぶりの小テスト……今までの緊張が途切れた私は、のんびりとまではいかないけど、それでも校舎内の空気を満喫していた。しかしそんなカレッジ内に、またしても噂が広がっていたのだ。

ヒソリ、ヒソリと悪意をもって。その噂は広がっていた。いつもなら事実無根な噂は無視するに限るのだけど、今回は度が過ぎている。仕方なく私たちはわざとらしい芝居をすることにした。

「……本当に良いんですか？」

シャンテは眉間に皺を寄せながら私を見る。私は軽く肩をすくめながら仕方ないといった。このお芝居は人目を集める場所でなければ意味がないのだから。

私たちが移動した場所は、カレッジの食堂。同じテーブルに座っているのはシャンテとアリシア。そして周りのテーブルは昼時だというのに空いていた。

そんなに気になるなら直接聞きに来れば良いのに、みんなチラチラと視線をよこすだけ。私たちは食事をとりながらお芝居を開始する。

シャンテがコホンとわざとらしく咳をした。

「例の噂がだいぶ広がってますね。まったく……一体どこの誰が無責任に噂を流したんだか」

「噂なんてそのうち消えるわ。それに聞きに来たら教えてあげれば良いのよ」

「しかし、フィルタード派の貴族たちがここぞとばかりに噂を広めてるんですよ？」

「事実と異なることを広めるなんて、ほーんと馬鹿みたいよね！」

「ルティア様……」

わざと周りに聞こえるように言い放つ。それをアリシアが窘めた。そっと周りに視線を巡らせれば、興味津々と言わんばかりの顔でみんな聞き耳を立てている。

「どこの誰、とは言っていないもの。それに非は向こうにあるのだし」

「それはそうですけど……」

「でしょう？」

心配しているアリシアに笑いかけると、シャンテがこれ以上は無視されては？　と提案してきた。

「ですが、同じ土俵に上がる必要もないかと。いずれ真実を知って恥をかくのはあちらです」

「それもそうね。ものすごく馬鹿馬鹿しいもの」

そう言うとシャンテに笑いかける。シャンテはそんな私に苦笑いを浮かべた。

フィルタード派の貴族を馬鹿だといっているようなものだけど、それで腹を立てて文句を言ってくるならばちょうど良い。貴方たちが広めている噂こそ、偽りなのだからと言える。

というか、本当にフィルタード派の貴族たちは、フィルタード家のいうことを盲目的に信じすぎでは？　その情報が間違っていた時のことをまるっきり考えていない。王族を軽視するフィルタード家に付いていることで、自分たちも王族より上だとでも思っているのだろうか？

「そんなことよりも新しい作物の方はどうなんですか？」

「ああ、エダマメ？」

「そうです。新しい調味料を作るんでしょう？」

「そうなんです！　まだ青いので、もう少し置く必要はあるんですけど……でも実入りも良いので、美味しいのができそうです」

「作物一つとってもいろんな使い方ができるんですね」

「そうね。アリシアのワショク？　への情熱はすごいわ」

ころころと笑いながら話を続けていると、制服を派手に改造した女生徒たちが近づいてきた。フィルタード派の貴族令嬢たちだ。リーダー格っぽい女生徒は立派な縦ロールに、大きなリボンを頭につけている。ほかの子たちも似たりよったりな髪型だ。

制服もフリルやレースで派手に着飾っているけれど、動き回るのにひっかけそうだし……一応、校則で禁止されているわけではないが、程度というものがある。価値観は人それぞれと言うけれど、重くないのかな？　と、チラチラと髪型と服装に視線を向けてしまった。

「お久しぶりですわ、姫殿下」

いかにも私のことはご存じでしょう？　という体で私に話しかけてくる。しかし私はそれをまるっと無視した。貴族社会では身分が下の者から上の者に話しかけることはない。最初に上の者から下の者に話しかける。もしくは知り合いから紹介、という形でお知り合いになる。

面倒くさいが、それが貴族社会のマナーというものなのだ。一般庶民の子たちが相手ならそこまで細かいことはいわないけれど、貴族相手ならマナーとして当然知っていることだし。

無視したところで問題にはならない。普段はしないけどね。普段は！　チラリとシャンテに視線を向ける。シャンテは心得たように頷くと、私に新しい話題をふった。

「そういえば、ライル殿下の調子はどうですか？」

「ああ、シャンテは最近ライルと会っていないのよね」

「ええ。やはりカレッジに通い始めると、時間がなかなか合わなくて」

「そうよね。私も昨日、久しぶりに会ったわ。双子たちのところにはしょっちゅう行っているみたいだけど」

「デレデレですよね」

「そうなのよ」

縦ロールの女生徒は、私が無視するものだからワナワナと震えだす。そうは言っても、貴族のマナーというものがあるのだ。今だけ厳格に守っているだけだけど。

これで彼女たちが更に怒って騒ぎだしてくれると助かる。騒ぎになれば、ここに注目が集まるからだ。現状、かなりの視線がここに集まっているし。みんな噂の真相に興味津々なのだ。

「それでね、双子が真っ先に自分のことを『にーに』って呼んだものだから未だに自慢するのよ？」

「でも気持ちはわかります。うちも妹が生まれましたから」

「いいなあ。私も弟か妹が欲しいです」

「アリシアはひとりっこだったわね。妹か弟をねだってみたら？」

そんな会話を続けていると、縦ロールの女生徒が急に怒鳴りだした。


「私《わたくし》のお父様は伯爵なのよ!!」


――――それがどうした！

私たち三人は同時にそんな表情を浮かべる。私は王女だし、アリシアは侯爵令嬢だし、シャンテだって伯爵家の嫡男だ。誰一人として彼女より下の身分はいない。

流石に彼女の後ろにいた他の女生徒たちもそれがわかっているのか、気まずそうな表情を浮かべている。これはあれかな？　鼻で笑うべき？　それとも呆れた視線を向けるべき？

まさかこんな馬鹿なことをいわれるとは思わなかった。

「貴方たち私を無視するなんてっ!!　なんて失礼なの!!」

失礼なのはそっちでしょう？　と言いたいのをグッとこらえる。周りから冷たい視線が注がれているのに、縦ロールの女生徒は全く気にしていない。

それぐらい自分が無視されたことに憤慨しているのだ。

「リリア様、そろそろ……」

「そ、そうですわ」

「まあ皆さん！　なにをおっしゃってるの⁉　この無礼な人たちにわからせてやらなければ‼」

どこの世界に伯爵令嬢よりも身分が下な王女や侯爵令嬢がいるのだろう？　シャンテの家だって伯爵家の中では、家格は上の方だ。彼女の家が伯爵家の中でどの程度の家格かは知らないが、現状、私に文句を言える立場ではない。ここがカレッジの中だとしても、だ。

それにしてもここまで自分の方が上だと自信満々にいっている姿を見ると、滑稽《こっけい》を通り越して賞賛に値する。きっと世界は自分中心に回っていると信じているのだろう。盲目的なまでに。

「貴方たち聞いていますの⁉　私が話しかけているんですのよ‼」

キャンキャンと耳障りなほどに騒ぎ立てていると、周りに人垣ができてきた。そろそろ何かいった方がいいかな、と考えていると人垣をかきわけてエスト・フィルタードが歩いてくる。

「姫殿下、お久しぶりです」

「……お久しぶりです。フィルタード卿」

「まあエスト様！　聞いてくださいまし‼　この方々、私がわざわざ話しかけて差し上げてるのに、無視するんですのよ‼」

そりゃあ、知り合いじゃないからね。そう心の中で毒づく。

「リリア嬢、君は伯爵家の令嬢だね？」

「ええ、そうですわ」

「君は一体いつから王族や侯爵家よりも偉くなったんだい？」

「え……？」

「知り合いでもないのに話しかければ、無視されるのは当然だよね？　それが貴族社会のマナーだ」

エストは至極まっとうなことを口にした。こちらが拍子抜けするほどに。

そしてエストに当然のことをいわれた縦ロールの女生徒は、擁護《ようご》してくれると思った相手から切り捨てられてうろたえ始める。

「え、エスト様……」

「もう一度聞くよ？　君はいつから王族よりも偉くなったんだい？」

冷たい視線にさらされて、彼女は今にも泣きだしそうだ。だからと言って庇う気はさらさらない。

私は冷めてしまった紅茶を飲み干すと、教室へ移動するために席をたった。

するとエストが慌てて私に話しかけてくる。

「姫殿下、そういえば……皇太子殿下とのお話はどうなりましたか？」

「食料を援助する、というお話でしたらお父様が許可されたようですよ？」

「いえ、そうではなく」

「何が言いたいのかしら？　それ以外の話なんて何もないけれど？」

「本当にそうなんですか？」

「あら、嘘なんてついてなんになるのかしら？」

こっちは迷惑してるんだぞ、という意味を込めてにっこりと笑いながら告げると、そうですか、とエストはあっさりと引き下がった。もう少し食い下がってくるかと思ったが、これだけ人の目を集めてしまうと分が悪いと感じたのかもしれない。私たちは彼らをそのまま置いて食堂を後にする。

「これで噂が多少マシになるといいわね」

「そうですね。ついでにフィルタード派の貴族たちの印象も悪くなりましたし」

「フィルタード派の貴族の振る舞いは、最終的にその長であるフィルタード家への評価につながるものね」

これで多少噂も落ち着くだろう。そう思っていた。

しかし、事はそれだけでは終わらなかったのだ。残念ながら。

その人が怒るとき（シャンテ視点）

――それは突然のことだった。


授業も終わり、みんなが席を立ち帰る準備をしていた。私たちもいつものように、雑談をしながら帰ろうとしていた時のこと。立派な縦ロールに、頭には大きなリボンを着けた女生徒がこちらに走り寄ってくる。そして、その勢いのままにルティア様の頬を叩いたのだ。

叩かれたルティア様はポカンとした表情をしている。その隣にいたアリシア嬢も。

私も突然のことで同じようにポカンとしてしまう。

叩かれた理由もわからなければ、そもそも王族である彼女を叩くなんて……

「貴女！　一体なにをしましたの!!　私がカレッジを辞めねばならないなんておかしいわ!!」

肩で息を吐きながら、わけのわからないことを怒鳴りちらす。それでもなにも言わないルティア様に、縦ロールの女生徒はもう一度その手を振り上げた。私は慌ててその手を掴んで止める。

「なにをするんだ君は！」

「離しなさい無礼者!!」

「いい加減にしろ！　急に人に手をあげるなんて、王族相手じゃなくても失礼なのは君の方だ!!」

「なんですって!!」

シャンテ、とポツリとルティア様が私の名前を呼んだ。私は背に庇ったルティア様を振り返る。叩かれた頬が赤くなっていて、私は自分の呑気さを恥じた。王城内や、畑でなら従者のリーナが側にいるけれど、生憎とここ、カレッジでは王族であっても従者を連れて歩けないことになっている。それは共に学ぶ一般市民に配慮してのことだ。

従者を連れて歩くと、どうしてもいばり散らす貴族がでる。貴族子弟同士徒党を組まないわけじゃないが、それでもぞろぞろと従者を連れて歩くよりマシ、らしい。

だから本当は、私がもっと周りに気を回さなければいけなかったんだ。騎士ではなくとも、訓練は受けている。いざという時の盾になれずしてどうするのだ！　頭の中でこれからの対処をグルグルと考えていく。しかし女生徒は掴まれた腕を振り回し、私の手から逃れる。

ここで下手に抑えても相手が女性というだけで、こちらが悪者にされかねない。ただこれ以上、ルティア様に被害が及ばぬよう女生徒が近づけないようにする。

「無礼者!! 私を誰だと思っているの!!」

「ただの伯爵令嬢ですよ。それ以上でもそれ以下でもなくね。一体、いつの間に伯爵令嬢が姫殿下より偉くなったというんです？ そんな法はありませんよ」

努めて冷静に告げる。声を荒げる方がこういった手合いには不向きだからだ。縦ロールの女生徒は、次は私をキッと睨みつけてきた。これだけ言っても彼女は自分の立場をわかっていないらしい。

「────……貴女、カレッジを辞めさせられたと言ったけど？」

私の背後から聞こえた言葉に女生徒がキャンキャンと吠え返す。

「そうよ！ 貴女がそうさせたんでしょう!!」

「生憎と、私はそんなことするほど暇ではないの。だから貴女が辞めさせられたのなら、別の理由だと思うわよ？」

「そんなの嘘よ！」

「なぜ嘘だと思うの？ 貴女のように私が三番目だからと馬鹿にしてくる人は他にもいたわ。その人たち全員、今も普通にカレッジに通っているけど？」

個人的にいうならば、ルティア様が継承三位だからといって馬鹿にされる理由が理解できなかった。いくら側妃であったカロティナ様のご実家が権力に興味がなくとも、王族は王族。軽んじる意味が分からない。

「ならどうして私が辞めねばならないのよ!!」

「私に理由を聞くより、直接学長に確認したら？ お決めになったのは学長でしょう？」

「なんですって!!」

「だって私は理由を知らないもの。辞めさせた張本人に聞くしかないでしょう？」

この調子なら彼女は普段から問題を起こしていそうだ。カレッジやアカデミーといった学問に携わる場所は、皆平等に学ぶ権利があるとうたっているが、問題児をいつまでも通わせているほど寛容ではない。しかも王族に喧嘩を吹っ掛けるなんて……

「……ふん！　いいわ。私のような高貴な人間が、庶民に混じって勉強だなんて最初からおかしかったのよ!!」

ああ、ダメだな。私がここの職員だったら完全に匙《さじ》を投げている。そのレベルでダメだ。

自分を特別だと思っている、いや、思い込んでいる人間にその地位は親のおかげであるし、親が没落すれば一瞬で消えるものだと理解させることは難しい。本当に没落でもしない限りは、一生理解できないのだ。選民思想とは子供の頃からの刷り込み。本当に厄介なものだ。

「シャンテ、もう大丈夫よ」

「ですが……」

「かまわないわ。どうせ辞めるのでしょう？」

辞めてしまうのなら、今回だけは大目に見るということか？　正直、甘い、と思う。本来なら王族に手をあげたのだ。不敬罪で牢屋に入れられてもおかしくはない。私は小さなため息を吐くと、ルティア様の言うとおりに女生徒から少し離れた。

また殴りかかろうとしても止められる位置に下がると、女生徒はとんでもない言葉を口にする。

「所詮は野蛮な国と付き合うしかできない、役立たず姫じゃない!!」

スッと、周りの気温が下がった気がした。ルティア様を見ると、先ほどまでと違い、王族特有の蒼い瞳の色が濃くなったように見える。これは、完全に怒っている⁉

「――――いま、何と言ったの？」

「あら、気に障ったの？　ラステアなんて野蛮な国と仲良くして、トラット帝国の皇太子殿下とのせっかくの婚約を無下にした役立たず姫！　みんなそう言っているわ‼」

「ラステアが野蛮な国……？」

「そうよ。龍なんて野蛮なものと生活してるなんて……ああなんて恐ろしいんでしょう‼」

「貴女はラステアが野蛮な国で、トラット帝国が良い国だとでもいうのかしら？」

「当然でしょう！　華やかで、とても偉大な皇帝が治めている国なのよ‼」

この女生徒は馬鹿なのだろう。トラット帝国が今までどうやって国を広げてきたのか知らないのだろうか？　知っていたらこんな台詞は出てこない。あんな血塗られた帝国を賛美するなんて。

「そう。貴女は戦争を繰り返し、従属化した国を搾取するだけ搾取する……そんな帝国が素晴らしいというのね？」

「そんなの！　帝国に逆らうからよ‼」

「ファティシアが帝国に攻められても同じことが言えるのかしら？」

「貴女、バカなの？　帝国がそんなことするわけないじゃない‼」

本気でそう思っているのだろうか？　あの国はそんな生易しい国ではない。隙あらば、ファティシアだろうと、ラステアだろうと蹂躙《じゅうりん》するに決まっている。

「無知とは、恐ろしいものですね。トラット帝国がそんな甘い国なわけないでしょう？」

「なんですって!!」

「貴女はトラット帝国の何を知っているんです？　たとえ無条件に降伏したとしても、従属化した国は王侯貴族含め、全ての民が奴隷にされるんですよ？」

　トラット帝国とはそういう国だ。苛烈で、容赦がない。兵力の差を見せつけられ無条件降伏をした王の首を民の前で見せしめに刎ねたことだってある。

　どの国も平等に蹂躙していく。その末路は考えたくもない。

「て、帝国はファティシアにそんなことしないわ！」

「そう。なら貴女が帝国に嫁いだらいかが？」

「え……？」

「帝国は素晴らしい国なのでしょう？」

「そ、そう、よ……」

「なら帝国で暮らしたらいかが？」

　ルティア様の顔は、笑っている。笑っているが、その瞳は冷え冷えとしていて、まるで真冬の海のように濃く深い蒼になっていた。

　私は――ルティア様とそれなりに長い付き合いではあるが、ここまで彼女が怒ったところを見たことがない。

　チラリとアリシア嬢に目を向けると、彼女も青い顔をしてルティア様を見ていた。

「ねえ、お名前を教えていただける？　すぐにでもレナルド皇太子殿下に連絡を取って、誰か見繕ってもらうわ」

「そんなこと、できっこないわ……」

「なぜできないだなんて思うの？　私も王族だもの。それぐらい、――できるのよ？」

ヒッと女生徒の口から小さな悲鳴があがった。普段はきちんとコントロールされている、ルティア様の魔力が周りに漏れ出しているのだ。それが威圧となり、女生徒を怯えさせていた。

私はチラリとアリシア嬢に視線を向け、ルティア様と女生徒の間にもう一度立つ。後ろからヒリヒリとした魔力を感じるが、ルティア様の魔力に慣れていないこの女生徒では受け止めきれずに気絶してしまうだろう。自業自得とも思うが、ルティア様の評判に傷を付けたくはない。

「……貴女が野蛮な国だといったラステア国は、民がみな陽気であたたかな国です。他国から嫁いだ者も優しく迎え入れてくれるでしょう」

「な、なにを言っているの？」

私はにこりと笑うと、その女生徒の顔を覗きこんだ。

「トラット帝国は自国の貴族にも厳しいんです。気に入らなければ一族郎党処されることだってあるんですよ？　つまり、貴女が嫁いだらどんな目に合うか……保証はできませんね。でも、かまいませんよね？　愛妾や、奴隷として扱われたとしても」

それだけ賛美した国に嫁げるのだから、かまわないだろう？　と視線で問いかける。後ろではアリシア嬢がルティア様をなだめる声がした。しかし漏れ出た魔力はまだ引いていない。もう少し、時間を稼ぐか？　そう考えていたら、教室の中に教師陣が慌てて入ってきた。

「ミス・クレモンテ！　また君なのか!!」

教師の一人が女生徒の家名を叫ぶ。やはり彼女は他でも問題行動を起こしていたようだ。

「ミスター・ロックウェル、一体なにがあった？」

「彼女が突然、姫殿下を叩きました」

「なんだって⁉」

「カレッジを辞めさせられたのは、姫殿下のせいだと言いがかりをつけてきたのです」

正直に告げると、教師たちは一様に青ざめ天を仰ぐ仕草をした。そして女生徒に向き直る。

「ミス・クレモンテ、君は次に問題行動を起こしたら退学させると通告されていたはずだ。それなのに問題行動を起こした。今回の処置は当然のことだ」

「わ、私は問題行動なんて起こしていないわ‼　いいがかりよ‼」

「一般生徒に対する数々の嫌がらせ、貴族としてのマナーもない、ましてや王族を殴るなんて！いや、たとえ王族でなくとも非のない相手を傷つける行為は問題外だ。なんて情けない！」

「なんですって‼」

真っ赤な顔をして自分は伯爵令嬢なのだ、だから今までの行動は貴族として当然なのだと教師陣に食ってかかる。しかし教師陣は呆れた顔をする者ばかり。その姿を見て、ああこれは被害者が多いのだなと理解した。

ふいに、ツンと服が引っ張られる。視線を後ろに向けると、ルティア様が私を見上げていた。瞳の色も元の澄んだ蒼い色に戻っている。

「ルティア様、大丈夫ですか？」

「大丈夫よ……でも、ありがとう」

「いえ、私の方こそ対処が遅れて申し訳ありません」

「いいのよ。シャンテは従者じゃないんだから。そんなこともまでしなくて平気よ？」

苦笑いを浮かべる彼女に、自分は無力だな、と感じた。

もしもこの場にいたのがリーンだったら、叩かれる前に止められただろう。ジルだったら、止められなくともあの女生徒をもっとやり込めたかもしれない。一番凡庸《ぼんよう》な自分が側にいたことで、余計にルティア様を傷つけてしまったのだ。

「さ、帰りましょう？」

「ですが……本当によろしいのですか？」

「別にかまわないわ。この程度でいちいち何かしてたら大変だもの」

そう言って教師陣に囲まれて尚、キャンキャンと喚いている女生徒を見る。あそこまで選民思想に染まれるとは……いっそ哀れに思えてきた。このことが広まれば、まともな家なら婚姻を避けるだろう。

それに昼間の件でエスト・フィルタードからも拒絶されていた。フィルタード派の貴族でも彼女から距離をとるはずだ。

「姫殿下、お怪我はありませんか？」

そう言って教師の一人が話しかけてくる。

ルティア様は問題ない、と答え帰宅する旨を教師に告げた。歩き出したルティア様に倣い、私たちも一緒になって女生徒の側を通り過ぎる。すると、ルティア様は途中で歩くのをやめ振り返った。

「……ああ、クレモンテ嬢。決心がついたらいつでも言ってちょうだい。貴女をトラット帝国に送ってあげるから」

氷のような視線が向けられ、女生徒は青ざめぺたりと床に座りこんだ。

普段怒らない方を怒らせると怖いのだと、学んだ瞬間だった――

モブ王女、反省する

例の一件から数日経った。

カレッジでの出来事が父親であるクレモンテ伯爵に伝わり、娘のリリア嬢は即日領地へ戻されたようだ。最後まで文句を言っていて、本人は反省の色を見せなかったようだけど……クレモンテ伯爵自身はそこまで愚かではなかったらしく、お父様経由で謝罪の手紙をよこしてきた。

私は手紙の中身をチラ見しただけで、机の奥にしまい込む。彼女があああなった原因は、彼女の家族にある。どうしても上辺だけの謝罪にしか思えなかったのだ。

「……はあ」

自室のベッドの上に寝っ転がり、小さなため息を吐く。

彼女がカレッジを辞める原因は彼女の問題だし、私には関わり合いのないこと。それでもあの時、頬を叩き返さなかった自分に少しだけがっかりした。

「……やっぱり叩き返せば良かったかしら？」

向こうが先に叩いてきたのだから、正当防衛だ。身分だってこちらが上だったのだし、やり返したところで文句は言われなかっただろう。それでも一瞬止まってしまった。その隙にシャンテが間に割って入ったことで叩き返すタイミングを失ったのだ。

「でもダメよね。同じ土俵に上がってたら意味ないわ」

枕を抱きえながらゴロン、ゴロン、とベッドの上を転がりながら考える。彼らが私を馬鹿にするのは継承順位の低さだけが理由なのか？　それともお母様の実家であるレイドール伯爵家が権力に興味がないから？　なんだかどれも王族を馬鹿にするには決定的なモノにかける。

そこまで馬鹿にされるようなことはしていないのにも拘らず、だ。権力に興味がなく、後ろ盾がなくても良いじゃないか。フィルタード派が権力に執着しているのなら、その方がずっとやりやすいはず。それなのに彼らの行動はどうもチグハグだ。

まるでライルが悪く言われることを望んでいるかのよう。今の状態では、ライルを支える貴族たちは選民思想の持ち主で、王族を軽んじていると思われても仕方ない。

お父様が健在な今、ライルを王位につけるのに不利になると思う。

そして何より、一番腹が立ったのはラステアを馬鹿にされたこと。

「……やっぱり叩き返せば良かったわ」

ラステアはとても素敵な国なのに!!　龍だってすごく格好いいのに!!　空だって飛べるし、炎や水、土を扱う龍もいる。とても利口で良い子たちなのだ。あとやっぱり格好いい!!

新しい作物も、ポーションもラステアからきているのに、どうして野蛮な国だなんて言えるの！　思い出すとぽこぽこと怒りが湧いてくる。枕をバフンバフンと叩いて、更にゴロゴロとベッドの上を転がっていくと、そのまま床に転げ落ちた。

「うぅぅっ〜〜〜もうっ！　ダメだわ!!」

痛む体を無理やり起こし、畑で作業する服に着替える。

こんな時は部屋に引きこもるより、体を動かした方がずっといい。ベッドルームから飛び出してきた私に、隣の部屋にいたユリアナが苦笑いを浮かべた。

「――――元気は出ましたか？」

「元気は元気だけど……でもまだ腹が立ってるのよね！」

「そうですか」

「だから体を動かしてくるわ！」

今にも飛び出しそうな私を椅子に座らせて、ユリアナは手早く私の髪をまとめてくれる。畑で作業をするからか、今日はハーフアップではなくポニーテールだ。

「ルティア様、畑に行かれる前にキッチンに寄られてはいかがです？」

「キッチン？」

「りんごのケーキとサンドイッチをご用意しておきました」

「りんごのケーキ！」

ユリアナの言葉に私はリーナを連れてキッチンに向かう。キッチンの中はふんわりと甘い香りが漂っていた。

「コック長！　りんごのケーキがあるって聞いたんだけど!!」

「お待ちしてました、ルティア様。ちゃんとバスケットに詰めておきましたよ」

「ありがとう！」

リーナがコック長からバスケットを受け取り、私はそっと蓋を開け覗き込む。

中には美味しそうに並んだサンドイッチと、りんごが上にのったバターケーキが入っていた。

昔から落ち込んでいる時や、元気のない時にユリアナが私に作ってくれたケーキなのだ。そして私が唯一作れるケーキでもある。とはいえ、あまり作ることはないのだけど。ナイフは危ないって言われちゃうのよね。私はもう一度、中の香りを堪能してからバスケットの蓋を閉じた。

＊＊＊

畑ではベルがいつものように作業をしている。この広い畑を一人で管理しているのだから凄い！

そして馬に乗っている私たちに気がついたベルがちょこんと頭を下げてきた。

「ベル、いつもご苦労様！」

「いいえ、今日はお二人だけですか？」

「そうなの。今日はリーナと二人だけ。ちょっと体を動かしたくて……」

「そうですか。鍬《くわ》を使って畑を耕すと、無心になれますよね」

ベルの言葉に頷く。

畝を作るのには魔法石を使った方が楽なのだけど、小さい頃と違って今は体も大きくなったから鍬を使うのもそんなに危なくない。だから最近は鍬を使って耕したりもする。体力もつくのでちょうど良いのだ。暫くの間、空いている畑を無心で耕し続ける。

ザク、ザクッと土を耕していると、さっきまで腹を立てていたことがどうでも良くなってきた。

「ルティア様、水分を取られてはいかがですか？」

「ありがとう、リーナ」

リーナから水筒を受け取り水を飲む。冷たい水は喉を通り抜け、胃のなかにスッと入っていった。

「やっぱり体を動かすのって良いわね。なんとなく冷静になってきた」

「……私が、カレッジでもお供をできれば良かったのですが」

「カレッジは従者を連れて歩いてはいけないもの。それにリーナは私より、四つ上だからアカデミーに行かないとダメだわ」

「アカデミーに入るほどの頭はないので……」

「それだけ腕が立つなら入れると思うわよ？」

アカデミーは一芸に秀でていても入れる。リーナはとても強いし、今からでも騎士になれるのではなかろうか？　魔物だって討伐できるわけだし。前にも何度かすすめたけれど、リーナはアカデミーに行かず、私がいない時はユリアナたちを手伝っているようだった。

「私はそこまで腕が立つわけではありません。ロビンやアッシュの方がもっと強いですよ」

「そうなの？　アッシュはともかく……ロビンはそんな風に見えないわね」

「ロビンはなんでもできます。頭も良いですし」

普段のロビンを見ていると、そんな風には全く見えないが、リーナが言うならそうなのだろう。全く見えないが。逆にわざと見えない風を装ってるのかしら？

「ところでね……」

「はい」

「冷静になって思い出すと、私、余計なことを言ってしまった気がするの」

「余計なこと、ですか？」

「そうよ。そうなのよ！　レナルド殿下と連絡が取れるとか言っちゃったのよ!!」

「それは、その……仲が良いと、勘違いされるのでは？」

「そうなのよ!!　私が仲良いのはラステアなのに!!」

あ、ダメだ。また腹が立ってきた！　今度は自分にだけど。水筒をリーナに渡し、もう一度鍬を振り上げる。そしてそこに深い穴を掘った。

「――――穴、ですね」

「穴よ」

「畝にするのでは？」

「畝にするけど、叫びたくて」

「さけぶ……??」

リーナは不思議そうな顔で私を見る。私は鍬もリーナに預けると、その場にしゃがみ込んだ。そして穴に向かって叫ぶ。

「私の――――おバカぁぁぁぁあああ！！！」

次の瞬間、背後から聞き覚えのある笑い声が聞こえた。いやいや、まさかね、と恐る恐る後ろを振り向く。だってほら、ついこの間までファティシアに二週間近くいたわけだし。そんなに早く来るなんて、多分ない、はず。

「ルティア姫、今日はどうしたんだい？」

笑いを堪えながら、いないはずのコンラッド様は私に話しかけてきた。

「み、み、見て……」

「一生懸命穴を掘っているからどうしたのかな？　って」

「見てたんですか⁉」

「うん」

ブワッと顔中に熱が集まる。見られた！　ものすごく恥ずかしい‼

「あ、穴があったら入りたい……」

「流石にその穴じゃ小さいんじゃないかなあ？」

「そういう意味じゃありませんよ‼」

「ははははは」

ううう……本当に恥ずかしい。どうしてこんな時に限って見られてしまうのだろう？　しゃがんだまま、小さくなっていると、目線を合わせるようにコンラッド様が膝をつく。

そしてポンポンとあやすように頭を撫でられた。

「まあまあ、そんなルティア姫も可愛いよ？」

「そういう問題では……」

「それに今日は、いいものを持ってきたんだ」

「いいもの……？」

いいもの、といわれ首を傾げる。コンラッド様のいいもの、は本当にいいものが多いのだ。こっちが心配になるほど。そして腰に付けていたポーチから細長い苗が出てきた。

「サトウキビの苗」

「サトウキビって……お砂糖の元になる植物ですか？」

「そうそれ」

「でもそれって、ラステアの輸出品目の一つですよね？」

「そうなんだけど、どうも魔力過多の畑でサトウキビを作ると砂糖が更に甘くなっちゃうんだよね」

砂糖が更に甘くなるとは⁇　と更に首を傾げると、二倍くらい糖度が増すのだといわれた。流石にそこまで通常栽培の砂糖と差が出ると輸出できないらしい。

通常栽培の砂糖に混ぜるにしても、味が変わってしまうのだとか。

「他のところでもそうなるのか知りたくて。だから育てさせてくれると嬉しいんだ」

「それは構いませんけど」

「それならよかった」

コンラッド様に手を引かれ、私は立ち上がる。なんだかコンラッド様には恥ずかしいところを見られてばかりだ。

「ところで、なんで穴に向かって叫ぶ事態になったんだい？」

「……そ、それを聞きます？」

「人に話すことでスッキリすることもあるだろう？」

「それは、そうですけど」

どうしようかと考えていると、リーナが持っていた鍬で穴を埋めてしまう。ああ、穴が……と見ていると、リーナはお茶にしましょうと言った。

これはもう、話す流れになっている⁉　リーナはそのまま鍬を持って四阿に行ってしまった。残された私は、コンラッド様の顔を見上げて心の中で小さなため息を吐く。

「さ、行こうか？」

「……はい」

差し出された手に自分の手をのせて、私はコンラッド様と一緒に四阿に向かった。

＊＊＊

四阿ではリーナが手際よく、お茶の準備をしていた。

「ベル！　一緒にお茶にしましょう‼」

大きく手を振って声をかけると、ベルからは終わらせておきたい仕事がある、と断られてしまう。

ベルは私からコンラッド様に視線をうつすと、ちょこんと頭を下げた。心なしか……肩が震えている気がする。ベルがいてくれたらさっきのことを話さなくてすむと思っていたが、どうやら私は見捨てられてしまったようだ。いや、さっき叫んでいたのをベルも聞いていたはず。

きっと、また私が何かやらかしたと思ったに違いない。

ぐぬぬ、と内心で思いつつ、私は小さなため息を吐く。

「さ、ルティア様、お茶が入りましたよ」

「……ありがとう、リーナ」

先に座っているコンラッド様の正面に、私のお茶が用意されている。丸テーブルだから当然なのだが……うん。これはもう、あきらめよう。あきらめて、笑われよう。

重い足取りで椅子に座る。正面ではニコニコと笑っているコンラッド様。思わず視線をそらすと、小さな笑い声が聞こえてきた。

「それで、どうして穴に叫んでたの？」

「そ、それはですね……」

「それは？」

問いかけてくる顔がわずかに笑っている。言いたくない。確実に笑われてしまう。それはなんだか恥ずかしい！　しかし隠し通せるほど、私は上手くはぐらかすことはできないのだ!!

――ここは正直に話すべきなのだろう。だけど！　笑われるとわかっていて、話したいわけではないのだ!!

「……笑いません？」

チロリと上目遣いにコンラッド様の顔を見上げる。コンラッド様は「もちろん」と請け合ってくれた。笑われないのなら、話してもいいかも……

そう深く考えず、私はカレッジで起こったことと、それが原因で穴を掘って叫んだのだとコンラッド様に伝える。でも伝えた後の、コンラッド様の少しだけ渋い表情を見て、私は伝えるのではなかったな、と……後悔した。

「あの、その……ファティシアの貴族たちが、そんな風にラステアのことを思っているわけではないのです。その令嬢はちょっと、その、特殊なタイプであったので」

「まあ、龍と一緒に生活している国と、魔物におびえて暮らしている国とでは捉え方は違うからね」

そんなことを考える人がいるのも珍しくはないよ、とコンラッド様はいう。つまり今までも同じようなことがあったのだ。やっぱり伝えるのではなかった。

「でも、私は許せません。あんなに……あんなにっっ!!　恰好良いのにっっ!!」

「ルティア姫は……ものすごく、龍が好きだね」

「はい！　大好きです!!」

あのツヤツヤとした触り心地も、大空高く飛べるところも、ちゃんと私の話を理解してくれるところも、全部全部、すごいし素敵だ！　その良さがわからないのは残念としかいいようがない。しかしこればかりは個人の好みの問題。無理に好きになってと言うことはできないのだ。残念ながら。

「……カッツェがうらやましいなあ」

「どうしてですか？」

「ルティア姫にものすごく好かれているからね」

「コンラッド様も好きですよ？」

そう言うと、カシャンと何かが落ちる音がする。音のした方を見れば、珍しくリーナがティーポットの蓋を落としていた。

「リーナ、大丈夫？」

「は、はい。大丈夫です……」

なんとも歯切れの悪い言い方に、私は首をかしげる。コンラッド様に視線をうつすと、コンラッド様は何ともいえない表情を浮かべていた。

「――――ルティア姫、ちなみに何番目かな？」

「えっとぉ……」

指を折りながら数える。家族が一番、二番目はアリシア、三番目はユリアナやロビン、リーナ、私の宮で働いている人たち……どんどんと指が折られると、コンラッド様はしょんぼりし始める。

「……ルティア姫には大事な人がたくさんいるんだね」

「はい！　みんな大事です!!」

「そっかあ……ええっと、カッツェと俺とだと、どっちが上かな？」

「カッツェとですか？」

「そう」

なぜカッツェと比べるのか？　コンラッド様はコンラッド様だし、カッツェはカッツェだ。人と龍は比べられない。

「どっちも、好きですよ……？」

そう答えると、そっかあと呟いてからコンラッド様は少しだけ項垂れた。どうして項垂れてしまったのか？　理由がわからなくてリーナに視線を向ける。

するとサッと視線を逸らされてしまった。なぜだ！

「まあ、うん。その話は置いておいて……ルティア姫が穴に叫んでいた件だけど」

「あ、はい。まずいですよね。やっぱり」

「まずいというか、招待状が来た時に困るんじゃないかな？」

「――――招待状？」

「そんな話があったよね？」

コンラッド様にいわれ、そういえば誕生日パーティーの招待状を送るとか何とかいっていたな、と思い出す。できればずっと忘れていたかったが。

「ありましたね。そんな話が」

「カレッジで彼の名前を出してしまったから、行かないとなるとそれなりの理由が必要になるんじゃないかな？」

「そう、そうですよね……」

名前を出す、ということは、彼と私との間に、親密な関係があると思われるだろう。それなのに誕生日パーティーに招待されて行かないのは如何なものか？　とフィルタード派の貴族に突き上げを食らうだろう。お父様が。

フィルタード派の貴族たちは私をどうしてもトラット帝国にやりたいのだ。それはもうネチネチと！　私がトラット帝国に行くと言うまで言い続けるだろう。

「あああああ……私のバカあああああっっ」

どうしてもうちょっと考えてから言わなかったのか!!　自分で自分の首を絞めてどうするのだ!!

情けなくてため息が出る。

「ルティア姫、物は相談なんだけど……」

「……はい？」

「ラステアに短期留学をする気はないかな？」

「短期、留学……ですか？」

「そう。短期留学。彼の誕生日はわかっているから、それより前からラステアに短期留学していれば、断るなり、代理人を向かわせるなりすればいいと思うんだ」

「でも、それはラステアに迷惑が掛かりませんか？」

トラット帝国との仲が悪くならないだろうか？　と考えてしまう。今のラステアとトラットは程々の距離感で付き合っている。そこにわざわざ火種を持ち込む必要はない。

「そこでサトウキビだよ」

「へ？」

「サトウキビの精製方法を学んでもらおうと思ってね」

「それはもちろん、うちとしてはありがたい話ですけど、まだサトウキビを育ててもいないですし」

「だからだよ。畑の面倒はベルが見てくれるだろ？　で、戻ってきた時にはサトウキビは収穫できる段階だと思うんだ」

「えっと、収穫したサトウキビはラステアに持ち帰らないいんですか？」

「ここでちゃんと育つならそのまま、苗を輸出品目に加えればいいだけだからね」

そうか。サトウキビの苗を輸出品目に入れれば、砂糖に代わる輸出品になるだろう。砂糖はまだファティシアでは作られていない。輸入に頼っている物。それが国内で作れるようになれば、砂糖の値段が関税がかからない分下がる。

「でも砂糖が甘いんですよね？」

「そう。砂糖が甘い。甘すぎるのは困るから、こっちで育てる時はあまり魔力過多になりすぎない畑で育てたらいいんじゃないかな。それでうちの砂糖とファティシアの砂糖を混ぜればちょうどよくなると思うんだ」

「その勉強をしに私がラステアに行けば、トラットに行く必要はない……ってことですね？」

「ファティシアに新しい作物を広めるには、まず初めにここで栽培してから広めているだろ？」

確かにその通りだ。私が試しに作ってみて、その後は特産品がまだない土地に持って行き育ててもらう、を繰り返している。そうすれば働き手も必要になるし、特産品もどんどん増えていくし、良いことずくめなのだ。

「今の時期にサトウキビを持ってきたのはただの偶然だし。砂糖や塩、それに香辛料を嫌がる国はないからね」

「苗の方が同じ値段でも多く仕入れられますもんね」

「それに、あとで混ぜるなら二国間で協議して苗の値段を更に下げることも可能だよ。砂糖を共同管理することになるだろうし」

「なるほど……」

甘すぎる砂糖は今までと勝手が変わってしまい、困ることも出てくるだろう。でも混ぜることで、今までと同じ品質に保てるならその方がいいはずだ。

ファティシアにとってみれば願ってもない申し出になる。

「でも本当にうちで大丈夫ですか？」

「むしろファティシアじゃないと難しいんじゃないかなあ」

「どうしてですか？」

「安定して同じ魔力過多の畑を作れるから。国によって土地に残る魔力量は違うからね。それを均一にできるのはファティシアの魔術式が優秀だからだよ」

ラステアはそもそも土地に魔力が多すぎるのだ。それをうまい具合に減らして調節するのは難しいらしい。魔力過多の土地を作る方が、はるかに楽なのだと教えてもらったことがある。

「それではお父様に相談してみます！」

「俺の方も姉上から書状をもらってきてるから、あとで一緒に行こうか」

「はい！」

コンラッド様の言葉に頷くと、コンラッド様はにこりと笑う。

私もつられるように笑うと、サトウキビの苗を植えるべく行動を開始するのだった。

苗を植える、そして旅立ちの日を決める

サトウキビとは砂糖の原料となる植物である。

そしてファティシアでは育てるのが少し難しい植物だ。ラステア国は南の温暖な国で、冬場でも暖かい。だからこそサトウキビを上手く育てることができる。でも今は魔力過多の土地を人為的に作り出せるので、多少気温が低くても、ファティシアで育てられるはず！

私はベルと一緒に畑を均し、コンラッド様が持ってきた苗を魔力の濃度を変えつつ植えていく。魔力の濃度を変えるのは、砂糖の糖度を見るためだ。ラステアでの濃度を参考に徐々に減らして四パターンの畑を作ってみた。

苗の本数がそんなにないので畑の規模は小さめ。だからこそできることでもある。

「これでちゃんと育てば、お砂糖になるんですね」

「一応、日照と水やりに気を付けてもらえば、魔力過多の畑なら大丈夫だと思うよ」

「天候はしばらく大丈夫かと。それと、水は豊富な方が良いのでしょうか？」

「うん。たくさん太陽を浴びて、水も豊富にある方がいいね」

「なるほど……王都周辺とラステア国での気温差、日照条件が気になりますね」

「うちは気温が常に高いからなあ。雨季は結構雨が降るし」

コンラッド様とベルの会話を聞きながら、そういえばラステアの人々はファティシアやトラット帝国のようにドレスではなく、独特の衣装を着ていたな、と思い出す。何度か着せてもらったことがあるが、アレは着やすくて暑さもしのぎやすい。慣れてしまうと、コルセットを身に着けたくなくなるほどに。

ランカナ様ぐらいになると、豪華に着込むことも多いそうで……その分、衣装が重いそうだ。正装は身動きがとりづらいとこぼしていた。

「お砂糖、いっぱいできるといいなあ」

「うーん……これだけだと、たぶんそんなに量は取れないかも……」

「そうなんですか？」

「三mぐらいにはなるんだけどねえ。茎の中に髄《ずい》って呼ばれる部分があってね、それから水分を搾り取るんだ。で、煮詰めて砂糖にする」

「つまり、煮詰めていく過程で少なくなると……」

「そう」

こくり、と頷かれ、私は目の前の小さな苗が三mものサイズになったところを想像する。自分の身長よりもはるかに高くなったサトウキビ。そんなに大きくなるのに、取れる量は少ないのか……

「茎がね、竹みたいになるんだよ」

「タケ……？」

「うちに来るとすっごい背の高い植物あるの覚えてる？　葉っぱで遊んだことがあったよね」

「あ、あの細い葉っぱのいっぱいついてる木ですか？」

「そう、それ」

タケは確か中が空洞だった気が……と言うと、コンラッド様はその中に髄と呼ばれる部分があるのだと教えてくれた。タケと似てるけど、ちょっと違うらしい。

どう育つのか今から楽しみだ。

「さて、あとはベルに任せるとして……俺も陛下に謁見をお願いしにいかないといけないから、先に王城に行ってるね」

「あ、そうですね！　たぶん今の時間なら、執務中かと思うので。コンラッド様なら平気かと」

「大丈夫。急に来たわけだし、待たされたとしても平気」

「お砂糖のことですし、喜んで時間を取ってくれると思いますよ？」

「そうだといいなあ」

コンラッド様はそう言うとカッツェに乗って先に王城に行ってしまった。

「いいなあ……私も龍に乗りたい」

「ルティア様は馬だけでなく龍にも乗りたいのですか？」

「うん。龍に乗れたら格好いいじゃない？」

「うーん……荷物はたくさん運べそうですよね」

「大き目のカバンをマジックボックスに加工して、両脇に下げればかなりの量が運べるわね」

「でもまあ、その為には調教師も必要ですよね」

「そうね。いるわね……」

ファティシアには残念ながら龍騎士隊はない。近隣の国で龍騎士隊を持っているのはラステアと、レイラン王国のみ。龍を調教するのが大変なのと、そもそも龍の生息域が近くにはないのだ。レイラン王国だってそこまで規模が大きいわけでもない。龍に守られた国といわれるラステアだからこそ、普段から龍が見られるのだ。

「ルティア様、まだサンドイッチとリンゴのケーキがありますけど、どうされますか？」

リーナの声に私は食べてから戻ると伝える。どのみち日程を決めるのは、お父様とコンラッド様の話し合いが終わってから。直ぐに王城に戻ったところで手持ち無沙汰になるだけだ。

「魔力も使ったし、お腹ペコペコ」

「お茶も淹れなおしますね」

「ベルも一緒に食べましょう？」

「それじゃあ、その、少しだけ」

さっきとは違い、今度は誘っても断られなかった。

＊＊＊

結論から言えば、私のラステア行きは即採用された。

お父様たちも、彼から招待状が来た時に断る理由を考えていたらしい。外交的に皇太子である彼の誘いを断るのはちょっと角が立つ。でも下手にファティシアの人間をトラット帝国に送り、道中誘拐でもされたら困る。

特に私が誘拐されたら――――確実に戦争問題に発展するだろう。

彼は皇太子の地位にいるけれど、トラット帝国は一枚岩ではない。彼を引きずり降ろそうと、手ぐすね引いている人間だって大勢いるのだ。

そんな人たちにとって、ファティシアから来る『姫』は格好の餌になる。行きも帰りも不安しかない道中を考えれば、ラステアと共同事業をする関係で短期留学中とした方が余程いい。

その為には早々にラステアに行く必要がある。なぜならまだ招待状は届いていないからだ!!

王城に戻って早々、執務室に呼び出された私は、お父様とハウンド宰相様、そしてコンラッド様との会話に耳を傾ける。

「招待状が届いてから行きました、よりも届く前からいなかった、の方が使者に対しても失礼がないと思うのですが」

コンラッド様の言葉に宰相様が頷く。

「経験上、向こうの使者は皆、高圧的ですから……いるのに出せないと言うよりは、最初からいないと言った方がよいですかね。いない者は出せませんし」

「そうだな。いない者はどうしようもない。ルティアは最初からいない！」

そう言いつつ、それぞれに頷く。そう。いない者はしょうがないのだ。いないんだから。

「……そうなると、私はすぐに荷造りした方が良いのかしら？」

「そうですね。できるだけ早く、出立された方がよろしいかと」

「となると一度、国に帰って用意をしてから迎えに来ればいいかな？　飛龍ならすぐだし」

コンラッド様の提案にお父様とハウンド宰相様が顔を見合わせた。そして口元をムニムニとさせたかと思うと、そんなお父様を見て宰相様が肘で突っつく。

お父様は少し考えてからその提案を断った。

「いや、馬車で移動させた方がいい」

「龍の方が早いですよ？」

「それだと行って直ぐ帰ってこれると証明してしまうだろう？」

「ああ、そうですね。ラステアにいるなら手紙でも送って直ぐに帰ってくるように呼び寄せろ、と言われかねないか」

「行きも帰りも馬車であれば、往復の時間がかかりますから。その間に終わってますね」

「それでも来いと言い出しかねないが、その時はその時で考えよう」

他国の使者がそんな高圧的な態度をとるのは物凄く問題だと思うけど、トラット帝国の傍若無人ぶりを考えると絶対にないとは言い切れない。トラット帝国は小さな切っ掛けを大きな事態に変えてしまうのだ。

できるのならやれ、やらないのはトラットに対する反逆か、と。そんな気がなくても言いだす。現状、トラット帝国がファティシアに喧嘩を吹っ掛けることはない。ファティシアの友好国である、ラステアも引っ張り出しかねないからだ。

でも絶対じゃない。

「トラット帝国は従属化した国で疫病が流行ってるからね。ファティシアやラステア、それにレイラン も彼らにとっては欲しい国だ。豊かな国から、食料を奪い取りたい」

「でも……レナルド殿下がうちから食料を買い取っているのでしょう？」

「レナルド殿下の治めてる領地だけに行き渡ってるらしい」

「レナルド殿下の治めている領地だけ？」

「他の兄弟たちは、施しは受けないと突っぱねたらしいのです」

それって自分の治める領地の人間のことを何も考えていないんじゃ……たとえ嫌いな相手でも、同じ国の人間同士ある程度の妥協は必要なはず。そうしなければ民にどんどん死者が出るだろう。

「無駄にプライドが高いと、国民は苦労しますすね」

「それだけで食事はできないんだけどね」

お父様とコンラッド様はお互いに頷きあった。

「ひとまずコンラッド様には先に戻っていただいて、直ぐに姫殿下に後を追ってもらいましょう」

「それじゃあ明日にも発つの？」

「流石にそこまでは難しいですね。信頼のおける者を選抜しなければいけませんし」

「準備してる間にレナルド殿下からの使者が来ないといいわね……」

「まだ誕生日まで間がありますから……あと、姫殿下だけに行ってもらうのも色々と障りがあるので、アリシア嬢とシャンテも同行させましょう」

「え？」

私は意外な言葉に首を傾げる。今までも一人で行ったことはあるし、今回も一人で行くと思っていたからだ。それに障りがあるってどういう意味だろう？　お父様に視線を向けると、サッと逸らされてしまった。コンラッド様を見ると苦笑いを浮かべている。宰相様はそんな二人を見ても表情が変わらない。一体どういうことなのだろう？

「すでに二人に使者を出しています。あと、途中にあるクリフィード侯爵にも早く知らせないといけませんね。誰か信頼のおける者を選出してもらわなければ」

「クリフィード侯爵にも？　どうして？」

「ファティシアで砂糖を作るならクリフィード侯爵領が一番条件に適しています。場所も近いので共同作業する場所も作れますし」

「そっか……あんまり遠いと運ぶのも大変だものね」

宰相様の説明に今回に限っては希望者を募るわけにはいかないことが分かった。確かに共同で作業をする場所から離れていたら、輸送コストがかかってしまう。

あと道中で中身を抜かれてしまうことだって考えられる。ないとは思いたいけど、作る人、仲介する人、それを運ぶ人、道中の関所にいる人、と関わる人が増えれば増えるほど、不正をしやすい環境ができてしまうのだ。どれだけ法を整備しようとも、国民全員が善良な人間ばかりではない。

「幸い、クリフィード侯爵は姫殿下やラステア国に好意的です。快く頷いてくれるでしょう」

「それはありがたいな」

「ライラさんたちに会えるのが楽しみだわ」

「確か……双子と同じ歳の子供がいるんだったね」

「ええそうよ。向こうの方がちょっと先に生まれてるの」

「そのうち、双子の遊び相手に呼んでみようか？」

お父様の提案にまだ小さいし、もう少し大きくなってからで良いんじゃない？　と言って止める。

クリフィード侯爵が健在なのもあるが、体の弱いライラさんを気遣ってかファスタさん一家は今年も社交シーズンに王都に出てきていなかった。ラステアに行く途中、休憩地としてクリフィード邸にはお世話になっているから定期的な交流はあるんだけどね。五年前お産を手伝った男の子と、その後生まれた女の子。二人とも可愛くて行くたびに一緒に遊んでいる。

もちろん王都に来てくれたらそれはそれで嬉しいけど、領地でゆっくりとした子育ても良いと思うのだ。王都はやっぱりせわしないもの。

「そうしたら来年の社交シーズンかな。連れてきていたら話をしてみよう」

「それがいいと思う。今はライルお兄ちゃんにたくさん遊んでもらえばいいのよ」

「ライルも来年はカレッジに入るしね」

きっと今までのように遊んであげられなくなるだろう、とお父様はいう。私としてはそれでも遊びに行くんじゃないかな？　と思っているけど。本当に双子にメロメロなのだ。

「それでは話がまとまったところで、俺は直ぐにラステアに戻ります」

「申し訳ない。こちらの事情で……」

「いえ、問題ありませんよ。それに砂糖の件はこちらも助かりますしね」

「そう言ってもらえると、助かるよ」

「ではルティア姫、ラステアでお待ちしてます」

「はい。直ぐに追いかけますね」

いつもよりも大所帯になりそうだけど、それもまた楽しい。

とんぼ返りしてしまったコンラッド様を見送り、私は自分の宮へと急いで戻った。

親達の密談　四（アイザック視点）

「――それでは、はじめるとしよう」

私の一言で執務室に集まっていたメンバーは小さく頷いた。

執務室内には、宰相カルバ・ハウンド、正妃リュージュ、そして司法長官のピコット・ロックウェルと騎士団長のリカルド・ヒュースが集まっている。魔術師団長のアマンダ・ロックウェルは三歳になる娘が熱を出したため、本日は不在だ。子供は幼いと熱を出しやすいもの。そこは気兼ねなく休んでもらいたい。

「それで、まだトラット帝国から招待状は来ていないんだな？」

「まだだ」

リカルドにそう告げるとハウンドがもうそろそろ来てもおかしくないと言う。

「移動する期間を考慮しても、そろそろでしょう」

「来たらどうするんだ？」

「下手に断ると、角が立つところが困るんですよね」

カルバの言葉に私は頷く。かといって向こうの希望通りにルティアを送り出すつもりはない。そこは決定事項だ。なにが悲しくてトラット帝国に可愛い娘を送り出さねばならんのか!!

「一応、食料支援をしているのですから……あまり強く言ってこられないのではないでしょうか?」

ピコットはもしもの時は、支援を引き上げればよろしいのでは？　と提案してくる。前回、レナルド皇太子が滞在中に決まった食料支援。もしもファティシアに無茶な要求をするのであれば、これを停止すると通告すれば帝国側も強く出られないと思ったらしい。

しかし、それは諸刃の剣でもある。

「それは最終手段だな。食料支援は、彼の国に従属化された国への支援でもある。疫病が流行っている状況で支援を引き上げれば、事情を知らない民から恨まれかねん」

そういうと、カルバは難しい表情を浮かべた。

「逆にファティシアを攻める口実ができると思うかもしれませんね」

「なるほど。一筋縄ではいかないのですね」

ピコットは歯がゆそうな表情を見せる。

初めに彼らから支援の話を持ち掛けられた時、断ればよかったのだ。だが難民が大量に周辺諸国に押しかけても困る。その中には病に感染している者もいるだろう。ファティシアやラステアではポーションで抑えることができるかもしれないが、他の国ではそうもいかない。

難民から病が広がれば、難民は虐げられるだろう。更には、病で国力の下がったところをトラット帝国に狙われるかもしれない。そんな思いもあり、食料支援を決めた。この投資が上手くいけばいいが、今のところはまだわからない。

「フィルタード派はルティア姫をトラット帝国に行かせたがっています。ですから明確な理由もなしに断るのは難しいでしょうね」

「ルティア姫がいることで、ライルの地位が脅かされるとでも思っているのでしょうか？」

ハウンドの言葉にリュージュが反応し、そして全員が険しい顔をする。継承一位のライルは当然ながら、フィルタード派から支持されているが、派閥として大きなフィルタード派がそこまでルティアを邪魔者扱いする理由がわからない。

今だって三番目、と呼んで何もできないと侮ったままなのだ。それよりも長兄のロイの方が、その存在を疎まれてもおかしくない。

「ルティアは気にしていないけど、ルティアの功績をライルのものとして喧伝《けんでん》しているのも気になるな」

「しかもそれを聞いたライル殿下が訂正して回ってるらしいな。騎士団でもその話が出ると自分じゃないって言ってるぞ？」

「本人としては嫌でしょうけど、今は大人しくしていた方がいいのではないでしょうか？　下手に動き回られてもルティア姫はもちろん、ロイ殿下も危険では？」

リカルドとハウンドの言葉に私はリュージュと顔を見合わせる。

「……今のライルにそれは難しいな。あの子は本当に変わったから。真っすぐな、良い子になった」

「そうですね……あの子は変わりました」

良き方へ変わった。それはとても嬉しいこと。しかし、真っ直ぐなだけではダメな時もある。多少なりともはぐらかすことは必要なのだ。たとえ、自分の意思とは違うことを言われていても。

ライルの真っ直ぐな気性を逆手にとって、罠にかけられたら……と思うと気が気ではない。それぐらいにリュージュは自らの実家であるフィルタード家を警戒していた。

「──そういえば、息子から姫様に無礼な態度をとった伯爵令嬢がいたと聞いているのですが」

そう言ってピコットはシャンテから聞いた話を語って聞かせる。あまりにもふざけた内容に、皆、眉を顰《ひそ》めた。

「その伯爵令嬢は何を勘違いしているんだ？」

「王族よりも偉い伯爵令嬢とは、ずいぶん面白い思考回路をしていますね」

各々感想を言い合う。ふと、あることに気が付いた。クレモンテといえばこの間、ルティア宛に手紙が来ていなかったか？

「ん？　そういえばルティア宛にクレモンテ伯爵から手紙が来ていたけれど、あれは謝罪の手紙だったのか？」

アレはそういう意味だったのか!?　と私はため息を吐く。ルティアは自分で対処し終わったと思って何も言ってきていない。情報共有してくれなければ何も対処できないのに。もう少し父親らしく心配ぐらいさせてほしいものだ。

項垂れた私の肩をリカルドが慰めるように叩いてくる。

「さすがというか……姫様は何も言わなかったんだ？」

「もう少し、頼ってくれても良いのだが……自分でなんとかできると思うと頼ってくれないのは、彼女に似てしまったな」

「……申し訳ございません、陛下」

「リュージュ、君が悪いわけではない。フィルタード派の行動を完全に制御するのは君にだって難しいことだ」

そう言って私は苦笑いを浮かべる。それに本当にリュージュのせいではない。そんな教育を施す親が悪いのだ。しかしリュージュはそう思わなかったのだろう。実家の不徳は自らの不徳でもある。そう考えている彼女は、今の状態がとてももどかしいようだ。

「いっそのこと、正妃を辞められればいいのですが……」

「そんなことをされては、王宮内が混乱しますよ」

「ええ、わかっています。無理なことは……それにマリアベル様のお命まで狙われてしまうでしょう。父や兄はそういう人間です」

リュージュは自らが王太子妃に決まるまでのことを思い出していた。あの時も、不慮の事故や病で辞退する令嬢が何人かいたはず。フィルタード家はなんとも業の深い一族だ。

「フィルタード家を追い詰めるにはまだ材料が足りません。それに向こうについている貴族も多い」

「確かカナン侯爵家もフィルタード派でしたね」

「あー新しく叙爵《じょしゃく》したところか……」

ピコットの話にリカルドが、海運業のところか、と呟く。

海沿いの領地を持つカナン侯爵家は海運業で栄えてきた。商人から貴族になり、更には侯爵へと上り詰めた一族だ。誰につくかは損得勘定で決めてしまう。

実に商人らしい、考え方である。

「ファーマン、ローズベルタ、クリフィードは単独で派閥らしい派閥をつくらないが、カナンは違うようだな。困ったものだ」

「元が商人ですしね」

フィルタードとカナンという二大侯爵家に手を組まれると、それに擦り寄る貴族もさらに増える。悲しいかな、権力が集まる場所にはおこぼれにあずかろうとする者が多くなるのだ。

特に、私が兄から受け継いだ政策は、やましいことのある貴族たちにとってみれば迷惑極まりないものだ。大きな派閥が相手になると、法案を通すのも難しい。たとえ残りの侯爵家が組んだとしても、相手側から引き抜くのは容易ではないのだ。

「彼らが一斉に声を上げると、ルティア姫の立場は悪くなりますね」

「そうだな。トラット帝国と組んで損はないと考えているだろうし」

「実際には損の方が多いですけどね。搾取するのが得意ですし」

こちらとしてはルティアをトラット帝国に送り出し、人質に取られてしまうことが一番恐ろしい。あの子の魔力量はかなりのものだ。そして人が良すぎる。目の前で苦しんでいる人がいたら見捨てることなんてできないだろう。

「何か、いい方法はないかな。効率よく断れる理由が……」

「疫病を理由にあげるにも、こちらにはポーションがありますし、それがあれば大丈夫だろうと言われると断りづらいですね」

ポーションを融通しろと言われると困る、とハウンドは眉間に皺を寄せる。ルティアがファティシアにもたらした成果は、国を豊かにもしたが、それ故にルティア本人に付加価値が付いてしまった。何かいいアイデアはないかと悩んでいると、控えめなノックが部屋に響いた。それに答えると、顔を覗かせたのは侍従長だ。

「侍従長、余程の急用でない限りは人払いを頼んだはずだが？」

「申し訳ございません。ラステア国のコンラッド王弟殿下がお見えなのです」

「コンラッド殿が？」

「はい。お話ししたいことがあると……」

部屋の中にいたメンバーはそれぞれ顔を見合わせ、今日のところは解散にしようと提案してくる。

どのみち今のままでは断るための理由も思い浮かばない。ルティアの体が多少でも弱ければ、体調を理由に断れるだろうが……如何せんあの子は健康優良児。

ポーションと相まって、体調不良を口実にすることはできないのだ。

「わかった。コンラッド殿を案内してくれ」

「承知いたしました」

「では陛下、我々はここで」

「そうだな」

リュージュ達三人が退出する前に侍従長がコンラッド殿を連れてきた。いつも通りの身軽さに、その立場が羨ましくなる。できることなら自分もそうありたい。

「お久しぶりです陛下、皆様も」

「ああ、久しぶりだね」

コンラッド殿はにこりと人好きのする笑みを浮かべると、相談したいことがあると言いながらラステア国、ランカナ女王の印が入った手紙を手渡してきた。

私はその手紙にザッと目を通し、驚いて目を瞬かせる。それ程のことがこの手紙に書かれていた。

私は慌てて退出しようとしていたピコットをこの場に留める。

「すまん、ロックウェル司法長官ちょっと待ってくれ。ええと……コンラッド殿、砂糖はラステア国の輸出品目の中でも上位のものだったと思うが？」

「ええそうです」

「それなのにうちにサトウキビの苗を提供して、共同で管理したいというのか？」

「はい」

不躾ながらマジマジとコンラッド殿の顔を見る。横からカルバが私の持っている親書を覗き見、驚いた表情を浮かべた。ただ一人、事態が呑み込めていないピコットだけが目を丸くしている。

「お二人とも、如何されたのです？」

「いえ、その……凄いことが、この場で決まろうとしているんですよ。ええ、本当に。いえ、あのコンラッド殿下、本当に大丈夫ですか？」

「ええ。そこに書かれている通りです」

「しかし、それではそちらに旨みがないと思うのですが……魔力過多の畑は魔力量を調整できるはずですし」

「どうやら、元々の土地が原因らしいので」

そう言ってコンラッド殿は、魔法石を使っても元々魔力量を多く含んだ土地は魔力を減らすに至らなかったと話してくれた。自然発生した場所は人為的に調整するのは難しいのだろう。ラステアならではの問題だ。

「我が国としてはもちろん、願ってもいない申し出だが……」

「それならよかった。これでルティア姫を我が国へ留学に出していただけるでしょうか？」

「え？」

「姉の親書にそう書かれていませんか？」

コンラッド殿に問われ、私はもう一度、手紙の内容を確認する。確かに最後の方に、ルティアをラステアへよこしてほしいと書かれていた。内心でしまった、と舌打ちをしたがそれでも帝国へルティアを行かせるよりは余程いい。いや、でも……チラリとコンラッド殿を見るとニコニコと笑っている。その態度から察するにすでにルティアに話は通してあるのだろう。

ゴホン、とわざとらしく咳払いをする。

「――――ラステアでは、トラット帝国の動きを把握しているのかな？」

「全て、ではないですがある程度は……ですかね」

コンラッド殿の表情は変わらない。しかしきちんと把握していなければこんなタイミング良く、ルティアをラステアへ留学させたいと言ってこないはずだ。もしくはこの状況を伝えた誰かが、ファティシアの側にいるか……

一人だけ思い当たる人物の顔を思い浮かべる。アレもまた、ルティアに甘い。

「ルティアを……ラステアへ送るのは問題ない」

「ありがとうございます」

「だが、ルティアだけを送るわけにはいかない」

「それはもちろん、他の方も来ていただいて構いませんよ？」

コンラッド殿の表情は崩れない。想定済み、とでもいうように頷くだけ。外堀を埋めたいが、直接的な手を出したいわけではないらしい。私は一つため息を吐くと、ピコットに向き直る。

「ロックウェル司法長官、シャンテを借りても良いかな？」

「息子を、ですか？」

「あとファーマン侯爵にも使いを。アリシア嬢も一緒に向かわせる。それとクリフィード家にも。砂糖を共同管理するなら、あそこが一番適している。でしょう？」

「こちらとしても問題ありません。場所が近い方がお互いに管理は楽ですしね」

「そう言ってもらえると助かるよ」

苦笑いを浮かべながら私は急いでペンを走らせる。

ラステアのランカナ女王が、ルティアを気に入って側に置きたがっているのは知っているが、まさかここまで直接的な手を打ってくるとは思わなかった。それほどまでに弟の妻に欲しいのか……父親としては複雑な気持ちが湧き上がってくる。

しかしそれでも帝国へ送るよりも、ラステアの方が断然良い。それに留学ならば、先に出発した方が勝ちになる。帝国から使者が来るよりも早く送り出さねば。すでに出発した後であれば、帝国も文句はいえまい。

「侍従長、ルティアを呼んできてくれ」

「承りました」

内心で深い、物凄く深いため息を吐きながら、ルティアが執務室にやってくるのを待った。

旅立つ用意

最近のマジックボックスは種類が豊富になった。

元々私が持っていたのは、腰につけられるタイプの小さなポーチ。今は斜めがけの少し大きなカバンや、お洒落なポシェット。ハンドバッグ、旅行カバンタイプなんかもある。

なぜこんなにも種類が豊富になったのか――――?

それは、サイズによって入れられる量を変えたからだ。今まではどのサイズでも同じ量が入るようにしていて、作るのがとても大変だった。量が多く入るということは、それだけ使う魔力量が必要になる。つまり作れる人間が限られてしまうのだ。

これが、マジックボックスが高額な理由でもある。

そうなってくると、とてもじゃないけど庶民の手には届かない。でも一番必要なのは、自分で買い物をする彼らなわけで……どうすれば、手頃な値段にできるのか悩みの種だった。

「マジックボックスがお手頃な値段になったのはアリシアのおかげね」

「そうですね。アリシア様がサイズによって入れられる量を変えられないのか? と提案してくださったおかげですね」

私の言葉に荷造りをしていたユリアナが頷く。

アリシアの発言を受けて、カーバニル先生が魔術式研究機関を巻きこんで実験をし、入れられる量の違う魔術式を作ってくれた。おかげでちょっと頑張れば、庶民の手にも届く値段まで下げられるようになったのだ。ただ問題は、マジックボックスを作っていた職人さん。

彼らは普通よりも魔力量が多いからこそ、マジックボックスを作り、それにより高額な報酬を得られていた。でも新しいマジックボックスは、入れられる量で魔術式が変わる。

つまり、他にも作れる人が増えてしまったのだ。たくさん入れられるマジックボックスはとても貴重だし、商人からの需要もある。でもそこまで量はいらないけど、一種類しかないなら……と買ってくれていた層は買わなくなってしまう。

売上が減るのは、商売上嬉しくはない。下手すれば職人同士で反発が起きてしまう。

そこで更にアリシアが提案したのが、中流から上流用にお洒落なデザインのマジックボックスを作ることだ。一般庶民にとっては、荷物が入ればいいと思う人が多いだろうけど、中流から上流ならばデザイン性の良い物を持ちたいと思うはず。

特に今までのシンプルなデザインから、華やかなデザインに変われば新し物好きな人たちは食いつくだろう、と。そうして差別化すれば、売上がそこまで減ることもない。そう思ってのことだったのだが……これがかなりの人気商品になったのだ。

「意外とみんな新し物好きよね」

「単純に物を入れるだけなら、以前のままでも良いのですけど……やはり、見た目は大事ですよ」

「確かに可愛いものとか、綺麗なものを持ってると嬉しくなるものね」

「それにちょっと値段が高くても、長く使えるのなら十分買う価値はありますし……マジックボックスなら、売ることもできますからね」

「そうね。別のが欲しいとか、量を増やしたい時は持ってるのを売って差額分出せば良いものね」

マジックボックスは余程のことがない限り劣化しない。それ故に、中古品でも買い手はそれなりにいる。デザインの幅が広がれば、中古品の需要もそれなりに広がるだろう。

そんな話をしながら、ラステアに行くための準備を整えていると、侍女の一人が、お客様が来られました、と私のもとへ知らせに来た。

「今日は、特に約束してないけれど……どなたかしら？」

「ライル様とご一緒にシャンテ様が、そしてアリシア様も到着されたのですが……」

「珍しい組み合わせね。いいわ。部屋に案内して、お茶の用意をしてくれる？」

そう告げると、彼女はスッと頭を下げてライルたちのもとへ向かう。私はユリアナに荷造りの続きを頼むと、ライルたちが案内されている部屋に向かった。

＊＊＊

部屋の中では、ちょっと緊張した面持ちのアリシア。いつもと変わらないライルとシャンテの三人がソファーに座り、ライルの後ろにアッシュが立っている。

そしてアリシアからの泣きそうな視線に苦笑いを浮かべてしまう。

未だにアリシアはライルに対する苦手意識が抜けていない。それでもちゃんと話はするし、お互いにちょっとずつ歩み寄ってはいる。ただ会う前にちょっと時間は必要なんだけどね。心の準備がいるらしい。それにしてもアリシアはともかくみんなどうしたのだろう？

「みんなしてどうしたの？」

そう声をかけると、四人の視線が私に集中する。そしてライルが小さなため息を吐いた。

「え、何⁉　顔見た瞬間にため息なんて吐かないでよ！」

「いや、まあ……お前が悪いわけじゃないしな……」

「なあに？」

「忘れてるようだから言っておくけど、シャンテは一応！　俺の側近候補の一人なのにお前の側にいつもいるから、お前の側近候補みたいに思われてるって話！」

それはもう仕方ないじゃない。私たち年が一緒なんだもの。普段から付き合いがあるのに、カレッジに行っている間だけ話をしないとか変でしょう？　と言いそうになって、ふと別のことが頭をよぎった。もしかして、ラステアに行く話のこと……？

「……こ、今回のラステア行きの話は違うわよ⁉　お父様が決めたんだもの‼　私だって一人で行くと思ってたんだから」

私が口を尖らせると、ライルは父上の決められたことなら仕方ないな、と言いながらソファーに背中を預ける。その顔はちょっと不服そうだ。

「あ、あのぉ……もしかして、私も陛下が決められたのでしょうか？」

「そうなの。ラステア国との輸出品目の件でちょっとあって……私だけで行かせるより、他の人も行かせようってことになったのよ」

「ラステアの輸出品目に何か問題でも？」

「お砂糖が甘くなりすぎてるのですって」

「砂糖は元々甘いだろ？」

ライルが何を言っているんだ？　というような表情で私を見る。

一般常識として砂糖は甘いもの。砂糖が甘すぎることが問題になるなんて普通はない。私だってコンラッド様にラステアの砂糖を味見させてもらわなければ、そう思っただろう。

「ラステアの土地は他の国に比べて魔力量が多いんだよ。そこを魔法石で均して、均一な魔力過多の土地にしたら砂糖が今までよりも上質なものになってしまったんだろうね」

急に後ろからロイ兄様の声が聞こえてきて、私は驚いて飛び上がってしまった。

「兄様……驚かさないでくれる⁉」

「いやあ、ごめんね？」

絶対に悪いと思っていない顔で笑いながら、私の頭を撫でてくる。兄様の後ろでは、ロビンが横を向いて肩を震わせていた。

「もう！　絶対に悪いって思ってない‼」

「そんなことはないよ？」

「ロビンだって笑ってるし……」

「ロビンと僕とはまた別だからなあ」

「そうですよ。姫さん、俺とロイ様とは別です。俺は笑い上戸なんです」

「なお悪い‼」

ぷくっと頬を膨らませると、ロビンはまあまあと言って私の肩を押しながらソファーに座るように促す。仕方なくそのままソファーに座ると、兄様も私の隣に座った。

「兄上、砂糖が上質になると何か困るんですか？」

「良い質問だね。じゃあ、一般的に上質なものの値段ってどうかな？」

「質の良いものは皆、高いですよね」

「うん。その通り」

ライルの答えに兄様は頷く。そしてそれ以外は？　と聞かれたので次は私が答えた。

「上質なものしか作れないと、値段だけ上がって買い手がつかなくなるわ」

「それもあるね」

「でもどうしてもそれしかなければ、その上質な砂糖を買うしかないんじゃないですか？」

「例えば、値段を今までと変えないとかすれば……売れると思うんですが」

ライルとシャンテの言葉に兄様はまた頷いた。

確かにその通りだ。それしかないなら、その砂糖を買うしかない。今までよりはちょっと高いけど、本来の質に合わせて値段を上げなければ売れるはず。

「上質なものって、上質であることに意味があるんだよ。同じものでも質が違えば値段が変わる。それはどこの国でも同じだよね？」

「上質な砂糖が本来の値段よりも安く出回ると……他の国の砂糖が売れなくなる、ですか？」

「もちろん全く売れなくなることはないと思うよ？　でも質の劣る物を同じ値段で買いたいと思うかい？」

私たちは皆、首を振った。上質なもので慣れてしまえば、質の悪いものをわざわざ買おうなんて思わない。特に質の悪いものと、良いものの値段に差がなければ尚更だ。

「例えば、ラステアで砂糖が取れなくなったとしよう。その時に質の悪い砂糖は市場に残っているかな？」

「誰も買わなければ……作らなくなってしまうと思います」

「その通りだね」

「だから、わざわざ質を落とすんですか？」

「というよりは、混ぜて元に戻すと言った方が良いかもね」

「あ、そうか。ラステアは元々魔力が豊富な土地だけど、場所によって違うから砂糖の質も本当は場所によって違ってた……とか？」

私がそういうと、兄様はにこりと笑った。どうやら正解だったようだ。

魔力過多の畑はファティシアでは人工的に作っている。人工的に魔力を入れるということは、その逆もできるけど……ラステアは元々の土地に魔力が溜まっている。そしてその土地を均して魔力過多の畑として維持していたはず。均すことはできても完全に抜く、という作業は自然発生しているせいで出来ないのだろう。

「上質な砂糖が安く手に入るのは嬉しいけど、それだけじゃダメってことね」

「誰だって上等なものが安く手に入れば嬉しいだろうけど、その質に見合う対価は必要だよ」

「でもそれでなぜアリシア嬢やシャンテが一緒に行くことになったんです？」

ライルの質問に兄様が笑いだす。

「それはねえ……男親ならではの複雑な心境なんだと思うよ」

「男親ならでは……？」

ロイ兄様の言葉にアリシアとシャンテは私を見た。そして二人して小さく頷く。見られた私は首を傾げた。一体どうしたというのだろう？

「な、に？　どうしたの？」

「ほらね、こんな感じだから……ライルだって双子にそんな話が来たら嫌だろ？」

「ロイ兄様？　双子がどうしたの？」

「あー……あーなるほど。確かに」

「ライル？」

「問題は姫さんが理解してないってことっすね」

「ロビン？」

「姫様らしくて良いかと」

「そ、そうですよ！　きっと、そのうち……はい」

「シャンテ？　アリシア？」

何が言いたいのかよくわからず、何もいってこなかったアッシュに視線を向ける。するとアッシュはニコッと笑うと、サッと顔を背けてしまった。

なぜだ!!

「……そういえば、ルティアの結婚観を聞いたことがなかったなあ」

急に話題を変えられて、私は胡乱《うろん》げな目で兄様を見てしまう。何かを誤魔化そうとしてないだろうか？

「私の結婚観？」

「結婚願望的な？」

「結婚願望って……王族の一人だもの。お父様が決められた相手と結婚するんじゃない？」

「え、姫さん意外とドライな……」

「だって普通に考えてもそうでしょう？　姫、だもの。何かあれば他国に嫁ぐだろうし、そうでなければお父様が誰か適当に見繕ってくれるものじゃない？」

「そ、そんな!!　恋愛結婚とか!!　ないんですかルティア様!!」

アリシアがひえっと悲鳴をあげる。この間もそんな話をしたが、そんなのないわよ、というとライルとシャンテも驚いた顔をして見せた。

「いや、でも……父上とカロティナ様は恋愛結婚だろ？」

「そうですよ。それにうちだってそうですよ？」

「私のうちもです」

「それってたぶん……ものすごく稀な例が揃っているだけだと思うわ」

普通の王侯貴族は家の結びつきだとか、諸々の事情で結婚をする。恋愛結婚なんて、本当に稀なことなのだ。でもお父様だけでなく、シャンテとアリシアの家もそうだったとは……

「ルティアは普段あれだけ自由にしてるから、そんな風に考えてるなんて思いもしなかったよ」

「私だって一応、王族の一員だって自覚ぐらいあるわよ？」

「良いと思うけどね。恋愛結婚でも」

苦笑いを浮かべる兄様に、私はなぜそこまで恋愛結婚推しなのかと疑問だけが残った。

＊＊＊

ひとまず、明日の夕方か明後日の朝までには出立することになった。急がないといけないらしい。いや、急ぐ理由はもちろん分かっている。

分かっているが、そんなに簡単に準備できるものなのだろうか？　少数精鋭とはいえ、一緒に行くのは私だけでなく侯爵令嬢のアリシアに、将来有望視されているシャンテもいるのだ。

準備不足で何かあっては困る。

「うーん……本当に大丈夫かしら？」

「陛下がヒュース騎士団長に依頼して、選りすぐりの騎士をつけてくださるそうですよ？」

「でもね、前に事故にあった時だって選りすぐりの騎士たちがいたのよ」

ユリアナにそう言って私は五年前の事件を思い出す。

あの時だって、一緒にいた騎士たちはお父様を守るために精鋭が選ばれていた。

それなのに事故は起きたのだ。アレを事故、と判じて良いのか悩むところだけれど……行方不明の騎士は死んでいたわけだし。それに、見つかっていない騎士もいる。彼らの行方は未だわからず、家族からも問い合わせがきたが、それに明確な答えは返せなかったそうだ。

それにお母様の侍女。彼女もどこへ消えたのか……

「しかし、今回はあまり選定に時間もかけられませんから」

「それはわかるんだけどね。念のため、カーバニル先生にもお願いして魔法石を多めに持っていってもらおうかな」

「それが良いかもしれませんね。私とリーナも準備万端にしてお供させていただきます」

「うん。お願いね」

お願いとはいったものの、リーナはともかく、ユリアナが準備するものとは何だろう？　リーナは従者だから、体術やら剣術やらと訓練しているのは知っているが、ユリアナは普通の侍女なのだ。そう。普通の侍女、の、はず……軽く首を傾げつつ、ユリアナの後ろ姿を見送り、私は自分のベッドにポテッと寝転ぶ。このまま何事もなく、ラステアに行ければいい。だけど、あのフィルタード侯爵が横槍を入れずにすんなりと送り出すとも思えないのだ。

きっと私たちがラステアに行くことは既に知られているだろう。トラット帝国からの使者が来ることを考えれば、どうしたって引き止めておきたいはず。騎士の人選を邪魔するとか、馬車を故障させておくとかの間接的な邪魔から、直接王城に乗り込んでくることだって考えられる。

それ以外にも、道中で邪魔してくるとかもあるかもしれない。その場合は危険な目に遭う可能性だってあるだろう。

「うぅーん……決定的な何かをしてくれれば良いけど、その何か、に他の人が巻き込まれるのは困るのよね」

アリシアもシャンテも大事な友達だし、リーナやユリアナ、それにカーバニル先生や騎士たちも巻き込みたくはない。でも何かあった時のために目撃者も必要なわけで、私一人だけでどうにかできる問題でもないのだ。ずっと八方塞がりで、本当に早く何とかしたい問題だけど……

「お父様たちさえ簡単に尻尾を掴めないのに、私に掴めるわけもないかあ」

本当に悔しいけど、フィルタード侯爵家はそういったことが得意なのだろう。貴族間の繋がりも幅広いし、暗躍するのであればそれ相応の人間も知っているのかも知れない。

ベッドの上をゴロゴロと転がりながら、私は深いため息を吐く。ラステアに迷惑をかけることがないといいな、と悩みながらいつの間にか眠りに落ちていた。

＊＊＊

朝になり、いつものようにユリアナに手伝ってもらいながら身支度をする。

「……そういえば、また学校を休むことになるわね」

「まあ、今回ばかりは仕方ないかと」

「向こうに行っても勉強はしないといけないわね。アリシアとシャンテに頼まないとダメだわ……一人じゃめげそう」

「カーバニル様も行かれるのですし、直接講義を頼まれては？」

「魔術式は良いけど、経済学とか専門外の学科は難しいんじゃないかな」

「アカデミーを大変優秀な成績で卒業されてますし、大丈夫ではないでしょうか？」

ユリアナにいわれ、私はうーんと唸り首を捻った。カーバニル先生は……こう、ロックウェル魔術師団長と同じ感じがする。一点突破な知識量で他をカバーみたいな？　いや、それでも魔術式研究機関で責任ある立場だし、教えるのも上手いのだから平気だろうか？

「念のため聞いてみる。無理そうなら、アリシアとシャンテに頼むわ」

「そうですね。ああ、でも、ラステアに行かれるのならコンラッド様に頼まれてはいかがでしょう？」

「コンラッド様に？」

「ええ、大変わかりやすかったとおっしゃってましたよね？」

「そうね。すごく教え方が上手だったわ」

それならばお願いしてみては？　とユリアナはいう。前回もうちの都合でお願いしたのに、今回も頼むのはどうなのだろうか？

いやしかし、まだ習っていない部分を勉強するわけだし……と心の中が揺れる。

「――――迷惑じゃなかったら、頼もうかな」

「それが良いかと」

そういってユリアナはにこりと笑った。

私は軽くため息を吐くと、朝食をとりに部屋を出る。それからは、目まぐるしくラステアへ行く準備をし、夕方には城を出られるだろうとなった時――――来た。

フィルタード侯爵が、取り巻きの貴族たちを引き連れてお父様のもとへ乗り込んできたのだ。

本当に耳が早い。私は執務室に同席を余儀なくされ、無駄な言い争いを聞く羽目になった。夕方には出立できそうだったのに、このままでは明日の朝になってしまいそう。

「陛下！　トラット帝国からの使者が来るかもしれない時に、姫君をラステアへ向かわせるとは何事ですか!!」

「ラステアとの輸出品目の件で色々と詰めることがあるんだ」

「色々……ですか？　それに姫君が必要だとでも？」

「向こうからの指名でね。ランカナ女王はルティアをとても気に入っているんだよ」

「いくら女王陛下からの指名でも、本来であれば外交官と輸出に携わる部署の人間が行くだけで問題はないはず！　それなのに何故、この大事な時に!!」

「ラステアからの要請が先だったからだ」

「早いもの順ではないのですよ!!」

「早いもの順ではない。確かにそうだな。私はトラット帝国にルティアを送るよりも、ラステアにルティアを送った方が有益だと判断した」

お父様はキッパリとフィルタード侯爵たちに言い放つ。トラットへ行くには危険が伴うが、ラステアに行くのは有益だ、と。それにフィルタード侯爵たちは猛反発した。

「何を仰います！　姫君とトラット帝国の若き皇太子が結ばれれば、ファティシアにとっても有益になります!!」

「結ばれれば、というがあの国の国力は今落ちている。そして、疫病が流行り国民が疲弊しているにも拘らず、王侯貴族たちは見て見ぬフリをしていると聞いているが？」

「そ、それを！　皇太子殿下が立て直そうと……!!」

「立て直すために、我が国の富が必要だと攻めてきたら何とする？」

そこまで言われると彼らも黙るしかない。トラット帝国がどうやって領土を拡大し、そして従属化した国に対してどんな扱いをしているか知っているからだ。

子供よりも、大人の方がずっと現実を知っている。

「し、しかしですね!!」

「そんなにトラット帝国と繋がりを持ちたいのであれば……ああ、そうだ。君には年頃の娘がいたなハーベスト伯爵」

「え、そ、そうですが……」

「君の娘をトラット帝国へ送ろう。なに、トラット帝国を良い国だと思っているのだろう？　なら問題ないじゃないか」

「そそそ、そのような!!　恐れ多いことにございます!!」

フィルタード侯爵の背後にいたチョビ髭の伯爵の顔色は途端に真っ青になった。

……さっきまで、トラット帝国に私を送ることは国益になると言っておきながら、自分の娘は送りたくないとかどの口が言うのだろう？

「あら、恐れ多いだなんて……三番目の私よりも、そちらの方が良いのでは？　私よりも娘さんは歳が上でしょうし？　殿下と釣り合いも取れるのではないですか？」

思わず口から出てしまった。チョビ髭のハーベスト伯爵はジロリと私を睨む。私はそれをにこりと笑いながらかわした。

「ねえ、お父様。他の方にも年頃のお嬢さんがいるのでは？　それなら、その方々を送った方がよほど良いと思うのですけど」

「それもそうだな。ラステアはランカナ女王自らルティアを指名してきているが、トラットはまだ使者も来ていない。もし指名されたとしても、いなければ代理を受け入れてくれるだろう」

「へ、陛下っっ⁉」

「おや、トラット帝国と繋がりが欲しいのですよね？　ああ、侯爵……貴方のお嬢さんも一緒にいかがです？」

ハウンド宰相様が私たちの会話にのっかり、フィルタード侯爵にそう告げる。侯爵はヒクリと頬を引き攣らせた。

「む、娘はまだ……幼いので」

「幼い方があちらに馴染むのに早いのではないでしょうか？　ねえ？」

「そ、それはっっ……!!」

「そうだな。それが良いかもしれない。フィルタード侯爵はトラット帝国と懇意にしているようだし。その方がお互いの為だろう？」

「陛下！」

「なぜ自分の娘だと慌てて止めようとする？　繋がりができるのであれば、王家の姫でなくとも構わないはずだ」

　フィルタード侯爵はぐっと言葉に詰まったが、それでも姫と一侯爵令嬢では立場が違う、と文句を言う。

「今、ファティシアに公爵家はない。王家の次は侯爵家だ。全く問題ないと思うがね？」

「し、しかし……姫君を差し置いて……」

「ルティアはいないのだから仕方ないだろ？」

「陛下はトラット帝国との関係を悪化させたいのですか⁉」

「ルティア一人が行かないだけで悪化するような仲でもないな。その程度の理由で、まだ来てもいない使者のためにラステアからの要請を断る気はない。話は以上だ」

「陛下っっ!!」

「以上だ、フィルタード侯爵」

　そういうとお父様は控えていた騎士たちにフィルタード侯爵たちを部屋の外へ出すように告げる。

「――陛下！　後悔なされますよ‼」

バタン、と扉が閉められるその隙間から、フィルタード侯爵のそんな言葉が滑り込んできた。私はお父様に視線を向ける。

「……陛下」

「ああ、護衛の騎士たちにはしっかりとルティアたちを守ってもらわないとな」

「きっと、大丈夫ですよ」

私は気休めとも取れる言葉をお父様にいう。きっと、大丈夫。今までもなんとか乗り越えてきたし。それに一人ではない。いや、一人じゃないから危ないこともあるかもしれないけど。

それでも五年前に比べれば、きっと、大丈夫。

「ルティア、くれぐれも無茶だけはしないように」

お父様の言葉に私は苦笑いを浮かべる。

「それは約束できません」

「ルティア！」

「だって私は、カロティナお母様に似ているのでしょう？」

なら多少の無茶は許してほしい。そう言うと、お父様は深いため息を吐いた。そんなところは似なくて良いんだよ、と寂しそうな呟きと共に……

波乱の予感

朝日が登りはじめた早朝――

夕方の出立が難しくなったことから、城に泊まりこんでいたアリシアとシャンテ、そしてカーバニル先生と一緒に私は馬車に乗り込んだ。

今回は輸出品目の見直しになる為、外務省だけでなく農作物を扱う農務省からも人が派遣されることになった。ラステア国に行く時は小規模な旅団で行くけれど、今回は人が増えたこともありいつもより馬車の数も多い。中規模とまではいかないけど、それなりの部隊ができあがっている。

「ルティア、大丈夫だと思うが……気をつけて行ってくるんだよ？」

私は窓から顔を覗かせて、見送りに来てくれたロイ兄様を見た。

「大丈夫よ、兄様。心配しないで！」

「姫さんは平気でもアリシア嬢やシャンテ坊ちゃんが平気じゃないでしょうよ」

「へ⁉　わ、私たちですか⁇」

「私たちはそんなに危ない真似はしませんし」

「そりゃあ、お二人はね。でも姫さんがしたら止められないでしょう？　なーにするかわかんないんですから……」

ロビンの言葉にアリシアとシャンテがお互いの顔を見合わせる。そして揃って私の顔を見た。

「姫様……大丈夫ですよね？」

「ルティア様……」

「何もなければ私だって何もしないわよ！」

「何もないと良いわよねぇ〜」

「カーバニル先生までそんなこと言わないで‼」

「ま、大丈夫よ。護衛騎士も強いし、他も大体顔見知りだしね。後はアンタが大人しくしていれば平気なはずよ？」

私の隣に座っているカーバニル先生はそういいながら笑う。私だって何もなければ何もしない。……たぶん。目の前で困っている人がいたらちょっとわからないけど。いや、困っている度合いにもよるが！　ちゃんとわきまえてるもの‼

「元気すぎるのも考えもんですからね？　たまには大人しく、ラステアまで行ってください」

「……いつも大人しく行ってるもん」

「寄り道とかしないでくださいってことですよ」

「分かってるわ。今回は早くファティシアから出ないといけないもの」

そう言うと、ロイ兄様は苦笑いをする。ちゃんと分かってるわよ？　と私は唇を尖らせた。ロビンは私の言葉を聞くと後ろの馬車に移動して、リーナに話しかけている。そして何かを手渡し、リーナにひらりと手を振るとこちらに戻ってきた。何を手渡したのかとても気になる。

「リーナに何を渡したの？」

「まあ、色々です。色々」

「色々？」

「従者ですからね」

「ふーん？」

従者同士何かあるのだろうか？　すると、城の方からライルがアッシュと一緒に走ってきた。たまにしか見送りに来てくれないし、今回は朝も早いから来ないと思っていたのに……

ライルは私の顔を見ると、少しホッとした表情を見せる。

「よかった、間に合いましたね」

アッシュの言葉に私は窓から身を乗りだす。

「ライル！　朝早いのに珍しいわね？」

「俺だってたまには見送りに来る」

「朝早いと来ないじゃない」

「それは、まあ……そんな時もある。でも、今回は……だし……」

歯切れの悪い言い方に首を傾げると、ライルは私に手を出せ、と言ってきた。言われて手を出すと、手のひらにブローチが一つ置かれる。

小さな花の集合体。その花の中央に一つ一つ小さな石がはまっていた。

「……アジサイ？」

「ああ」

「とっても可愛いわ！　ありがとう、ライル」

「ま、たまにはな。それより、気をつけて行ってこいよ？」

「ええ、もちろん！　ロビンにも釘を刺されたわ。寄り道しないように！　って」

「寄り道ぐらいならまだ良いけどさ……」

「いや、良くないですからね!?」

ロビンに突っ込まれて、ライルはポリポリと頬をかく。

「大丈夫よ！　寄り道はしない！」

「……そうだな。それにシャンテやアリシア嬢もいるし平気だろ」

「そんなことより、私がいない間の畑のお世話をお願いね？　ライルも忙しいとは思うけど……」

「ベルもいるし、大丈夫だろ」

「うーん……でもサトウキビもあるし」

「それこそベルの出番だ。俺たちじゃ手伝いぐらいしかできない」

「手伝うだけでもきっと助かるわ」

私の言葉にライルは小さく頷く。そしてライルが何か言おうと口を開いた時、時間になったのか「出立っ！」と号令がかかった。

「それじゃあ、行ってきます！」

みんなに気をつけて、と言われその言葉に頷くと馬車の窓を閉める。するとゆっくりと馬車が動き出した。いつもより、危険が伴うかもしれない。それはわかっている。

でも不安な顔を見せてはいけないのだ。

私は――――絶対に無事に帰ってくるのだから!!

＊＊＊

旅路は順調だった。

だった、――――つまり過去形だ。

私は今、月明かりだけを頼りに森の中を逃げている。誰かに追われているからだ。その誰か、は見知った人で……にこりと笑いながら、私たちに牙を剥く。

彼らは実に巧妙に旅団に紛れ込んでいた。本当に、直ぐ側に。

騎士団に所属していた人もいたし、野営をする時に料理を作ってくれる人もいた。もちろん、外務省、農務省の中にも。クリフィード侯爵領に入る手前の森の中、私は全力で逃げている。

本当なら今日中にクリフィード侯爵領に着く予定だったが、馬車の車輪が故障して取り替えに時間がかかったのだ。思えばここから既に仕組まれていたのだろう。

野営する予定ではなかったが、これではクリフィード侯爵領に辿り着くのは深夜になる。そうすると宿を探すのも大変だからと野営することになった。

何度目かの野営。みんな手慣れた手つきで準備をし、食事をとって休むことになった。明日は宿のベッドでゆっくり休めるね、とアリシアたちと話しながら。

いつもと変わらない明日が来ると思っていた。それほどまでに旅路は順調だったのだ。

最初の異変は、護衛騎士の一人が、何か目眩がすると訴えてきたことだった。旅団全体をまとめている騎士が、目眩ぐらいでたるんでいる、と彼を咎めたので止めに入る。体調不良は気合いでどうにかなるものでもない。それになんだか顔色も悪かった。

騎士という職業柄、王都からずっと気を張って過ごしている。もう一息でクリフィード侯爵領に辿り着けたのに野営になり、きっと溜まっていた疲れがでたのだろう、と持ち込んでいた初級ポーションを彼に渡すようにいった。

彼は申し訳なさそうな顔をしたが、そのためのポーションなんだから気にしないでほしいと告げる。騎士は体力仕事。明日に疲れを残してはダメだと。

彼は私に深々と頭を下げると、そのまま受け取ったポーションを飲み干す。すると急に喉元を押さえ、口からガバリと血を吐きだし、——そのまま絶命した。

あっという間の出来事に私はなす術もない。

目の前で起こったことなのに、私は現実を受け入れることすらできなかった。ふらりと、彼の体に近寄り、触れる。まだ、温かい。温もりはハッキリと残っている。カタカタと体が震え、どうしてこんなことが起きたのか理解できなかった。

「どう、して……⁉」

「ルティア姫！　薬の瓶を貸して‼」

異変に気がついたカーバニル先生に言われ、私は震える手で彼が持っていた瓶を先生に渡す。先生は瓶の匂いを嗅ぐと、眉間に皺を寄せた。

「……毒ね」

「……え？」

「持ってきているポーションを全部確認して！」

先生の鋭い声に、ゆらりと数人が立ち上がる。しかしそれはポーションの中身を確認するためじゃなかった。ドサリ、と近くで旅団をまとめていた騎士が倒れる音。

一体何が起こったのか……？

尋常ではない事態に、立ち上がった数人がにこりと笑った。王都からここまで一緒に旅をしてきた仲間が死んだのに、笑ったのだ。そして死んだ護衛騎士の横に立つと、つま先でその亡骸を蹴る。まるで本当に死んだのか確認するかのように。

「ああ、よく効く薬ですね」

「なにを……言っているの？」

彼らの言葉の意味を図りかね、私は彼らに問う。

すると急に目眩が私の体を襲った。グラリと傾ぐ体を先生が咄嗟に支えてくれたおかげで、地面に激突することは避けられたが、先生の体もなんだかグラグラしている。血を吐いて倒れた騎士が言っていたのと同じ症状。

先生が唸るような声を上げる。

「アンタたちっ、なにを混ぜたの!?」

「ええ、少し、身動きができなくなる薬です。ほら賊に襲われたように見えないと不味いでしょう？」

「……何を言っているのか、わかってるの？」

「ええ、もちろん。役に立たない姫君が一人死んだところで何も悪くはなりませんよ。侯爵家の令嬢も、伯爵家の嫡男も、代わりはいます」

「役に立たないですって⁉　ポーションがあるのは誰のおかげだと思っているのよ！　食料だって、アンタたちが何不自由なく生活できるのはっっ‼」

先生は彼らを怒鳴りつけたが、そのせいで目眩が酷くなったのか、地面に膝をついてしまった。

周りを見れば、彼ら以外の護衛騎士や文官、侍女たち、それにシャンテやアリシアも地面に倒れ伏せている。


――このままでは本当に全員殺されてしまう。


「先生、先生……私が、引きつけるからっ……‼」

「アンタ、なに言ってるの！」

「すぐにみんなを治すから、そしたら私は森の中を逃げるから……きっと、きっと助けにきてね」

小さな声でそう呟く。だって、この中で聖属性の力が使えるのは私だけ。たとえフィルタード派に知られたとしても、このまま何もしないで殺されるよりずっといい。流石に彼らだけで治った人たち全員を殺すことは難しいだろう。もっとも、他に賊がいなければの話だが……

それに馬で駆ければ、クリフィード侯爵領は直ぐそこだ。あそこならば私たちを助けてくれる。

私はそこまで考えてから地面に手を当てると、広範囲の魔術式を展開させた。

ピカリと眩い光が辺りを照らす。白い花が地面に倒れたみんなと私の体を包み、毒を体内から消していく。私は自分の体が動かせるようになると、森の奥に向かって走り出した。

後ろから誰かが叫んでいる声が聞こえる。でも振り返る余裕はない。

「絶っっ対……捕まってやるもんですかっっ!!」

放置された、三番目。

それは何も悪いことばかりではない。だって、私にはこの森の中でも走っていけるだけの体力がある。普通のお姫様にはできないことだ。

ガサガサと後ろから誰かが追いかけてくる音がするが、止まってやるつもりはない。このままどこかやり過ごせる場所を探さなければ……!!


走って、走って、走って――

木々の影から見える月明かりだけを頼りに、私は森の中を走り続けた。

立ち止まるわけには、いかないのだ。

＊＊＊

真っ暗な森の中、頼るものは月明かりのみ。息を殺すことすらできずに私は走り続けている。

後ろからはまだ、複数の人の声と気配がした――

「ほんっと、しつっこい!!」

私を殺すことで、何かが有利に働くのだろうか？　心当たりは全くないが……いや、いるだけで目障りとか言われたらもう仕方がない。仕方なくはないけど。

それでも私は死ぬわけにはいかないし、彼らの思惑通りになるのも癪に障る。

「せんせ、たち……無事かな。アリシア、シャンテも……」

リーナやユリアナも心配だ。私が走りだしたことで、彼らは私に着いてきたけれど、全員ついてきている保証はない。誰かが残って、みんなに危害を加える可能性もある。カーバニル先生が、直ぐに動けているといいのだけど……

それに迎えにきて、とはいったけど本当に迎えにきてもらえるかな？　一抹の不安が心の中を過ぎる。今の状態で直ぐに迎えにきてもらうのは、きっと難しいだろうし……

考えごとをしながら走っていたせいか、ガクン、と何かに足を取られた。その反動でふわりと体が浮き、勢いよく地面に転がる。

「っっっ～～～～!!」

なんとか悲鳴をあげるのを我慢できたが、膝がものすごく痛い。私は体を起こすと、辺りの気配を探る。何かが動く気配も、影もない。

木の影に隠れて、ウエストにつけていたマジックボックスの中から初級ポーションを取り出す。これは自分で持ち込んだもの。流石にそこまでは彼らの手も入っていないはず。

でもいつの間に毒なんて入れたんだろう？　マジックボックスの中で管理されていたはず。いくら騎士とはいえ、必要もないのに近づけば誰か訝しむだろう。それとも最初から入れられていたのだろうか？　色々と考えてはみるけど、どれが正解かなんてわかるわけもない。

「これは私が持ち込んだものだし、もしも、毒だった時は……自分で治せばいいのよ。うん」

聖属性の魔術式は目立つからあまり使いたくはない。彼らを引き寄せてしまうだろうし。でも、もしもの時は……仕方ない。見つかるかもしれないが、死ぬよりマシだ。

恐る恐る、膝の傷にポーションをかける。ポーションはいつもと同じように、スッと傷を消していった。しばらく様子を見ていたが、体調に問題もない。

残りは飲んでしまおう、とポーションをあおる。これで少しは体力も回復したはず。

ガサリ、と近くで葉の擦れる音がした。

追手か、それともこの森に棲む魔物か？　息を殺して、相手の出方を待つ。

「おい！　見つかったか⁉」

「まだだ……クソッ！　どこいった‼」

「だから最初から切り刻んで殺せばよかったんだよ！　毒なんて下手に手の込んだことするからこんなことになるんだ！」

「仕方ねぇだろ！　護衛の数がそれなりにいるんだ。ただ襲っただけじゃ、こっちだって無傷じゃすまねえ。チッ！　それにしても逃げ足が速ぇ姫さんだな‼」

切り刻めとは随分な話だ。そんなにも私は恨みを買っていた、ということだろうか？　そこまで恨まれるようなことはしていないのだけど、価値観と見解の相違というものかもしれない。

価値観の違いというのはとても大きいのだ。あの立派な縦ロールをした伯爵令嬢のように、長年刷り込まれた価値観を変えるのは難しい。それでも腹は立つ。私一人を殺すために、あの護衛騎士は犠牲になったというのか‼　人の命をなんだと思っているのだろう⁉

あまりにも腹が立って、怒りを抑えるために服の胸元をギュッと掴む。ふと、手に触れる物に気がついた。それは何だか熱を帯びていて、思わず首を傾げる。

そこに付けているのは、ライルからもらったアジサイのブローチ。花の一つ一つに小さな石が……石、そうだ石！　慌てて服を引っ張ってブローチを見る。そしてそっと魔力を流すと、私の魔力に反応を示した。

「これ……全部ませ、き……？」

「ああ────こんなところにいたのですね？　姫様」

猫撫で声、とでもいうのだろうか？　ゾワリとする声が近くで聞こえた。顔を上げると、さっきまで共に旅をしていた護衛騎士の一人がニタリと笑っている。

怖い。怖いけれど、こんな奴らに怯えた姿なんて見せてなるものか！

私は、不敵に笑う。

「あら、未だに私を殺せない暗殺者《おまぬけ》さんたちじゃない」

「なんだとっ!!」

「誰に頼まれたか知らないけど、そう簡単に私を殺せるなんて思わないことね」

「はっ！　ガキ一人に何ができるっっ!!」

「いいから早く殺っちまえ!!」

彼らの殺気が一気に私へと向く。私は目をギュッと閉じると、ライルからもらったアジサイのブローチにありったけの魔力を流し込んだ。目を閉じていてもわかるほど、辺りは昼間よりも明るい光に包まれる。そして、救難信号が空へと打ち上がった。それも幾つも。

そして私の体を温かい空気が包む。

「どうりで、あの子眠そうな顔していたのね……」

小さく笑うと、私はまた駆け出した。彼らの目が回復するには時間がかかる。回復するまでの間に、距離を稼いで逃げなければいけない。それに、これだけ派手に救難信号が上がったのなら、クリフィード侯爵領の騎士たちが異変に気がつくはずだ。

闇雲に手を振り回していたのか、それとも近くにいすぎたからか、誰かが駆け出そうとした私の髪を掴む。すごい力で引っ張られて泣きそうになった。

「いっ……!!」

「にが、すかっっ……!! ギャッ!!」

悲鳴が聞こえた瞬間、掴まれていた髪から手が離れる。振り返ると、私の髪を掴んでいた男の腕に深々とナイフが刺さっていた。おかげで助かったが、誰が投げてくれたのだろう？ いや、今は誰が投げたかなんて確認している暇はない。走らなければいけないのだ。

私はまた駆け出した。

走って、走って、誰かが後ろから追いかけてくる音に怯えながら走り続ける。走りながらブローチに手を伸ばし、他にどんな魔術式が入れられているのか確認していると、急に開けた場所に出た。人は急には止まれない。目の前にあるのは真っ暗な闇。

「え、嘘っ――――!!」

「姫様っ!!」

聞き覚えのある声。柔らかな手が私の手を掴んだ。

でも、遅かったのだ。走った勢いそのままに私は、いや、私たちは……崖の下へそのまま落ちていく。ギュッと体を抱きしめられた。私を守ろうとしているのだ。このまま、このまま死んだりなんてするもんですか！

髪留めを外し魔力を注ぎ込むと、ブワッと水の膜が私たちを包む。崖の下に落ちることは止められないが、この魔術式が私たちを傷つけないことは五年前に身をもって知っている。

『姫、様……!!』

『大丈夫よ、ユリアナ！　これはね、すらいむの魔術式なの！』

そういって私を守ろうとしてくれたユリアナに笑いかけた。そう。私を追いかけてきてくれていたのはユリアナだった。崖の下まで辿り着くと、ボヨン、ボヨン、と私たちを包むすらいむは跳ねる。あの時からだいぶ改良されて、使い勝手が良くなったすらいむの魔術式。

それを入れておいてくれたライルには感謝しなければいけない。遭難前提で魔術式を入れていたのは、少しだけいただけないが。


——暗い谷の底。


月明かりが落ちてきた崖との距離を教えてくれる。随分と深い所まで落ちてきたみたいだ。魔物でも出てきそうでちょっと怖い。でもずっとすらいむの魔術式を使い続けるわけにもいかず、私は魔力を注ぎ込むのを止める。長期戦になった時、魔力を使えないと困るからだ。

それから、私はユリアナの顔を見上げた。ユリアナは泣きそうな顔で私を見ている。

「ユリアナ、捜しにきてくれてありがとう」

「姫様……申し訳ございません。姫様を危険な目に合わせてしまって」

「仕方ないわ。相手が巧妙だったのだもの。それよりも、他のみんなは？」

「姫様のお陰でみな無事です」

「そう、それなら良かった」

みんなが無事と聞いてホッと胸を撫で下ろす。これであとはクリフィード侯爵領から助けが来るのを待つだけだ。朝になったら、もう一度救難信号を上げてみるのもいいかもしれない。あの明かるさなら侯爵領からも見えるだろうけど、詳細な場所まではわからないものね。

「……ライルにはお城に戻ったらお礼をいわなきゃ」

「ライル殿下、ですか？」

「そう。さっきの光も救難信号もライルがくれたブローチのおかげなの」

そういって私は胸元に着けていたブローチを外す。小さな花の一つ一つ、その中心に小さな魔石が嵌め込まれている。それら全てに魔術式が入れられていた。

こんなにたくさんの魔石に魔術式を入れるのはとても大変だっただろう。普通の宝石よりも、魔術式を入れるのに魔力をたくさん使うのに……

「でも……ライルったら、私が遭難するって思ったのね」

「姫様の普段の行動をよく見ておられますね」

「そんなに遭難するようなことしてないわよ？」

「遭難しそうだ、とお感じになられるぐらいには姫様の行動が予測できないと思われたのでしょう」

「そうかしら？」

少しだけ口を尖らせると、ユリアナは小さく笑う。

「ね、もう追って来ないかしら？」

「裏切り者は全部で八人いました。あの場にいたのは四人……あそこにいた者はリーナがどうにかしたでしょうけど、残りの四人はまだわかりません」

「……そんなにいたのね」

「フィルタード侯爵家に手を貸す貴族は多いです。同じ侯爵家のカナン家ですら、フィルタード派ですから」

「本当に厄介な人たちね」

きっと、彼らを全員捕まえて主犯を聞き出そうとしても喋りはしないだろう。その前に殺されてしまうかもしれない。五年前の騎士たちがそうかはわからないけれど、でもあの時殺された騎士はフィルタード派ではなかったと聞いている。

残りの騎士はわからない。彼らの実家も怪しいところはないというが、それは表向きの話かもしれないもの。裏でつながっている可能性だってある。今回みたいに。

カーバニル先生は大体が顔見知りだと言っていた。それでも八人も紛れ込んでいたのだ。彼らが殺そうと考えれば、私たちなんてひとたまりもないということ。ただ運が良かったとしか言えない。

パチンと頬を叩くと、思考を切り替える。ほんの数時間前まで親切だった人たち。でも今は敵なのだ。彼らに見つからない為に、生き延びるためにちゃんと考えなければいけない。

「ひとまず、ここは見つかりそうにないし……少し休みましょう？」

「そうですね。流石に崖の下までは来ないでしょう。もし探すとしても、降りれる場所を探さなければなりませんから時間がかかります」

「ここに落ちるってことは、死んでるって思うかもしれないしね」

私はウエストに着けているマジックボックスの中から、テントを取り出す。ある理由があって持っていていたのだが、準備しておいてよかった。私とユリアナだけなら余裕で休める。ユリアナはテントを見て目を丸くした。

「……姫様、なぜテントが？」

「えーっとね、ラステアに着いたら龍たちの棲む場所を見せてもらおうと思ってて……」

「それで持ってきていたと？」

「実は、そうなの……だ、だって！　今回は長めにいられるから、そしたら龍たちともっと仲良くなれないかなって!!」

「姫様……いえ、今は何も言いません。姫様がテントを持ってきてくださったお陰で、雨露をしのぐことができるのですし」

「ええっと……ご飯もあるわよ？　お菓子とか……」

怒られる前に正直に告げると、それは大変良いことを聞きました、とユリアナは笑ってくれた。

迷うなかれ（リーナ視点）

――ルティア・レイル・ファティシア様はファティシア王国の第一王女である。

私にとってみれば、本来の主であるレイドール伯爵様の二人目の孫に当たるお方。そしてカタージュの宝石と謳われたカロティナ様の娘。

歳の頃の近い従者を探しているといわれ、私は従者の仕事もよく分からぬままカタージュからルティア様のもとへ遣わされた。その際に伯爵様は、ルティア様のご様子を良く見るように、とも仰られた。私に従者の仕事ができるわけないと伯爵様はお考えになったに違いない。だから様子だけ見ておいで、と言われたのだ。

私は表情が乏しく、感情表現も苦手で、王家の方に仕えるには無愛想過ぎる。先に行っていたロビン・ユーカンテはその辺がとても上手く、彼のような人間をもう一人作るまでの繋ぎなのだと……そう勝手に思っていたのだ。

しかしいくら待っても、本来仕えるはずの従者はやってこない。気が付けばルティア様と共にラステア国へ向かうことになっていた。本当に私でいいのか？　と考えながらも、今すぐ一緒にいける従者は私ぐらい。もしもの時の盾にでもなれれば十分だろう。そう判断した。

そうこうしている間に、ルティア様はクリフィード侯爵家の若夫人を助け、ラステアの王太子殿下を助け、どんどんと我が道を突き進んでいく。私はと言えば、その間に少しずつルティア様からの信頼を得ていた。

でも私は繋ぎの従者。このまま従者として、お側にいてもいいものなのか？　それとも繋ぎであるとちゃんと告げるべきなのか？　そんなことを考えていた時、ロビンがロイ殿下と共にルティア様の宮に訪ねてきた。彼は飄々《ひょうひょう》としているのに、隙がない。気配を極端に消し、常に周りに気を配っている。

どれほどの修練を積めばあそこまでなれるのだろうか？　そう思って眺めていると、ロビンが話しかけてきた。

「リーナ、どうよ？　姫さんの様子は」

「どう、とは？」

「姫さんとの相性とかそういう感じのモンだよ」

「相性……」

相性と言われても、私は繋ぎなのではないのか？　ロビンのようなタイプの人間を作るのはそれなりの訓練期間がいる。だからこそ長々と私が居座っているのではなかろうか？

「姫さんは、結構自由に動き回ってるだろ？」

「そう、だね」

「歯切れが悪いなあ」

「だって、私は……繋ぎでしょう？」

「繋ぎ？」

私の言葉にロビンは首を傾げた。

「そう、誰かに言われたのか？」

「いや。しかし……私では姫様の従者は無理だろう？」

「何が無理なんだ？」

「私は……無愛想だし、ロビンのように上手く立ち回れない」

「俺と同じことをする必要はないだろ？」

「なぜ？」

「なぜって……そりゃあ、お前と俺とじゃ役割が違う」

「従者は……従者だろ？」

従者はそれ以上でもそれ以下でもない。主人に付き従う者。出過ぎることなく、それでいて支えることのできる者。自分にはそれは難しいように思えた。

「姫さんに必要なのは、ただの従者じゃないのさ。姫さんの側に必要なのは――――できる従者だ。お前には、それができるだろ？」

ロビンから、そう言われたのは五年前の話。

今までルティア様が直接害されることはなかったから、それを実行に移したことはない。そのことを幸運ととるべきか、それとも――――

＊＊＊

移動中、食事は常にみんなとは別のものを。

どこに敵がいるのかわからない。そんな状態で、みんなと同じものを食べるのは非常に危険だ。本当はルティア様にもそうしてもらいたかったが、ルティア様がそれをすることはとても難しい。

だからこそ、ロビンの提案でライル殿下があるものをルティア様に贈られた。

魔術式の中には持ち主の魔力に反応して常時発動しているものもある。だからこそ奴らはそれに気が付かなかった。気が付いていたら何か理由を付けてあのブローチを遠ざけていただろう。

「――――しかし、ここまで直接的な手段に出るとはっ……!!」

予定とは違う場所での野営。

嫌な予感はしていたが、八人も刺客が混ざっているとは思わなかった。随行していた人数のほぼ三分の一。ルティア様の聖なる力が発動し、毒の入った食事をとった者たちが癒されていく。ルティア様のブローチには毒に耐性のある魔術式も入っていたのか、癒し終わると直ぐに走りだした。

しかし他の者はいくら癒されたとはいえ、直ぐに動くことはできないだろう。奴らが他の者を害する前に倒さねばならない。

私は同胞であるユリアナを呼ぶ。彼女も私と同じように食事は別にとっていたから、直ぐに動くことができるはず。直ぐにでもルティア様を追いかけてもらわなければ!!

「ユリアナ！　無事か!!」

「ええ、私は大丈夫。それよりもルティア様がっ……!!」

剣が振り下ろされ、それをマジックボックスに入れていた武器で防ぐ。キンッと金属同士がぶつかりあう音。耳障りなそれに、私は眉を顰めた。

ついさっきまで、共にルティア様を守るべく旅をしていた仲間。それが今では醜い本性を晒して、剣を振り回している。力任せに振り回されるそれを避けていると、下卑《げび》た笑いを浮かべ更に襲い掛かってきた。

「ハッ！　そんな細い剣で何ができる!!」

「騎士の本分を忘れた者に私が殺せるわけないだろ!!」

私の武器であるレイピアは騎士の心臓を貫いた。

迷う必要はない。これは、敵だ。屠《ほふ》るべき、敵なのだ。思い出せ。カタージュの森にはもっと凶暴な魔物がいた。それを屠るよりも、彼らを殺す方が余程楽ではないか！

「ユリアナ！　先にルティア様を追え!!」

「分かったわ」

「行かせるか!!」

「邪魔よ！」

言うが早いか、ユリアナが隠し持っていたナイフが男の目に刺さる。男はギャッと悲鳴を上げると、持っていた剣を振り回した。私はその腕を切り落とし、首元を切り裂く。

血飛沫が上がり、男は地面にのたうち回った。

すると直ぐ近くで魔術式が発動する。魔術を使えるものが側にいたのか⁉　と振り返れば、なんとか意識を保っているらしいフォルテ・カーバニルがこちらを見ていた。

「アンタも早く行って!!　ルティア様を追って刺客がッ!!」

「――――貴方一人で大丈夫ですか？」

「見くびらないでちょうだい。アタシはこれでも、魔術式研究機関の主席魔術師なのよ!!」

言うが早いか、彼は残りの敵に対して攻撃に特化した魔術式を展開する。私はこの場を彼に任せ、森の中を駆け抜けた。ルティア様は普通の王女ではない。カロティナ様と同じく、森の中でも逃げられるだけの体力を保持している。そしてとても機転の利く方だ。簡単には捕まらないだろう。

私はグッと脚に力を入れると、木の枝に飛び移り、そのまま木の上を移動する。地面を移動するよりもこの方が移動しやすい。それに、今夜は月が明るかった。下手に地面を行くよりも木々が影になるだろう。

「それにしても気配がない……ユリアナが、先に追いついていると良いんだが」

それほど時間をかけたつもりはないが、ルティア様はかなりの脚力の持ち主だったらしい。

少し立ち止まると、マジックボックスから小さなコンパスを取り出す。出かけにロビンから渡さ

れたコンパス。まさかこんなに早く使うことになるとは思わなかった。もしも彼らが仕掛けてくるとしたら、ラステア国に入る手前だと思っていたからだ。

ラステア国の国境付近でファティシアの王族が害されれば、それだけで両国間に亀裂が入る。それを狙っているのだと思っていた。

「ルティア様……」

ライル殿下から渡されたブローチには居場所を示す魔術式が入った石もある。ブローチに魔力を流せば、コンパスがその場所を指し示すというわけだ。

お願いですから魔力を流してください。そう願いながら反応を待つ。するとパァッと空に明かりが放たれた。幾つも上がる明かりは、救難信号。

「見つけた！」

コンパスはルティア様の行方を指し示す。急いで向かうと、ユリアナとルティア様が崖から落ちるのが見えた。サッと血の気がひく。

そして――――その側には刺客の男たち。

「ハッ！　ここから落ちたら助かるまい」

「……助からないのは貴様らの方だ」

ルティア様のことだから、たとえ崖から落ちても問題ないはず。過去にも同じように助かっているし、そう信じるしかない。それにユリアナが側にいるのなら、一人よりもずっと安全だ。

「チッ！　まだいたのか‼」

「何をしてる！　相手は一人だぞ‼」

「コイツ、すばしっこいんだよ‼」

キン、キンッと金属が交差する音。一人一人の腕はそこまででもないが、しかし、一人混じっている騎士の腕はそれなりのようだった。腐っても騎士ということか。腹立たしい気持ちで、剣を捌《さば》いていく。しかしレイピアでは大剣の重さを受けきれない。体格差もあるが、レイピアの方が断然細くて軽いからだ。下手に切り結べば折れてしまう。

それがわかっているからか、騎士はにたりと笑った。

「そんな体格じゃあ、俺の大剣は受けきれまい！」

「……受ける必要なんてない」

「なんだと‼」

大剣が私目がけて振り下ろされる。そう。受ける必要なんてない。避ければいいだけだ。大剣は威力こそあるが、懐に入られるのに弱い。鎧の隙間をレイピアで突き刺せば、男は悲鳴をあげた。

「ハッ！　その程度か」

「なんっ、だとぉお‼」

鼻で笑えば、男は体当たりするかのように私に向かってくる。私はそれを避け、森の中に誘い込む。すると騎士と一緒に残りの男たちもついてきた。

「貴様逃げるかっっ‼」

大きな怒鳴り声。怒りは正常な判断を鈍らせる。自分よりも小さな者に鼻で笑われたことで、男たちは正常な判断を失った。私はある一点で、ピタリと歩みを止める。それを観念したと勘違いしたのか、男たちはニヤニヤと笑いながら私の前に立った。

そして自らの勝ちを誇るかのように、大剣を振り上げる。

「逃げら…る、とお……も……」

「ヒッ……!!」

最後まで言葉を続けることもできず、ボトリ、と首が落ち、それを目撃した男たちから悲鳴が上がる。私が一歩も動いていないのに、首が落ちたことが恐ろしかったのだろう。そして男たちは後ずさり始める。

「王族の従者が扱う武器が一つのはずないだろ?」

「なに、を……」

軽く手をあげると、次は別の男の腕が落ちた。

「ヒギッ!!」

「ギャッ!!」

恐怖に駆られ、逃げ出そうとした男たち。その体がバラリと地面に転がる。あとは物言わぬ躯だけが残るのみ。人数を数え、辺りを見回す。

「これで、全部か……」

あとは彼が残りの二人を捕まえるなり、始末するなりしてくれれば安全だろう。もう、刺客が残っていなければの話だが。私は手の内に隠していた丸い鈴に魔力を流すのを止めた。

「昔はこれで魔物を狩ったら怒られたが、人は平気かな」

魔物の中には貴重な素材になるものもある。それを魔力でできた糸でバラバラにしてしまうと、とても怒られるのだ。糸の切れ味はある程度コントロールできるが、どうしてもバラバラになってしまう。それ故に、カタージュではあまり使われることはなかった。

「ロビンの言った通りになったな」

私は一切の躊躇なく、敵と認識したものを殺せる。たとえルティア様が止めたとしても、ルティア様を害すると判断すれば殺せるのだ。そこに可哀想、などという感情は一切ない。

『姫さんの側に必要なのは躊躇なく、敵を殺すことができる従者だ。お前には、それができるだろ？』

ルティア様はお優しい。とても、とても優しく、敵にすら情けをかけるだろう。だが、それではルティア様の命を守れない。

たとえそれでルティア様に詰られることになっても、私は迷ってはいけないのだ。

それが私の従者としての役割。

「ルティア様は……無事だな」

コンパスがルティア様の魔力を感知する。崖の上に立ち、谷底を見下ろす。このまま下に行くのは容易い。この程度なら、難なく降りられる。だがユリアナが側にいるのであれば、ルティア様を探索する人間を連れてくる方がいいかもしれない。先ほどの救難信号はクリフィード侯爵領からも見えただろう。それならば先んじて彼らを迎えに行くべきか？

私はコンパスをもう一度見てから、クリフィード侯爵領に向かって走ることにした。

その煌めきは

その日――――夜の闇に救難信号が幾つも打ち上がった。

それはそれは派手に上がったものだから、救難信号とは知らない、ごく一般的な人たちには花火でも上がっているのかと間違われるほどに。作った本人と、打ち上げた本人の意思とは別に、魔力が大量に注がれた石は本来の役目以上にその存在をアピールしてくれたのだ。

一番見つけてほしかったクリフィード領の入り口となる街『レストア』の騎士詰所。そしてクリフィード領の端の街カウダートまで。幅広く、その光の球は救難を訴えた。

そしてその光はカウダートの手前で野営をしていたある人物の目にも止まる。

「殿下！　クリフィード領の方向に救難信号が……！」

ファティシア国での輸出品目の諸々を決め、早々にラステアに戻ったコンラッド・カステード・ラステア。彼は王都からカウダートまでの旅程を先読みし、ルティアを迎えに龍騎士隊と共にカウダートの手前まで既に来ていたのだ。

そんなコンラッド一行は、これから向かう予定のカウダートよりも、さらに遠くに見える救難信号に首を傾げた。

「……何が起こっているのでしょう？」

「救難信号を上げるとすれば、商人か、もしくは貴族以上の者だろうな」

「しかし光の位置からしてだいぶ……その、遠い……？　いや、近いのか？」

「殿下、ここまでの光の見え方は不自然では？」

コンラッドは部下たちに不自然だ、と言われ考え込む。確かにただの救難信号にしてみれば光量がおかしい。ここまで見えるとなると、かなりの量の魔力を注がねばならないだろう。

そしてその魔力量を注げるだけの相手にコンラッドは一人だけ心当たりがあった。

「……出立の準備をしよう」

「殿下？」

「ルティア姫に何かあったのかもしれない」

「姫君に、ですか？　ですが……」

「彼女を快く思わない者もいるということだ」

言葉少なにコンラッドが言えば、コンラッドの部下たちはそれならば我が国に嫁いできてもらえないだろうか、と内心で考える。

未だに独身を貫いている王弟殿下の番候補。

ルティアのラステア国での立ち位置はまさにそれなのだ。もちろんルティア本人は全く知らない。コンラッドもルティアへまだ告げるつもりもない。しかし周りからしてみれば、年齢差なんて気にしないから早く嫁いできてもらえばいいのに、と気を揉んでいるところだ。

「飛龍であれば、あそこまで行くのにそう時間はかからないだろう」

「しかし、勝手に向かうと問題にもなります」

「緊急事態だ。誰か一人、カウダートにある侯爵の館へ行って事情を説明してくれ。ルティア姫でなくとも、人助けなのだからそこまで悪くは言われないだろう」

本来ならば他国でのことにそこまで首を突っ込む必要はない。それにコンラッドは兎も角、龍騎士隊を連れて、他国へ勝手に入ることはいささか問題があった。侵略行為、と捉えられる可能性がある。その点を踏まえて、クリフィード侯爵に事後承諾にはなるが、許可を取る必要があった。

「殿下、それでは私が先にクリフィード侯爵様の館へ向かいます」

「悪いな」

先に飛び立った騎士を見届けると、コンラッドは救難信号が上がった場所と地図を照らし合わせる。しかしあまりの光量のせいでなんとも距離が測りづらい。

「光の上がり方と見え方から……この辺ではないでしょうか？」

部下の一人が指し示した場所はクリフィード領内のカウダートより先にある街。コンラッドはその場所を見て少し考え込む。

「あの光は……ルティア姫が上げたのであれば、もっと遠くで上がっているはずだ。旅程から考えると、クリフィード領に差し掛かるかどうかだろう」

「そんな遠くから、救難信号が上がったと？」

「魔力量はとんでもなく多いからな。ラステアの貴族と遜色ない」

「では旅程を考えると、この辺でしょうか？　ここに森があります」

「どうされますか？」

「少数で行こう。あまり大人数で行っては、違った場合に問題が起こる」

「人助けとはいえ、ファティシアの貴族も一枚岩ではありませんからね。クリフィード侯爵様は温厚な方ではありますが、その侯爵様へあらぬ疑いをかけられても困りますし」

「そうだな」

誰しも自国へ友好的な者へ迷惑をかけたいわけではない。人助けだとしても慎重に動く必要があった。コンラッドは同行していた龍騎士の中でも精鋭を選りすぐり、救難信号の上がったと思しき場所。クリフィード領手前の森へと急いだ。

＊＊＊

クリフィード領の入り口となる街『レストア』では、森から上がった救難信号に騒然としていた。

騎士詰所でも救難信号が上がるのであれば、商人かもしくは貴族以上の者からの救難の要請であることは直ぐに想像できたが……いかんせん光量が普通ではなかったからだ。

「隊長、この光量は……普通の商人ではありませんよね？」

「だろうな。普通の貴族だってここまでの魔力量を保有しているかどうか……」

何度も上がった救難信号は、レストアの街を昼間かと錯覚させるほどの光量だった。普通の救難信号ではこうはいかない。そもそもこんなに光量は必要ないからだ。自分達の場所を知らせるのに、こんな馬鹿みたいな光量では意味がない。

「森に、夜盗が出るとは聞いていないな？」

「そうですね。最近はそんな話は聞きませんね」

光の上がり方があまりにも異様であったために、レストアに詰めている騎士たちは本来なら今日中に着くはずであった、自国の第一王女の姿を脳裏に描く。

ラステア国へ向かうために、ルティアは何度もレストアを訪れていた。ルティアはレストア滞在中、街の人々とも気さくに交流し領民や騎士たちからも人気がある。

「旅程では、本日着く予定でしたか？」

「そうだ。まあ前後することもあるからそこまで気にはしていなかったが……」

騎士たちの間にも何か大変なことが起きているのでは？　と、不穏な空気が流れる。そして急ぎ、救助隊を結成すると救難信号の上がった森へと向かった。

しかし光量があまりにも大きかったためにルティアたちの居場所を特定することができなかったのだ。一般的な光量であれば方向と高さである程度絞れたのだが、あまりにも明るすぎた。

森へ辿り着いたはいいが、これでは捜せない。騎士たちは困り、森の入り口で馬を一旦止める。下手に踏み入れて、二次災害が起こっては意味がない。

「もう一度光が上がればいいんだが……」

「だが上がったとして、先ほどと同じ光量だとわからないぞ？」

「……ひとまず、街道に沿って捜すとしよう」

少数を入り口に残し、残りの人員で森に入る。野営するにしても、街道から離れた場所は選ばないだろう。そして夜盗が出るにしても街道沿いのはずだ。

暫く馬を進めていくと、頭上でガサリと何かが移動する音が聞こえた。

「何者だ!!」

騎士の一人が頭上へと鋭い声をかける。すると、頭上から一人の少女が姿を現した。従者のようなお仕着せを着た少女――その少女は騎士たちにクリフィード領の騎士かと尋ねる。

「その通りだ。我々はレストアに詰めている騎士だ」

「先ほど、すごい光の救難信号が上がったが……アレは君が上げたものか？」

「……いえ、私の主人です」

「君の、主人か……それならば何故君は一人で木の上に？」

「救援を呼ぶためにレストアへ向かう途中でした」

小柄な少女が木の上を移動しながら救援を求める事態とは……レストアの騎士たちはお互いに顔を見合った。レストアの騎士と合流できたリーナは地上に降りるとポケットからある物を取り出し、騎士の一人にそれを見せる。それは王家の紋章が入った懐中時計。リーナが王家の、しかも王族に近しい人物に仕える証拠でもあった。

「これは……もしや、救難信号はルティア姫様が？」

「そうです」

「隊長、急いで姫君のもとへ向かいましょう」

「そうだな」

騎士たちはお互いに頷くと、リーナに案内するように頼む。

「できれば部隊を二つに分けていただきたいのです。襲われて、本隊と姫様とで別れてしまっているので……」

リーナの言葉に騎士達が色めき立つ。

「なんと……!!」

「それでは隊の半分をそちらに割り当てましょう！　それと、姫君は無事なのですか!?」

「姫様は、たぶん……ご無事です。侍女の一人が一緒にいます。ただ、ここから先の崖の下に落ちられたので、探索に人がいります」

崖から落ちた、と聞き騎士たちは騒然とする。しかしその割に、リーナに焦りの表情が見えないため、実は彼女こそルティアを襲ったのではないか？　と内心疑念を抱く者までいた。

「……本当に、崖から落ちたのか？」

「はい」

「崖から落ちて無事であるという確証は？」

「姫様はその、ファーマン侯爵様がお作りになった魔術式の入ったバレッタを身に着けておりましたので……それと、姫様の位置はこちらのコンパスでわかります」

「ファーマン侯爵が作られた魔術式？」

「はい。すらいむの魔術式といいます」

水の塊のようなものが全身を包むので、崖から落ちてもクッションになって怪我をすることはないのだとリーナは説明する。ただその姿を見たわけではないので絶対に無事というわけでもない。

騎士たちはリーナの言葉を完全に信じるわけにもいかないが、現状の手がかりがリーナだけであることも理解した。

「……なるほど。誰か、もう一部隊呼んで来るんだ。崖の下に行くのに、馬では時間がかかる」

「では私が」

そういうと騎士の一人がレストアへと引き返す。リーナは騎士たちを連れて、ひとまず野営地へと向かうことにした。騎士たちは疑わしくともリーナの後ろを大人しくついて行く。そして街道から少し離れた開けた場所。そこに数人の人影を見つけた。

襲撃を受けたような跡も見受けられ、騎士たちは用心しながら近づいていく。そこには数名の騎士と侍女、それに二人の少年と少女がいた。

直ぐ側では怪我をした魔術師が男たちを縄で縛り上げている。リーナがその魔術師に駆け寄り無事を確かめたことで、敵ではないことがわかりレストアの騎士達は安堵した。

「カーバニル先生、アリシア様、シャンテ様ご無事でしたか」

「リーナ……アンタ、姫様はどうしたのよ⁉」

「姫様は崖の下に……」

リーナの言葉に少女がヒッと小さな悲鳴をあげる。そしてフラリと体が傾くと、地面に倒れる寸前のところでシャンテと呼ばれた少年と、近くにいた騎士に支えられた。ルティアの現状を聞き、ショックのあまり気を失ってしまったようだ。

カーバニルと呼ばれた魔術師はジッとリーナを見ると、居場所はわかるのか？　と尋ねた。

「わかります。それとユリアナも一緒なので、無事かと」

「いや、まあ。ただで落ちるわけないと思うけどね……」

「姫様はすらいむの魔術式が入ったバレッタを着けておいでででした。それにアジサイのブローチも」

「ああ、アレね。なら平気かしらね。でも敵は？　そっちに四人行ったと思うけど」

「そちらも始末致しました」

少女が発するにはあまりに物騒な言葉であったので、レストアの騎士たちは少々困惑してしまう。やっぱり敵だったのでは？　と疑惑の視線を向けてしまった。

「その、姫君は本当にご無事なんでしょうか？」

「怪我は、自前のポーションを持っているから大丈夫よ。それにあの方はとても機転がきくの。子供の割に度胸もあるしね」

「……そうですか。では我々は姫君の捜索をする方向でよろしいですか？」

「ええ、お願い。こちらに少し残していただければ、あとは姫君の探索に割いていただいて大丈夫よ」

カーバニルの言葉にレストアの騎士たちは小さく頷くと、数人だけを残しルティアを探索するためにリーナに案内を頼むのだった。

再会

ライルからもらったアジサイのブローチには、光の魔術式が入った石もあった。私はそれに少しだけ魔力を入れて、ユリアナと一緒にテントを設置する。真っ黒なテントは暗い闇の中では、敵に見つかりにくいし、中の光も漏れない安心設計だ。

ただし、自分達で設置するには明るいうちでないと見え辛い。ちょっと設置に手間取ったけど、何とかテントを形にすると中に入る。マジックボックスから地面に直接敷くシートを取り出しユリアナに渡すと、ユリアナは手慣れた動作でシートを敷いてくれた。それを敷いてもらっている間に、私はフカフカのラグを取り出す。これでそのまま座ってもお尻が痛くならないはずだ。

「あとこのラグを敷けば大丈夫ね。それに毛布もあるから」

「これはかなり快適な……」

「野生の龍が棲む場所は、山の上の方なんですって。ラステアは温暖な場所だけど山の上は寒くなるって聞いてたから」

「確かに山の上でしたらある程度の装備は必要ですね」

ただし、姫様が直接用意する必要があるかと言われると悩むところですが……と言われて私はユリアナから視線を逸らす。

だって楽しみだったんだもの。

ラグを敷き、毛布を取り出すと、後はお茶が飲めるように小さなテーブルを設置する。その中央に炎の魔法石が組み込まれたコンロと小さなお鍋を用意すると、水の入ったボトルを取り出し、お鍋にうつす。ティーポットとカップをテーブルに並べ、軽食用のドライフルーツの入ったケーキを準備すればちょっとしたおやつの時間だ。

「そうだ。先にポーションも飲んでね？　さっき自分でも飲んだけど、これは大丈夫だから」

「ですが……」

「ユリアナもたくさん走ったでしょう？」

そう言うとユリアナはポーションを受け取り飲んでくれた。

すぐにカーバニル先生や、クリフィード領の騎士達が捜しに来てくれれば良いけれど、崖の下に落ちたわけだしそんなにすぐには見つけてもらえないだろう。

そうなるとなるべく体を休めないといけない。心臓はまだドキドキするし、眠れるかといわれると微妙だけど、それでも体を横にして休まないとダメなのだ。いざという時に動けないことが一番困る。と、前にヒュース騎士団長が言っていた。もしも遭難したら、なるべく動かず、動くのであればちゃんと体が動けるように休む時は休んでください、って。

「あ、お湯沸いたわ」

「お茶をお淹れしますね」

「うん。お願い」

慣れた手つきでユリアナが紅茶を淹れてくれる。その香りにホッとしながらも、亡くなってしまった護衛騎士を思い出す。私を殺すためだけに、彼は死んでしまった。もっと、もっと早く魔術式を展開できれば防げたのではないかと思えてならない。

「……姫様、お腹が空いていると良くないことばかり考えてしまうものです。食べて、お茶を飲んだら休みましょう」

「ユリアナ……でも、でもね……」

「魔力をどんなにたくさん持っていても、万能ではありません。聖属性の力があっても、です」

「それは、わかるわ。神様でもない限り、絶対なんてあり得ないもの」

「その通りです。それに神様だって間違える時はありますよ」

神様でも間違える時はある、と言われ私は首を傾げた。

「神様も完璧じゃないってこと？」

「その通りです。神様も完璧ではありません。もしも完璧ならば、人はもっと慈悲深く、欲など持たず、争いもないでしょう」

確かにそうかもしれない。暗君も生まれず、国同士の争いもない、誰かに命を狙われることもない世界があったはずだ。

「皆平等で、争いのない世界というのは理想論ですね。それではきっと、新しいものは生まれず、停滞し、ゆっくりと滅びていくだけでしょう」

「どうして？」

「向上心があるから、争いが生まれるわけです」

「……競い合うってこと？」

「ええ。国同士の争いや、領地を巡る争いは人々の生活に直結しますから……あまり良いことではありません。ですが、良いものを作ろうという時のライバルは得難いものですね？」

ユリアナにそういわれて私は頷く。

「神様はわざと不完全な人を作ったのかしら？」

「そうかもしれませんね」

私は紅茶の入ったカップを手に取る。カップから伝わる熱はジワリと私の冷えた両手を温めてくれた。口に含むとホッとした気持ちになる。

「さあ、こちらも召し上がってください。そしたら休みましょう？　姫様も走り回ってお疲れでしょう？」

「うん……そうね」

「彼の騎士を思うのであれば、姫様が無事に皆と合流することです」

「……それだけで大丈夫なのかしら？」

「現状は、それが一番大事です。彼とて姫様に危険なことをしてもらいたいわけではありません」

確かにそうかもしれない。私が危険なことをすれば、周りにいる人たちも危険な目に合う。自由に動き回るにはそれなりに準備も必要なのだ。


――それでも、と思う。

彼はもう、大事な人を抱きしめることも、温かい紅茶を飲むことも、美味しい食事を摂ることも何もできない。それだけがただ、悲しかった。

＊＊＊

お腹の中が満たされて、体が温まるとやはり眠気はやってくるもので……私はいつの間にか眠ってしまった。どのぐらい眠っていただろうか？　ユリアナに肩を揺さぶられ起こされる。

「姫様、お目覚めを……！」

「……ユリアナ？」

「今はまだ夜です。そう簡単にこのテントは見つからないでしょうけれど、近くで複数の人の気配がします」

その言葉に一気に目が覚めた。

「もしかして、見つけに来てくれたのかしら？」

「それなら良いのですが……」

「まだ、敵が？」

「小規模の旅団とはいえ、八人も紛れ込ませていたのです。別の場所に更に控えさせていたとしてもおかしくはありません」

「物取りに見せかけるつもりだったみたいだし、他にも人を用意しててもおかしくないってこと？」

「ええ……いくら体を動けなくしても、八人だけでできることではありません。特にカーバニル様がいらっしゃいますし」

「先生？」

「ええ。あの方はとても優秀な方なのですよ」

確かに教え方はとても上手だし、優秀な先生なのはわかっていたけれど、普段の状態がアレなので何となく凄く見えない。だってロックウェル魔術師団長と同じで、魔力や魔術式に関することには目の色を変えて研究するのだ。まるで実験動物にでもなったようで、ちょっと怖い。

「……あ、そうだ。ライルがくれたアジサイのブローチに救難信号が入った魔石があるの。それを発動すれば目眩ましになるかな？」

「それは最後の手段にいたしましょう。今は何もしなければ相手から見つけられないはずです」

真っ黒なテントは相手が松明《たいまつ》を持っていても見えづらいはずだ。念のため、ブローチに魔力を流しつつ、直ぐに対処できるようにする。

「――――まー！　ルティア姫様ー!!」

「私を、捜してる……？」

「ええ。ですが……」

「そうよね。クリフィード領の騎士とは限らない」

もしかしたら彼らを装った敵かもしれない。崖に落ちたことを知っているのは、私たちを追いかけていた男たちだけのはず。ユリアナがテントの隙間からそっと外を眺め、警戒している。本当に迎えに来てくれたのだろうか？　それともまた敵なのだろうか？

そういえば、アリシアたちはどうなったのだろう？　自分のことばかりですっかり忘れていたが、アリシアたちが敵の手に落ちたなんてことになったら大変だ。

「そういえば、アリシアたちは無事かしら？」

「あちらはカーバニル様が残られてますから大丈夫ですよ」

「本当？」

「ええ」

ユリアナは安心させるように頷く。それなら大丈夫だろうか？

「今は御身の無事を考えてください。逃げる準備をしましょう」

「うん。テント以外の荷物はマジックボックスに仕舞ってしまうわ」

「お願いいたします」

ユリアナに見張りを頼み、私は一度出したものをマジックボックスの中にしまっていく。全部仕舞い終わると、ユリアナの服を軽く引っ張った。

ザッ、ザッ、と足音が近づいてくる。

「……鎧、あの紋章はクリフィード領のもの……しかし、見つけるのが早いわ」

ボソリとユリアナが呟く。

確かに私たちの居場所を特定するには早い気がする。早く助けに来てくれたのなら嬉しいけれど、救難信号だけで崖の下まで捜しにくるとは思えない。

「姫様、最大級の警戒を……」

「わかったわ」

私はギュッとアジサイのブローチを握りしめた。全部を確認したわけではないが、ライルがくれたこのブローチには色々な魔術式が入っている。きっとまた助けてくれるはずだ。

「……のはずです」

「しかし、見つからない」

「ですが……」

誰かがボソボソと話をしている。しかしその声はよく聞こえない。

心臓が早鐘のように鳴る。敵なのか、それとも味方か────!!

不意に、バサリと大きな羽音が上空で聞こえた。


「ルティア姫────!!　ご無事か────!!」

よく通る声。大きな羽音と重量のあるものが地面に着地する音もする。

「ルティア姫────!!」

この声は、声の主は……!!　私のよく知っている人の声。じわりと涙が溢れてくる。

どうしてここにいるのだろう？　まだ会うのは先だったはずなのに。色々な感情が溢れて、思わず叫んでしまう。

「っ……‼　コンラッド様‼」

「姫様っ！」

慌てたユリアナが私の口を塞ぐと焦ったように外を見た。そして、直ぐに私を見ると小さく頷く。

「ラステアの龍騎士隊です」

「ラステア、の……？」

テントの中から飛び出ると、辺りには松明を持ったラステアの龍騎士隊と、クリフィード領の騎士たち、それにリーナがいた。その中にはコンラッド様もいる。

「ルティア姫！」

突如現れた私にコンラッド様は驚いた顔を見せた。私は、私は――そのまま勢いよくリーナに抱きついたのだった。

＊＊＊

そこに集まったのは、リーナに案内されてきたクリフィード領レストアに詰めている騎士たち。そしてコンラッド様率いるラステア国の龍騎士隊だった。リーナに抱きついたまま、隣にいるコンラッド様の顔をじっと見る。タイミング的にはとても良いと思うけど……

「あのぉ……コンラッド様はどうしてここに？」

「うん？　ああ……カウダートの近くまで来ていてね。そしたらすごい救難信号が上がったから、もしかしてルティア姫じゃないかと思って見に来たんだ」

見に来てよかった、とコンラッド様は笑う。カウダートからここレストアまでは距離があると思うが、そんな離れていても救難信号が見えたとは……!! ライルは一体、どんな救難信号の魔術式を入れたのだろう? むしろ、そこまでしないと見つけられないような場所で迷子になるとでも思われていたのだろうか? ライルの心配は嬉しいけど、ちょっと複雑だ。

「確かにあの救難信号はすごかったですね。救難信号とわからない人には花火だと思われたでしょうねぇ。レストアでは、まるで昼間のように明るくなりましたから」

「一応、普通に上げたつもりなんだけど……」

そう言いながら私はライルからもらったアジサイのブローチを見せた。レストアの騎士隊の一人がブローチを手に取り、中にはまっている石を見る。

そしてしばらく見たのち、首を傾げた。それはもうとても不思議そうな顔で。

「……普通の、救難信号ですねぇ」

「普通の救難信号?」

「ええ。まあでも魔力を注ぐ量でも、救難信号の上がり方は変わりますから……かなり大量に注がれたのでは?」

「そこまで大量に注いだつもりはないんだけど」

「ルティア姫は元々魔力量が多いから、普通に注いだつもりでもアレだけ派手な救難信号になってしまったんじゃないかい?」

「いやはや、最初はどこで上がったのかわかりませんでしたよ」

「そんなに派手に……!?」

普通に魔力を注いだつもりがそんなことになっていたとは思わなかった。そりゃあ、ちょっとは目くらましになればと思っていたけど。

「レストアでは昼のように明るくなり、さらに離れたカウダートの外からでも見えたということはかなりの光量だからね」

レストアの騎士とコンラッド様がうんうんと頷きながら話す。それはなんだかとても恥ずかしい。いや、わかりやすく危険があったと知らせられたから良いのだろうか？　いや、それよりももっと大事なことがある。他のみんなはどうなったのだろう？

「あ、あの！　他の人たちは!?　カーバニル先生やアリシア、それにシャンテも一緒だったの……」

「全員ご無事ですよ。我々が到着した時には、捕縛が完了しておりました。一応、付近を捜索し、他に賊がいないか確認はしておりますのでご安心を」

「そう……それならよかった」

みんなが無事だったことに安堵する。犠牲になったのは、最初の護衛騎士だけだったようだ。できることなら犠牲者なんて出したくなかったけれど。でもどんなに警戒していても、事は起こってしまった。そして私は、何もできなかったのだ。

「それよりも、一体何が起こったのです？　今日、レストアに到着予定でしたよね？」

「ええ。本当なら今日着く予定だったのだけど……馬車が故障して……」

「馬車が故障、ですか……それで賊に襲われたのですか？」

賊に襲われたのか、と聞かれ私はなんと答えていいか迷ってしまう。裏切り者がいたのは確かだが、フィルタード侯爵が依頼した証拠はない。たとえ捕縛された人たちが証言したとしても、濡れ衣を着せるつもりか、と言われる可能性もある。

それに、調べる騎士たちの中にフィルタード派の騎士がいないとも限らない。証拠を捏造《ねつぞう》されて、フィルタード派を陥れるための自作自演と言われたら……いや、自作自演ならまだいいけれど、クリフィード侯爵や、領の騎士たちに嫌疑を掛けられても困る。

これ以上は一人では答えが出ない。私は曖昧な返事をするしかなかった。本当は彼らが非道な行いをした、と声を大にして言いたいけれど、何事にも証拠は必要だ。それがなければ、色々な場所に食い込んでいるフィルタード派にいいように捏造されてしまうだろう。

それに今回捕縛した証人を殺されてしまう可能性もある。敵は老練なフィルタード元侯爵とフィルタード家、その派閥貴族たち。

今の私にどうこうできる相手ではないのだ。悲しいけれど、これが現実。

「ひとまず、これ以上は森の中にいるのも危険です。レストアへ向かわせていただいてもよろしいでしょうか？」

ユリアナの言葉にレストアの騎士たちは勿論です、と頷く。私はユリアナのスカートをキュッと握り、その顔を見上げた。

「みんなと、合流しないとね」

「ええ。それは日が昇ってからに致しましょう。姫様」

「え？」

「コンラッド様、先に姫様をレストアまでお連れいただいてもよろしいでしょうか？」

「勿論です」

「ユリアナ、私、大丈夫よ？」

「いいえ、大丈夫ではありませんよ。さ、コンラッド様、お連れください。リーナ、貴女も一緒に行ってちょうだい」

「わかりました」

私も一緒にみんなの所へ行く、と言う前にふわりと体が浮く。そしてそのままカッツェの背に乗せられてしまった。リーナも別の龍騎士と一緒に龍の背に乗せてもらうと、そのまま龍たちは空へと飛び立つ。地上ではユリアナがこちらに向かって手を振っていた。まだ大丈夫なのに……後ろを振り向き、コンラッド様に視線を向ける。

「……コンラッド様」

「ルティア姫のお願いを聞いて差し上げたいのは山々なのですが……俺も彼女と一緒で先に休まれた方がいいと思いますよ」

「ポーションも飲んでるし、怪我もないから平気なのに……」

「今は色々なことがあって気分が高揚しているから大丈夫と思えるだけです。少し落ち着くと、疲れが一気にきます」

「でも、それはみんなも同じだわ」

「ルティア姫、貴女はファティシアの姫です。だから彼らを心配するのであれば、まずは御身を一番に考えないとダメですよ」

他の人たちは皆、無事なのですから明日になれば会えます。とコンラッド様は私を諭す。確かにみんな無事なのかもしれない。だけどポーションが毒物に代わっているのだ。怪我をしていても治せない。私なら、怪我を治せる。だからこそみんなと合流したいのに……

「コンラッド様、やっぱり合流をしたいです」

「ダメです。今の俺の役目はルティア姫を無事にレストアへ連れて行くこと。そしてその後はラステアへ」

「それは、わかってます。でも……」

「怪我人はいるでしょうが、レストアの騎士たちがポーションを渡すでしょうし大丈夫ですよ」

「レストアの騎士たちが……？」

「そのために、ルティア姫はポーションを広げたのでしょう？」

誰でも簡単に入手できて、怪我や病気を治せるようにする。確かにその通りだ。レストアの騎士たちは私が上げた救難信号を見て、何か危険なことが起きたと来てくれたのだからポーションを持っていてもおかしくはない。

「本当に、大丈夫でしょうか……？」

「大丈夫ですよ。レストアでみんなが来るのを待ちましょう」

「……はい」

ポーションがあれば、後は私ができることはないだろう。先生や、他の護衛騎士もいる。それにユリアナも合流するのだから、私の状態も向こうにはちゃんと伝わるはずだし。ホッとすると、なんだか急に体が重くなってきた気がする。おかしいな？　と感じた時には意識を手放していた。

目が覚めると、ふかふかの布団の中にいた。慌てて飛び起きて周りを見る。すると、すぐ近くにいたユリアナと目があった。ユリアナはにこりと笑うと、私の額に手を当てる。

「姫様、熱は下がったようですね」

「熱……？」

「ええ、覚えてらっしゃいませんか？　昔から熱が出ると、私のスカートをギュッと掴まれるんですよ」

「ええ!?」

そんな癖は初耳だ。いや、確かにそんな記憶があるような……ないような??　私は首を傾げる。

「……もしかして、それで先にレストアに行けって言ったの？」

「それだけではありませんが、熱が出てきたのだなとは思いましたね」

「じゃあ、私、途中で意識を失ってしまったのね」

「そうですね。急に静かになられたのでコンラッド様も驚かれたようです」

「……私、そんなにうるさくないもん」

ぷくっと頬を膨らませると、ユリアナはクスクスと笑った。そして私のポーチから取り出したポーションを私の手に持たせる。

「さ、どうぞ」

「うん。ありがとう」

ポーションを飲み干すと、体がだいぶ軽くなった。やっぱり森の中を走り回るのは結構疲れるようだ。もう少し体力をつける必要があるかもしれない。

畑仕事をする時は、鍬で耕す工程をもっと増やそうと心に決める。

「姫様、汗を拭いて着替えましょうか」

「うん……ねえ、それよりもみんなは？」

「皆様ご無事ですよ。今はカウダートからクリフィード侯爵様がいらして、カーバニル様方と話し合いをされております」

「クリフィード侯爵が……？　私、そんなに寝てたの？」

「いいえ。コンラッド様と一緒にカウダートの側まで来ていた龍騎士の皆様がお連れしたのです」

「なんだかコンラッド様にはものすごーく、たくさんお世話になってしまったわね」

普段からお世話になっているけれど、今回はお世話になる、の意味がいつもと全然違う。作物に関することならお返しができるけど、これは国の中での問題。よくよく考えれば、外交問題に発展してもおかしくないことなのだ。

だってラステアの龍騎士隊を私の捜索に使ってしまったのだから。カウダートの手前にいて、救難信号を見て来てくれたということは……つまり、龍騎士隊を勝手にファティシアに入れてしまったということ。コンラッド様はお父様から許可をもらって来ているけれど、龍騎士隊は違う。

人助けとはいえ、龍騎士隊は騎士なのだ。不味いことにならないといいな。

「姫様、今は難しいことを考えているとまた熱が出てしまいますよ」

「知恵熱なんてでないもん」

「あら、そうでしたか？　淑女教育が始まったばかりの頃は、よくお熱を出されていた気がしますが……？」

「そんなに出してないもん！」

ぷくーっと頬を膨らませると、ユリアナはロビンみたいに私の頬を指で突っついた。そんなに熱を出した覚えなんて……多分ない、はず。うん。笑うユリアナをジトッとした目で見ていると、部屋のドアがノックされる。

「誰？」

ユリアナはすぐにドアへ向かうと、誰かと一言、二言話をしてまた扉を閉めた。

「リーナです。お湯を使うのに桶を持ってきてもらおうと思いまして」

「桶……私、お風呂でも平気よ？」

「いいえ。ポーションで体調は回復したとは思いますが、今日まではちゃんと休まれてください」

「……はーい」

平気なのにな、と思いながらもユリアナを怒らせると怖いので黙っておく。それに、何かあれば教えてくれるだろう。私はユリアナとリーナに体を拭いてもらい、服を着替えるともう一度ベッドで眠ることにした。次に目覚めた時は、ちゃんとみんなに会えるようにと願いながら……

話し合い

襲撃事件は、やはりと言うか……話し合いの場が荒れた。

場所はレストアにあるクリフィード侯爵家の別邸。そこに私と、カーバニル先生、クリフィード侯爵、コンラッド様の五人が集まり話し合いをしている。

ファティシアの第一王女が、王家と対立する派閥貴族の手によって害されようとしたのだから毅然とした態度を取るべきだ。と主張したのがコンラッド様。

実行犯が生きているとはいえ、彼らの証言が採用されるか不透明として慎重に行動すべきだ。と主張したのがカーバニル先生とクリフィード侯爵。

本来なら、コンラッド様の主張が正しい。正しいが、今回の件に関していうならば……コンラッド様、いやラステア国に不利に働く恐れがあるので、慎重に対応しなければいけないのだ。

「ルティア姫を害した者をそのままにしておくのですか？」

「生捕りにしたとはいえ、八人中、六人は死亡しています。王族を害したのですから、仕方がないこととは言え、彼らが自分たちは被害者だと言い出した場合が問題なのです」

「被害者だなんて！　どの口が言うのですかっ!!」

「殿下のお怒りもごもっともなんだけど……自分たちが助かりたい為なら、それくらい平気で言うのがアイツらなのよ。それに追随して庇われるとまた面倒ね」

事後承認とはいえ、ラステアの龍騎士隊が動いている。ルティア姫をラステアへ攫おうとして戦闘になった、と言われたら事だ、と先生は言った。私もそれが一番困ることだと思っている。善意の行動も、歪められて伝えられては意味がない。

それに立ち向かうには、第一王女《私》という存在の力が弱いのだ。噂を広げるには人海戦術が一番で、その人脈は絶対的にフィルタード派の方が強い。つまり、真実を覆い隠せるほど大きい声が今は勝ってしまう。悲しいけれど、それがファティシアの現実なのだ。

「ラステアがルティア姫を攫う理由がない」

「そうね。ラステア国とファティシアは友好国だもの……でも、最近はトラット帝国がルティア姫を欲しいと言ってきている。それを聞いて取られては大変だと思ったのかもしれない、なんて言われたらどうなさるおつもり？」

「我々はそんなことはしない！」

「もちろん、ラステア国がそんなことをするわけないと、私どもはわかっておりますとも。ですが、トラット帝国とフィルタード派は手を組んだ状態です」

クリフィード侯爵の言葉にコンラッド様は難しい表情を浮かべる。

「……それも、知っております。だからこそ、我々龍騎士隊がルティア姫をお迎えに上がったのですから」

道中で襲われては大変だから、と。自国の貴族には蔑ろにされて、他の国の人たちからは手厚く歓迎されるのってなんだか複雑な気分だ。

でもコンラッド様がそこまで考えて迎えに来てくれたことを嬉しく思う。まあ、道中で襲われて私が死んだとかになると、ラステア国に責任をなすりつけてきそうな気がするからその対策もあるかもしれない。

ともかく、お互いの思惑は別にしても私が襲われたのは事実。しかも襲ったのが身内となると、確固たる証拠が必要だ。フィルタード派が口出しできないだけの証拠が!!

そこでふとあることを思いついた。

「……もし、もしも……生き残った人を放したらどうなりますか？」

「放すって……そんなことしたら、多分アイツら口封じされるわよ？」

「口封じされると言うことは、相手と接触するってことですよね？　そしたらその場を抑えられませんか？」

「それは……できなくはないでしょうけど」

先生はそう言うと、クリフィード侯爵をチラリと見る。侯爵は少し難しい顔をして、できなくはないと頷いた。ただ難しいとも。

「難しい、ですか？」

「ええ。あちらも始末をするのであれば、手練れを用意するはずです。そして口の堅い者を……で、あれば捕まえたとしても吐くかどうか……」

「そう簡単にはいかないんですね」

「残念ながら……」

たとえ実行犯が裁かれたとしても、私や、みんなを殺そうと命じた人間はのうのうと生きている。そしてまた同じことを繰り返すだろう。自分たちに被害が及ばなければ、他者を切り捨てることを厭わない。まるでトカゲの尻尾きりだ。

それに実行犯をそのまま連れて帰ったとして、本当に裁けるかも謎だし……このままでは護衛騎士の死が無駄になってしまう。もちろん騎士なのだから、負傷することも死ぬことも、きっと覚悟していただろうけど。それは、こんな騙し討ちのような、毒物で死ぬようなことはきっと想像していなかったはずだ。

「八方塞がりですな……実行犯を裁くのにも、現状は皆様の証言以外ないのですから。ここにいる方々は兎も角、同行している者が買収される可能性も考慮しなければいけない」

「買収だなんて……!!」

危険な目に遭ったのに、そんなことってあるのだろうか？　私が目を丸くしていると、先生は深いため息を吐いた。

「可能性は全て考えておくものよ。陛下や騎士団長、宰相が厳選したにも拘らず、奴らは混ざっていたのだから。ホント、気の良い連中だと思ってたんだけどね……」

確かにそうだ。今回の旅団に選ばれた人たちは選出期間が短かったとはいえ厳選された人たちのはず。それでも八人も混ざっていた。どれほどの貴族たちがフィルタード侯爵側についているのだろう？　全く見当もつかない。

ジワジワと、侵食されている気分だ。いや、実際に侵食されているんだろうけど。それでももっと良識のある貴族が多いと思いたかった。

「どうするのが正解なのかしら……」

「――――法の裁きを、と言いたいんだけどね」

「……クリフィード領の近くで起きたことです。クリフィード侯爵の裁量で裁けないのですか？」

コンラッド様がクリフィード侯爵に問いかける。侯爵はため息を吐くと、ゆるく頭を振った。

「これが、ただの賊が起こした事件であれば……そう問題ではないのですがね」

「旅団の内部の人間が起こしたことが足枷になりますか？」

「残念ながら……」

この場合は、捕まえた実行犯を王都まで連れて行き裁く必要が出てくる。そして、その為には全員一度戻る必要があるのだ。彼らに襲われた、と証言する必要があるから……

そこまで考えて、あることに思い至る。

「……もしかして、それが目的だったのかしら？」

「目的って？」

「だから、ラステアに行くのを止めることはできないけど、途中で問題を起こして引き返させることはできるでしょう？」

「つまり、うまく殺せればよし。殺せなかったとしても、王都へ戻ってくるならそれでよし、ってこと？」

先生の言葉に頷く。だってそうすれば、ラステアに行くにも危険が伴う。

「お父様たちは私をトラットへ行かせないと言った。それは向こうから手紙がまだ届いていないから。私が今から王都に戻ったら、多分もう届いてるわよね。それに危険だから行かないって話も出ていたわ。ラステアに行くにも危険だったら同じじゃない？」

「向こうからの日数を考えるとそうね。それに同じ危険なら、帝国の精鋭たちに守ってもらえばいいとか言い出しそう」

「それにクリフィード領の手前で起きたのも変な気がするの」

どうせならコンラッド様が言ったように、クリフィード領を出てラステアと合流する手前で襲った方がいい。そうすれば私を殺せた時はラステアに責任を被せて、決定的な亀裂を入れることができる。でもそうしなかった。クリフィード領の手前で、私たちは襲われた。それにはそうしなければばいけない理由があるはずだ。ただ私にはその理由がわからない。

「――クリフィード家は、ファティシア王国ではどのような立ち位置なのです？」

「我が家は今のところ中立ですね」

「今のところ、ですか？」

「ええ。ですが息子へと代替わりした場合はわかりかねます」

「なるほど？」

コンラッド様の質問に、クリフィード侯爵は私を見ながら小さく笑う。代替わりしたら何か変わるのだろうか？　基本的に侯爵家はフィルタード家とカナン家を除いて中立を維持しているはず。今後もそのはずだと思っていた。何故なら、中立を保つことで王家を監視する役割を担えるから。王が常に良い王であるとは限らない。暗君も時には生まれるだろう。それを諫め、正す、それがファティシアの侯爵家の役割なのだ。

だからこそフィルタード家が、成り代わろうと画策している。国ができるまでは五つの家は平等だった。それが国を造ったことにより、王と臣下に別れてしまった。

王位に就いたのが自分たちだったら――と夢を見られる位置なのだ。

それ自体はまあ、仕方ないとしよう。でもやり方ってものがある。関係のない者を巻き込んで、殺すなんてもってのほかだ！

「どうしたものかしらねえ。このまま戻るにしても、何の対策もなく戻れば向こうの思うままだし」

「そうですな。失敗したことは既に伝わっているはず。ならばきっと手ぐすね引いて待っているでしょう」

「このままラステアへ向かえて、尚且つ向こうに打撃を与えられる方法があればいいんだけど……」

難しい問題に私は唸り声をあげてしまう。なんというか、彼らがしたことは物凄く効果的で、最低な方法なのかもしれない。

自分達にとって不利益にならないのだから。

でもこのままやられっぱなしは嫌だ。何とかフィルタード侯爵達をギャフンと言わせたい。効果的にギャフンと言わせる方法があればいいのだけど……そう考えていた時、扉の外で騎士たちの騒ぐ声が聞こえてきた。

「……どうしたのかしら？」

「さて、何でしょう？」

クリフィード侯爵を見ると、侯爵も首を傾げる。コンラッド様は扉にぴたりと貼り付き、外の様子を窺う。それを先生が補佐するように魔術式を展開し始めた。

暫く様子を見ていると、コンコンコン！　と忙しないノック音。

外からシャンテが慌てた声で扉を開けてほしいと言ってきた。コンラッド様は私たちに小さく頷くと、扉をそっと開く。

「シャンテ、どうかしたの？」

「姫様、その……」

シャンテが困ったように私たちを見る。一体どうしたのだろう、とシャンテを見ていると、シャンテの後ろにフードを被った人影が見えた。

「――お久しぶりです。ルティア姫」

スッと前に出てくると被っていたフードを外す。そこから現れたのは紺碧の髪と黒い瞳の持ち主。

その姿に私は言葉を失った。

「どうして――――貴方が……」

一緒に帰ったはず、と呟けば途中で別れたのだと彼はいう。彼を一人残して帰った、というが彼がいれば私を王城にとどめておけたはず。だって手紙が来るまで私に相手をさせればいい。

「そんなに警戒なさらなくてもいいんですよ？　まあ、そうは言っても難しいでしょうけどね」

彼の言葉に部屋の中の温度が少し下がった気がした。コンラッド様も、カーバニル先生も、クリフィード侯爵もみんな彼を警戒している。

何故ならば、彼はトラット帝国皇太子レナルド・マッカファーティ・トラットの側近の一人。

ギルベルト・シュルツその人なのだから――――

「……一体、何の用でここまでいらしたんですか？」

「お困りのようでしたので出てきました」

「出てきたってまた随分な言い方ね？」

「うーん……ルティア姫が本当に危なければ、手をお貸しするつもりだったんですけどね。ですがご自分で乗り切られてしまいましたので」

それにラステアの龍騎士隊まで出てきては、自分の出る幕がないと彼はいった。確かに下手にあの場に出てきていたら……きっとみんな混乱したはず。トラット帝国がフィルタード派の貴族と手を組んで、私を殺したように見せかけて誘拐しようとしたとか。そんな話になっていたはずだ。

今だってその可能性を否定できない。でも彼は、疑われると分かっていて姿を現した。その理由は何なのか？

「フィルタード派の貴族から依頼されたんですか？」

「いいえ。僕を動かせるのは、レナルド殿下ただお一人だけです。彼らのような愚鈍な連中の意見なんてわざわざ聞く価値もない」

「アナタ、随分な言い方ね」

「ですが事実でしょう？　これほどまでに価値のある姫君を無価値だと決めつけているんですから……いや、そうでもしておかないと第二王子の優位を保てないからかな？」

「ライルは……」

「良い子、というだけでは王位には就けませんよ？」

私の声を遮るように、シュルツ卿はいう。

「それでも、ライルの優位は揺るがないわ。だって正妃であるリュージュ妃の子供だもの」

「確かにそうですね。でも、アイザック陛下はその程度の理由で王位を譲るとは思えません。陛下も、そして陛下の周りの方々もとても優秀ですからね。うちとは大違いです」

そう言って彼は大仰に肩をすくめて見せる。何だかとてもわざとらしい。自分の国を悪く言って、こちらを油断させるつもりだろうか？　とはいえ、表向きはライルが継承一位なだけで、お父様の中では誰を王位につけるかは決まっていない。シュルツ卿の言い分はある意味で正しいのだ。

「……そんなこと言っていいの？　自分の国のことでしょう」

「ここにわざわざトラットまで行って告げ口する人はいませんからねえ。それにトラットの皇族や貴族が腐っているのは周知の事実です。────でしょう？」

そう言ってコンラッド様に視線を移す。先生は苛立たし気に頭を掻くとシュルツ卿を睨みつけた。

「そうは言っても、アナタがレナルド殿下の腹心であることには変わりないわね。今回の件だって、アナタたちが裏で糸を引いていないとも言い切れないもの」

「それもまあ、そうなんですが……」

困ったように笑うけれど、本当に困っているのかはわからない。彼の側近ということは、シュルツ卿は陰謀渦巻くトラット帝国の王宮内でかなり上手く立ち回ってきたはずだ。

私なんかがシュルツ卿の心の内を読もうとしても、無理に決まっている。チラリと先生を見ると、先生も何とも言い難い表情で彼を見ていた。

「それで、何故出てきたんです？　今の状態で出てきたら疑われるのは分かりきってますよね？」

「ええ、もちろん！　この状況で疑われないなんて有り得ませんからね」

「分かっているのに出てきたその理由を聞いている」

「簡単なことですよ」

コンラッド様に強い口調で言われても全く気にしたそぶりを見せない。ただただシュルツ卿は笑っている。不気味なほどに。

「……ハッキリ言って……怪しさ満点ですよ？」

「でしょうね。ですが、僕の話を聞いて損はないはずです。捕まえた実行犯を貴方達ではどうにもできないんですから」

「どうにもできなくはない。正当な裁きを受けさせるまでだ」

「ラステアの龍騎士隊を動かしていなければそう言えたでしょうね。ですが今の状況はルティア姫には不利です。フィルタード派の貴族たちはここぞとばかりにくだらないことを言い出すでしょう」

でも貴方にはどうにもできない。所詮は他国の人間ですからね、と。シュルツ卿はコンラッド様を煽るように言う。

「……他国の王族でも、世話になっている国の姫君を助けることはできる」

「婚約でもしていれば別ですが、現状、そんな話は出ていないのでしょう？　何せ歳が離れていますしね。王弟殿下よりも歳の近い、我が国の殿下の方がいいのではないか？　それにトラット帝国は強国。その国と懇意にしていた方がいいと言われているでしょう？」

「それは……」

フィルタード派の貴族たちが言っているだけだ。そう言い返したいけど、フィルタード派の貴族はかなり多い。彼ら全員がトラットへ私を嫁がせるべき！　と言い出したらどうなるのだろう？

「たとえ言われていても、トラット帝国で他国の姫がどんな扱いを受けるかわかっているのに嫁に出すわけないでしょう？」

「アイザック陛下なら、そうするでしょうね。ですが……今までのフィルタード派の動きから、アイザック陛下がいつまで陛下でいられるかはわからないじゃないですか」

その言葉にドキリとする。五年前、アリシアのお陰で私はお父様を救うことができた。でもアリシアは油断できないと常々いっている。

『シナリオの補正』

それが起こり得るかもしれない。ロイ兄様も、同じように警戒していた。シュルツ卿の言葉は、それを示唆しているかのように聞こえる。

フィルタード派の貴族がどれだけいて、どのくらい周りに潜んでいるのかわからないのだ。お父様が危険な目に遭わないと、言い切ることはできない。

五年前だって、きっと糸を引いていたのはフィルタード家。

「――シュルツ卿、貴方が私に求めるものは何ですか？」

これは一種の駆け引きだ。

私を不安にさせて、何かを引き出そうとしている。それは私にしかできないことなのか、それとも私を通じてお父様に依頼したいことなのか。それを確認する必要があった。

シュルツ卿はニィッと笑う。

「姫、彼と交渉するのは……」

「そうよ。王都に戻るのは業腹だけど、それまでの間に手段を考えましょう？　先に陛下に連絡を入れて、相談すればいいわ」

クリフィード侯爵と先生が私を止める。

「いいえ。私はこのままラステアへ向かいます」

このままラステアへ向かう。これを変える気はない。ならばシュルツ卿の話を聞く必要がある。それがどうしても受け入れられないことならば、断ればいい。

「英断ですね。今、王都に戻れば姫君に手紙を持ってきた使者と鉢合わせるでしょう。そして使者は、絶対に貴女をトラット帝国へ連れて行くはずです」

「……シュルツ卿はそもそも私への使者ではないんですね？」

「ええ。どちらかというと、姫君にどこかへ行ってもらいたいが為に来ています。今、帝国へ来られるのは具合が悪い」

「あんな手紙を置いていったのに？」

「殿下に帯同していた者達が全員、殿下の味方ではありませんからね。パフォーマンスは必要でしょう？」

つまりアレは、国内向けのリップサービスだったのか。そのせいでみんな頭を悩ませていたのに、何となく腹が立つ。

「私に王都に戻られると具合が悪いのなら……シュルツ卿は何をしてくれるんですか？」

「何をして、ですか……そうですね。こっそりと実行犯を助け出してトラットへ連れて行きましょうか？」

「連れていって、どうするんです？」

「姫君に恩を売りつつ、同時にフィルタード派の貴族たちにも恩が売れます。彼らにとって、実行犯が捕まりそのまま王都まで戻られては都合が悪いですから」

「道中で殺してしまう手もありますよね？　本当に助けるつもりがありますか？」

もしもフィルタード派の貴族たちが口封じを依頼してきたらどうするつもりだ、と問いかける。するとシュルツ卿は、殺したフリをするだけですよと言った。話だけを聞いていると、こちらにとても都合が良いように聞こえる。でも絶対にそれだけじゃないはずだ。訝しんだ視線を向けると、シュルツ卿はスッと真面目な顔になる。

「姫君、我が主は今の帝国を憂えています」

「トラット帝国の現状をよく知りませんが、噂で聞いたことが事実なら憂えてなければ皇族としてダメだと思いますけど？」

「ええ。そうですね。ですが、憂えている皇族はほぼいないと言っていい。そのうちトラット帝国は分裂して内乱が起こるでしょう」

「それは……」

「姫君だけでなく、フィルタード派の貴族にもそして実行犯たちにも恩が売れる。今、姫君に彼らを負かす力はないけれど、将来的にはそれが逆転すると思っています。その時に実行犯たちの証言は必要でしょう？」

確かにその通りだ。今は無理でも、将来的にはフィルタード家がやってきた犯罪を明らかにしたい。その時に証人がいれば有利に働くだろう。流石に口封じされかけてまでフィルタード家に義理立てする人はいない。自分たちが高位の官僚になりたいとか、いい暮らしをしたいとか、そんな薄っぺらな理由でついているだけだろうし。

どうするのが正解か？

頭の中でグルグルと考え続ける。

もしも、もしも……口封じしたつもりの人たちが生きていて、自分たちの罪を告白してきたらどうなるだろう？　彼らは慌てふためくだろうか？　それとも知らぬ存ぜぬと突き通す？

よく考えるのだ。今のままでは、ラステアへ行くよりも王都に帰った方が良いとなるだろう。それに私だけラステアへ行けば、フィルタード派の貴族たちは私がラステアへ攫われたとでも言い出すはずだ。ラステアに迷惑をかけるのは本意ではない。

「……わかりました。シュルツ卿、彼らをトラットへ連れていってください」

「ルティア姫！」

「コンラッド様、今のままではラステアへも迷惑がかかります。シュルツ卿は私に王都へ戻ってほしくないようですし……私も王都へ戻りたくありません」

「しかし……」

「フィルタード派の思惑通りになるのはとても癪です！　できることならギャフンと言わせたい!!」

「はははは、ギャフン、ですか？」

ギャフンという言葉が余程ツボにはまったのかシュルツ卿は盛大に笑う。

「ええ。そうです。彼らをいつかギャフンと言わせて、その罪を白日の下に晒すまで実行犯を預かってください」

「承知致しました」

そういうとシュルツ卿は涙をぬぐい、恭しく頭を下げる。

完全に信じたわけではない。もしかしたら、騙されている可能性も捨てきれないけど、それでも現状の一番良い一手を打ちたいのだ。殺されてしまった、護衛騎士のためにも……彼らの罪は裁かれなければいけない。

＊＊＊

取引――――というものはお互いに利益がなければいけない。そして対等でなければ、足を掬われる。そう、私は考える。

「……シュルツ卿、彼らをどう連れて行くつもりですか？」

私はシュルツ卿にそう尋ねた。普通に考えて、はいどうぞ、と彼らを引き渡すわけにはいかない。となれば、それなりに危険な方法をとってもらわねばならないはず。

彼のためでもあるとはいえ、私のためにそこまでの危険を冒すには現時点での利益が少ない。将来的にトラット帝国が分裂して、レナルド殿下がお父様の支援を得たいと言うのであれば……まあ、危険を冒すだけの価値はあるのだろう。だがそれは、トラット帝国が本当に分裂し、尚且つ彼が他の皇族よりも民のためになるとお父様が判断した場合だ。

私の一存だけで彼をお父様が支持してくれるとは到底思えない。だからこそ、今の状態はお互いにリスクが高いように感じる。それはきっと、シュルツ卿も理解しているはず。

ジッと彼の顔を見ていると、私に向かってにこりと笑った。人好きのする笑みではあるが、どことなく信用しきれない。

「まあ、流石にこのままください、と言って引き渡してもらえるわけはないので……夜の警備に少し穴をあけていただいて、いる場所を教えてもらえれば連れて行けますが？」

なんてことないように言っているけど、それってかなり危険では？　でも今はその提案を飲むしかないのだろう。私はクリフィード侯爵を見上げる。

「クリフィード侯爵、可能ですか？」

「あまりやりたくありませんが……」

「そうは言いますが、早めに彼らを連れて行かないと口を封じられてしまいますよ？　それはそれで問題でしょう？」

シュルツ卿の言葉にクリフィード侯爵は眉間に皺を寄せた。確かに私を殺すことに失敗した人たちを長々と生かしておくとは思えない。私たちが王都に戻らないと判断したら、確実に殺しにくるだろう。シュルツ卿にはその前に脱出してもらい、どこかに隠れているフィルタード派の刺客に交渉してもらわねば……

私はクリフィード侯爵に頭を下げてお願いする。

「お願いします。クリフィード侯爵。彼らを死なせてしまうわけにはいかないのです。そして、自分たちが裏切られたと感じてもらわなければいけない」

「姫様……」

「時間が経てば経つほど、敵に有利になりますよ？」

私に追随するようにシュルツ卿は急げとせかす。クリフィード侯爵は目を閉じ、暫く考え込んでいたが私たちの提案を受け入れてくれた。

「――分かりました。トラット帝国に頼るのは業腹ですが、致し方ありません。今後、フィルタード派を抑えることができるのであれば」

「別にトラット帝国に貸しを作ると考えていただかなくて結構ですよ。我らの主人に貸しを作ったと思ってください」

「……それってあんまり変わらないじゃない」

カーバニル先生の言葉にシュルツ卿は苦笑いを浮かべながら、全然違いますよと言った。

「殿下は確かに戦にはお強いですけどね。別に好んで戦いたいわけでもないので」

「戦に勝ち続けていたからこそ、皇太子になれたんでしょ？」

「まあ、そうなんですが……優秀な者ほど煙たがられるので、そのせいで戦場に追いやられたのですよ。もとから戦いたかったわけではありません」

「レナルド殿下は……今後も戦は望まないと言えますか？」

「ファティシアと戦をしたいとは思わないでしょうね。ここは豊かな国だ。もちろん膿も抱えていますが、それが無くなればもっと良い国になるでしょう」

「豊かな国だからしたくないの？」

豊かな国であるならば、奪い取りたいと思われる可能性もある。なんだか矛盾しているな、と感じた。するとシュルツ卿は豊かだから、奪わないのだと答える。豊かな国とは交易をするか、援助してもらう方がよほど良いとも。そのために弱みを握るか、恩を売れれば尚良いと笑った。

「トラットは今、疫病でかなり国力が低下しています。いつ皇族や貴族に対する不満で内乱が発生してもおかしくない。機転のきく商人たちは、他の国へと拠点を移し始めてますよ」

「それは……」

「なおさら、国内の物流は滞るでしょうね」

物流が滞れば、物価が上がる。物価が上がれば……死者は増え続けるだろう。疫病でバタバタと人が死んでいる中、皇族や貴族だけが贅沢な暮らしを続けていれば結果は目に見えている。

常に火種を抱え込んでいる国で内乱が起これればひとたまりもない。

「殿下がファティシアとの交易で食料を得られたのは、殿下の治める土地の者たちにとっては僥倖《ぎょうこう》でした。他は……酷いものです」

「みんな……何もしないの？」

「心ある者は、排除されてますからね」

「魔窟《まくつ》ってこれだからイヤね」

「ええ。まさに魔窟。蠱毒の壺の中ですよ。なので……今回の殿下の誕生パーティーは別として、姫君にトラットまで来てほしいのは本心です」

「私の魔力があれば魔力過多の畑が作れるから？」

「ええ。それに、ポーションがあれば病の者たちも治せる」

そんな酷い惨状ならば、一度ぐらいはトラット帝国に行ってみるべきだろうか？　とほんの少しだけ考えてしまう。今はもちろんラステアに行くことが最優先だけど……

「ダメよ。ダメ。ダメ。ぜーったいにダ・メ!!　同情を買って連れてこうったってそうはいかないわよ!!」

「おや、残念」

「え！　嘘なの!?」

シュルツ卿のあまりにも軽い言葉に私は目を見張る。大変なのは本当ですよ、と言いつつも、シュルツ卿の目は笑っていない。


――試したのだ。

私がどの程度で動くのか、試したのだ!!　ぷくっと頬を膨らませて、地団駄を踏みたい衝動を堪える。そんな私の鼻っ先をカーバニル先生がピシッと指で弾いた。

どうせ！　どうせお人好しですよーだっっ!!


なんとか話をまとめ、彼らをトラット帝国へ連れて行ってもらう手筈を整える。クリフィード侯爵は信頼できる騎士に事情を話し、今夜の警備を緩めてもらっていた。本当はこんなことをすれば、フィルタード派から嫌味を言われるのだろうけど……騎士たちに怪我人を出さないように、それでいて彼らを逃すには他に方法がない。

先生とコンラッド様は別に話があると言って部屋を出てしまった。クリフィード侯爵と二人だけ部屋に残り、窓から街の状態を見下ろす。夜でも明るくて、活気のある良い街だ。

活気のある街を維持するのは実はとっても大変で、それを長く維持しているクリフィード侯爵はとてもすごい人なのだろう。そんな人に、汚名を着せてしまう。

「――――本当に、ごめんなさい。侯爵」

「なんの。いずれ、この国を良くしてくだされば良いのです」

「だけど、フィルタード派の貴族たちに嫌みとか言われちゃうでしょう?」

本当なら私が王都まで戻って、彼らを突き出せればよかった。そして私を殺そうとしたのだと、その手引きをしたのはフィルタード派の貴族たちだと証拠を突き付けられれば良かったけど、今の私にそれだけの力がない。証拠を集めて、彼らを断罪するには手札が足りなさすぎる。

「姫君」

「……はい」

「姫君は我がファティシア王国の第一王女です。次からは臣下に簡単に頭を下げたりしてはいけませんよ？」

「でも……お願いするのだもの」

「アイザック陛下もあまり偉ぶらない方ではありますが……姫君もあまりそちらの方面は得意ではないようですね」

「頭を下げて済むことなら下げるわ。私には力なんて何もないもの。ただ、王女というだけ」

「いいえ。王族であるのなら、軽々に頭を下げてはいけないのです。姫君が頭を下げる時は、この国の未来がかかった時。そして姫君が頭を下げる価値があると思った時にこそ、お下げなさい」

この国の未来がかかった時、と言われても私にはよくわからなかった。

私は、私が頭を下げることで丸く収まるのであればそれでいい。今回の事だって、それで収まって良かったと思っている。でもそれじゃあいけないとクリフィード侯爵は言っているのだ。王族の価値を簡単に下げてはいけない、と。

「私に、そんな大そうなことが起こるかしら？」

「いずれ起こるかもしれませんよ？」

クリフィード侯爵は自信ありげに笑う。私はその笑みに首を傾げた。

そして次の瞬間――――

私たちがいる部屋の扉が勢いよく叩かれる。

「報告いたします!!　侯爵様！　大変なことが起こりました!!」

「入れ！　一体何が起こった!?」

クリフィード侯爵の鋭い声に、バタンと扉が開き、若い騎士が息を切らせながら入ってくる。

「姫殿下を襲った者たちが何者かによって連れ去られました!!」

「なんだと!?」

「それで、どうなったのですか？」

「現在、騎士隊で捜索中です。ですが、街の至る所で小競り合いが起きておりまして……捜査は難航しております」

「そんな……」

私はフラリと倒れる演技をすると、すかさず隣にいたクリフィード侯爵が私の体を支えてくれた。

「ハッ！」

「賊をそのまま逃しては、クリフィード侯爵家の名折れ!!　急いで捜し出せ!!」

「姫君、ご安心を……ラステアまではラステアの龍騎士隊がついております。コンラッド殿下ならば姫君を必ず無事に、ラステアまでお連れくださるでしょう」

「ええ、ええ……ありがとうございます。侯爵」

なんとか棒読みにならないように、顔を伏せながらそんなセリフをいってみる。若い騎士は必ずや捕まえてみせます!!　と叫ぶと、そのまま部屋から駆けて行ってしまった。

これで怖がっている風に見えただろうか？

「……大丈夫、でしょうか？」

「なかなか良い演技だったかと」

　お互いに顔を見合わせて苦笑いを浮かべる。すると、騒ぎを聞きつけて、という体でコンラッド様とカーバニル先生が部屋に入ってきた。

「一体、何人連れてきてたのかしら？」

「街の中で何ヵ所も小競り合いが起きてるんだよねぇ。おかげで詰所の騎士たちが仲裁に駆り出されている」

「小競り合いがそんなに起きているの？」

「お金で雇われた人たちもいるでしょうけど……それにしても根回しが良いわね。嫌なヤツに借りを作っちゃったわ!!」

　先生が鼻をフン、と鳴らすとコンラッド様は苦笑いを浮かべながら肩をすくめた。

「今回は……仕方ない、と諦めるしかないでしょうね。確かに現時点でこちらの手札はあまりよくない」

「コンラッド殿下は兎も角、龍騎士隊が彼らに見られていないとも限りませんからね。他国への内政干渉と取られるでしょうな」

　クリフィード侯爵も苦々しい表情を浮かべる。私が上げた救難信号を見て、急いできてくれただけなのだけど……フィルタード派の貴族はそうは思わないだろう。

「非常事態だったのに……」

「隙を見せてはいけないのですよ。それだけ敵は老練で蛇のように執念深い」

「前に蛇を投げてしまった時はビックリしてたけどね」

「それはまた……！　面白いことをしましたな」

「わざとじゃないのよ？　たまたま蛇が足元にシュルッときて、思わず投げてしまったの」

その時の状況を話すと、クリフィード侯爵は豪快に笑いだした。私としては蛇が出てきて笑いごとではなかったし、未だにゾッとする出来事だけどさっきまでのピリピリとした空気が少しだけ和んだので良しとする。

「あのー少し良いですか？」

「シャンテ、どうしたの？」

部屋の外からシャンテがちょこんとこちらを見ているので、手招きして部屋の中に引き入れた。

「あのですね、シュルツ卿から姫様に……」

「私に？」

「ヤダ、もしかしていつ頃こっちに来いとかいう手紙じゃないでしょうね!?」

シャンテの手の中にある小さな紙にカーバニル先生が片眉を吊り上げる。そんな先生を横目に紙を受け取り中を確認する。そこには一言。

『妹がカレッジに留学します。どうぞよしなに。これで今回の件は貸し借りなしです』

その内容に、私たちは目を丸くするしかなかった。

一路、ラステアへ

あれから三日ほど経ち――

私を殺そうとした人たちが逃げてしまった、ということで予定通りラステア国へ向かうことにした。本当なら犯人を見つけてからラステアに向かう方が安全だし、一度戻った方が良いこともわかっている。それでも私がラステアへ招かれている以上、国同士の問題にこの程度のことで戻るわけにはいかない。と、お父様には説明の手紙を出すことにした。

そう易々と逃げ帰るなんてできるものですか！　と添えるのも忘れずに。

それだけ書いてあれば、まあ、お父様もこちらの事情を察してくれるだろう。クリフィード侯爵は快く、私の手紙を預かってくれたけれど、事情を知ったとしても侯爵は罰を免れない。

王族を害そうとした者たちに逃げられたのだ。たとえ理由があるとはいえ、それを大っぴらに言うわけにもいかない。カウダートを出立するその日も、私は申し訳なくてクリフィード侯爵に頭を下げてしまった。あまり下げるものではない、と言われたけれど。それでも申し訳なさが先に立つのだ。クリフィード侯爵と何も知らずに犯人を捜しているレストアの騎士たち。彼らには不名誉極まりない思いをさせてしまったのだし。

「姫君、今回のこと……負けだと思いますかな？」

「そうね。私は……私たちは今のままでは彼らに敵わない」

「過程で見れば、我々は常に劣勢に立っている。本来なら中立でなければいけない立場の者が私欲に塗れると、こうも愚かになると見せられているわけです」

クリフィード侯爵の言葉に私は項垂れる。それは翻せば、私たち王族にも言えることだ。たまたま今回、国の膿となったのがフィルタード侯爵やその派閥の貴族たちだったというだけ。

ライルがあの小さい頃の暴君王子のまま育って王位に就いていたら、私たちも同じ道を辿るのだ。ただし相手は、フィルタード侯爵たちではなく虐げられた多くの民衆や、心ある貴族たち――

「私、ライルが小さい頃……どうしてそんなに横柄なのかしら？　ってずっと思っていたの。でもそれってライルが見ていた世界がそうだったのよね」

「ええ。ライル殿下の世界ではそれが正しかったのでしょう。ですが今は違う。そして姫君も人の姿を見て我が身を正そうと考えられるお方です」

「人の姿を見て……？」

「間違ったことをしている者を反面教師にし、自分はそうならないということですな」

「……私は、正しいことができているのかしら？」

正しさなんて、あやふやで、絵空事のようにも感じる。公正で、清廉で、誰に対しても平等なことができないのと同じように。人が、立場が変われば正しさなんてすぐに変わってしまうのだ。

「姫君、気負いすぎれば失敗するものです。もちろん失敗することが悪いことではありません。時には失敗も必要ですからね」

「失敗も必要なの？」

「失敗のない人生と失敗のある人生、どちらがより壁にぶつかった時に強いと思われますか？」

「……失敗してる方、かしら？」

「ええ、失敗するということはそれだけ試行錯誤するものです。道は一つではない。たとえ一つしかないように見えても、実はたくさんあるのですよ」

「最終的に同じ結果になっても？」

「ええ。結果が同じでも過程が違えば得るものもありましょう？」

　確かに、そうかもしれない。

　今、私の歩んでいる道が危うい物であったとしても、同じことを繰り返させないことはきっとできるはず。失われた命は戻らないけれど、今度は亡くさない努力をしなければいけないのだ。

「彼らを負かすということは、今後同じような者が出ないように法を整備することもできるのです。今のままでは難しくとも、いずれそんな日が来るでしょう」

「本当にできるかしら……」

「その辺はまあ、姫君の父上であらせられる国王陛下にお任せしましょう。そこまで全て姫君がされる必要はないですからね」

「お父様はただでさえ忙しいのに大丈夫かしら？」

「はっはっは！　なあに、可愛い姫君のためです。失礼ながら馬車馬の如く働いていただきましょう!!　それにこの問題をクリアできれば、さらに良い国になります」

　その言葉に執務室でグッタリとするお父様と、ハウンド宰相様を思い浮かべて笑ってしまった。初級ポーションだけでなく、中級ポーションまでもが執務室に常備される日も近いかもしれない。

「姫君、御身の周りに頼れる者が少ないのも確かでしょうが、中立派である我ら侯爵家はフィルタード派の行動を良しとはしません」

「ファーマン侯爵家はわかるけれど、ローズベルタ侯爵家も？」

「我々が中立であるというのは、それなりに理由あってのことです。それにレイドール伯爵家もそろそろ重い腰をあげても良い頃でしょう」

「レイドール伯爵家……お母様の生家……お祖父様は、手を貸してくれるかしら？」

「いいえ、もう随分と前から姫君たちを見守られています」

クリフィード侯爵はそう言って笑う。私は軽く首を傾げると、そっと耳元に囁かれた。

「姫君の宮にいる者は皆、レイドール伯爵の下で鍛えられた者たちです」

きっと他の宮にいる者たちもそうでしょう。とクリフィード侯爵に言われ、そういえばみんな最初から仲が良かったような気がする。もしかして、出掛けにロビンがリーナに話しかけていたのはそのせいだったのだろうか？　それにしても鍛えられた、とは？

「さあ、姫君。そろそろ出立のようですよ？」

「え、ああ。そうね。……クリフィード侯爵、嫌な思いをさせてしまうけれど、お父様によろしく伝えてくださいい」

「いいえ。大事の前の小事。このルカン・クリフィードしかとお受けいたしました」

「無事に、王都に向かってくださいね」

「はい」

にこりと微笑むクリフィード侯爵にカーテシーを披露すると、私は準備の整った飛龍の側に行く。

飛龍の側ではコンラッド様が待っていてくれた。本来行くはずの人数がだいぶ減ってしまったこともあり、ラステアから飛龍を追加で呼び寄せ荷物を全て飛龍に積み替えて行くことになったのだ。

これは陸路を行く馬車の旅よりも、空路の方が安全であると判断した結果でもある。道中また襲われないともかぎらない。しかし空路なら襲う手段がないのだ。

「コンラッド様、よろしくお願い致します」

「お任せください、ルティア姫。ラステア国龍騎士隊が無事に姫君方をラステアへお連れするとお約束しましょう」

そう言うとコンラッド様は私の手を取り、指先にキスをする。なんというか、とてもむず痒い。

しかしこれは、フィルタード派がまだいること前提でのパフォーマンスのようなものだ。

流石に空までは手を出せないだろう？　と牽制する意味があるらしい。このぐらいで牽制されてくれれば良いけれど、他国にまでフィルタード派の手が伸びていたらと思うと少しだけ怖くもある。

いや、怖がっている場合ではない。

そんなものにはなんの価値もなく、私の歩みを止める理由にはなり得ないのだ。今の私にできるのは、お父様から任された仕事をこなすこと。たとえそれがトラット帝国へ行かないための口実だったとしても、砂糖の件はファティシアとラステアのためになるのだから。

「ルティア姫、さあこちらへ」

「ありがとうございます」

飛龍の上に乗せてもらい、私の後ろにコンラッド様が騎乗する。他の飛龍にも一緒に行く人たちが乗せてもらっていた。

そして周りを確かめると、コンラッド様の号令で飛龍がふわりと空へ飛び立つ。ぐんぐんと見えなくなる地上。下ではクリフィード侯爵たちが手を振っている。私もそれに手を振り返した。そしてカウダートの城門が見えなくなると、真っ直ぐに前を向く。

「コンラッド様、飛龍は大きな個体もいるのですね」

「ええ、飛龍の中でも戦闘用に使われる個体と、今回のように輸送に適した個体がいるんです」

「輸送……そうすると、ラステアから他の国へ荷物を運ぶのも早くなりますか？」

「それは難しいかもしれませんね」

「難しい？」

「相手の国でも飛龍を扱える者が必要になります。ですが龍たちは自分たちが認めた者以外に従おうとはしませんから……」

「……こんなに良い子なのに？」

そういってカッツェをじっと見る。飛んでいなければ首元を撫でてあげるところだけど、今は飛行中。気を散らすようなことをされては嫌だろう。

「龍と共に暮らすラステアでは龍は仲間であると皆が思っています。ですが他の国では道具のように扱われたりもしますからね。姫君のように龍に理解のある者は少ないのですよ」

「そんなの酷い……道具のような扱いを受けたら、龍たちだって嫌がって当然だわ」

「かといってラステア国の人間をその国に常駐させるには、待遇の面で色々と話し合う必要がありますしね」

「関税だけの問題でもないのね」

「他の国で商売を始める、というのは意外と反発が多いものです。トラット帝国の商人たちはそれを承知で他国に行こうとしてるようですが」

そういえばそんなことをシュルツ卿がいっていた。ではトラット帝国から勝手に出て行った商人たちと、その国の商人の間で諍いが起こる可能性もある。

そこではたっと気がつく。その情報はとても大事なのでは⁉

「あ……もしかして、商会の人たちが知ってなきゃいけない情報だった……？　私、お父様への手紙に書いてない」

「そこはクリフィード侯爵が伝えてくれると思いますよ」

「そ、そうですよね！」

内心でホッとしつつ、クリフィード侯爵に心の中で謝った。今度の砂糖の件はなるべくクリフィード侯爵領に迷惑がかからないように調整してもらおう。それぐらいしかできないけれど、きっと侯爵は笑いながら大丈夫ですよ、と言ってくれると思う。


そう。また再会できると、信じていた――――……

悲しみが訪れるとき

――いつだって、その知らせは突然来る。

ひたり、ひたりと背後から忍び寄ってくるのだ。そら、お前の不幸が来たぞと言わんばかりに、私の前に訪れる。パカリと口を開けて、嘲笑われている気さえするのだ。実際、今回の件はそうなのだろう。彼らは、彼らにとって人の命とはこんなにも軽い。こんなにも、無価値。

自らの欲に忠実な者は、その糸を切ることに躊躇いがない。

まるで死神のようにカマをもって、盛大に切り捨てていく。自分たち以外に何も価値がないというように――

・・・

その知らせが来たのは、ラステアで過ごしてから一月半ほど経った頃。

余程急いできたのだろう。クリフィード領からラステア国まで早馬で駆けてきた騎士たちは、王城に着くころにはフラフラの状態だったらしい。そんな状態では体が持たないとひとまず休むように留め置かれたが、それでも早く会わねばならないと聞かず、ランカナ様と私への謁見を望んだ。

私はその日ちょうど外の魔力過多の畑をカーバニル先生たちと見に行っており、一気に慌ただしくなった王城のことなど知らずに過ごしていた。そして王城からカッツェに乗ったコンラッド様が私を迎えにやってくると、直ぐに城に戻ってほしいと言われ、先生とお互いの顔を見合う。

「一体、何が起こったのかしら?」

「良い知らせじゃないのだけは確かねぇ……」

先生の言葉に私は眉間に皺を寄せる。そんな私の肩をポン、と叩きアリシアがひとまず戻りましょうと声をかけてきた。アリシアの言葉に素直に頷き、この一月半の間に一人で乗れるようになった飛龍――ラスールの背に乗ると、コンラッド様と一緒に先に王城に戻る。

本当は部屋に戻って着替えてから謁見に立ち会うのが礼儀だが、今回はクリフィード侯爵家の騎士たちが疲労困憊なこともあり会うことを優先させた。飛龍を預け、コンラッド様と一緒に長い回廊を歩いていく。

謁見の間に近づくにつれて、心臓の音がドクドクとうるさいぐらいに鳴り始めた。クリフィード領に何が起こったのだろう？　お父様への手紙にはクリフィード侯爵が悪いわけではないと書いたけれど、やはり王族を狙った犯人を逃した罪は重いと言われているのだろうか？

フィルタード派の貴族たちがクリフィード侯爵を追い落とそうと画策したとも考えられる。

フィルタード侯爵家と新興のカナン侯爵家。その二つをバックにしているのであれば、古い侯爵家を追い出し、自らがその地位に座ろうと考えてもおかしくはない。

殺すことに失敗した者たちですら、彼らにとっては自分たち以外を貶める材料になるのだ。もっと、作戦を練ってからお願いすればよかったかも……そんなことをいまさら考えても仕方ないのだが、それでも考えずにはいられない。

「ひめ……ルティア姫……ルティア姫！」

「え？　あ、はい！」

「大丈夫ですか？」

「は、い……はい。大丈夫で、す？」

大丈夫、と答えようとして足元がふらりと揺らいだ。その瞬間にコンラッド様が体を支えてくれたので転ぶことはなかったけど。考え事をしながら歩くのは良くないかもしれない。チラリと隣にいるコンラッド様を見上げれば、優しい眼差しが私を見下ろしていた。

「考え事をしながら歩くと危ないですよ？」

「そうですね。でも……」

「何があったのか、ですね？」

「はい。クリフィード侯爵に何かあったのではないかと思うと、胸の奥がザワザワするのです」

「ラステアまで早馬で駆けてくるくらいですからね。心配になるのはわかります」

そっと肩に手を置かれ、手を差し伸べられる。私はコンラッド様の手に自分の手を預け、一緒にランカナ様とクリフィード侯爵家の騎士たちが待つ謁見の間に入った。

＊＊＊

足元から崩れ落ちる、とはこのことをいうのだろう。


「う、そ……」

「残念ながら……」

「だって、お元気だったわ。それにポーションだって……」

ポツリとこぼれた言葉に、クリフィード侯爵家の騎士たちは緩く頭を振る。そして間に合わなかったのだと、力なく呟いた。私たちがラステアへ旅立ってから、クリフィード侯爵はすぐさま王都へ向かいお父様に謁見を求めようとしたようだ。

その道中、ライルが私に渡したブローチから異変に気がつき、お父様の命令でクリフィード領へ向かう騎士たちと合流したらしい。侯爵は事のあらましを彼らに説明し、私がラステアへ無事に旅立ったことを告げ、彼らと共に王都へ向かった。

その道中で死んだ、とクリフィード領に連絡が入ったのが亡くなってから三週間後のこと。なぜそんなに間が空いたのか、と問いただせば、土砂崩れに巻き込まれ救助に時間がかかったからだと説明されたそうだ。救出された時には息をしておらず、防腐処理を施すためにもと他の巻き込まれた遺体と共に王都へ運ばれたらしい。

「王都から、クリフィード領へは確かに普通に旅程を組めば二週間かかる場所にあるけれど、それでも三週間後に訪れるのは遅すぎでは？」

「いろいろと、調査をしていたと……」

「調査？」

「……姫君を、害した者をみすみす逃した責を負って自害したのでは、と」

「そんなわけないわ!!」

思わず私は叫んでしまう。そんなことあるはずない！　だって、だって……アレは私たちがシュルツ卿に頼んでやってもらったこと。その事実を知っているクリフィード侯爵が自害なんてするわけない。それも他の人を巻き込むような方法をとるなんて!!　絶対にありえない!!

「わ、我々も……我々もそう思います。そんな無責任なことをする方ではありません。侯爵様は、とても責任感のあるお方でしたから」

ほろり、と騎士の一人から涙がこぼれる。すると他の騎士たちも小さく嗚咽を漏らし始めた。

私も泣き出したい気持ちでいっぱいだけど、ここで一緒に泣くわけにはいかない。私は、涙をグッとこらえながらさらに質問を続ける。

「……亡骸は、今どこに？」

「侯爵様と騎士たちの亡骸は今、王都からクリフィード領へ移送中です」

「そう……」

「クリフィード侯爵には妾もよう世話になった。哀悼の意を表する。そなたたちは、わが国でしばし休むがよい」

「……はい」

騎士たちは小さく頷くと、文官たちに連れられ謁見の間を後にする。

私はまるで目の前が真っ暗になったような気持ちになった。これが、故意であるとしてもクリフィード侯爵が自ら土砂崩れを起こすなんてありえない。それに巻き込まれたのはクリフィード領の騎士たちだけ。王都の騎士たちは難を逃れたらしいし、そこに作為的なものを感じる。そう簡単に王都の騎士たちだけ巻き込まれずに済むとは思えない。

少しの間、茫然自失としていると、視界の隅でランカナ様がヒラリと扇を振るのが見えた。

直ぐに部屋の中にいた官吏《かんり》たちが部屋から消える。そして謁見の間には私とランカナ様、そしてコンラッド様の三人だけが残った。

ランカナ様は玉座から私の顔を見下ろすと、ツイ、と扇を私に向ける。

「ルティア姫、そなたはこのことをどう思う？」

「わた、しは……事故ではないと、思います」

「故意であると？」

「はい。でも、クリフィード侯爵が自らやったとは思えません」

「そうよの。侯爵は領の騎士たちが言うように責任感が強かった。自らの役目を放棄して自害なんぞするわけがない」

「では……フィルタード派の貴族が原因でしょうか？」

コンラッド様の問いに私は分からないと答えた。責任を問われる立場のクリフィード侯爵を王都へ入れない理由がわからない。フィルタード派にとってみれば、侯爵の立場を蹴落とす機会になると思うのだ。自分たちの有利性を捨ててまで、殺すことはありえるのだろうか？

「侯爵が、逃げた者から何かを聞いているかもしれぬ、と思ったかもしれぬのう」

「え？」

「何かを聞く前に犯人が逃亡した、と言われて心にやましいことのある者が信じるかえ？　たとえ真実そうであったとしても」

「それは……」

「誰が何を聞いているか分からない。そして侯爵は急いで王都へ向かっていた。それ故に、殺害を試みたのやもしれぬな」

「そんなっ……!!」

「何が最大の利となるかは、実行した者でなくてはわからぬものよ。それに侯爵の跡を継ぐ者はまだ若い。そちらの方が取り込みやすいと思われてるかもしれんな」

権謀術数《けんぼうじゅっすう》とはそんなものよ、とランカナ様は呟く。その為に大勢の人を死なせるのだろうか？　死なせて、口封じをして、自分たちはまた高みの見物をするのだろうか？

「王都からクリフィード領へは二週間程度かかりますから、まだ侯爵や騎士たちの亡骸が領に届くまでには時間がかかりますね」

「そう、ですね……」

「ラステアからも侯爵の葬儀に使者を出そう。コンラッド、そなたが行くがよい」

「はい」

「ランカナ様……？」

王族が亡くなった時なら兎も角、侯爵が亡くなったというだけで王弟を派遣するなんて普通はない。いくらお世話になった人でも、だ。それなのにランカナ様はコンラッド様に使者になれという。

「これでも多少は役に立つ。おつかい」

「でも……」

「姫よ、そなたはまだ幼い。幼く、悪意に晒されることに慣れておらぬ。そなたがラステアへ行くことを優先させたのをよく思わぬ者もいるかもしれん」

「でも、それは！　私が考えて決めたことです」

「そうよ。トラットへ行くことより、ラステアを選んだ。なれば妾はその意思に報うだけよ」

ランカナ様は優しく笑うと、クリフィード領の騎士たちと共に戻るとよいと言ってくれた。

「いいえ。私はまだ、この国でやるべきことがあります。それはクリフィード領のためにもなることです。彼らと共に戻るわけには……」

「なに、ラスールも一緒に連れて行くといい。そうすれば葬儀に出た後でこちらに戻るもよし、そのまま王城へ戻るもよし」

その提案に心が揺れる。戻るべきなのか、それとも戻らない方が良いのか？

「ルティア姫、一度王都へ秘密裏に戻られた方がいいかもしれませんよ？」

「コンラッド様……」

「手紙をクリフィード侯爵に託した、と言っていたでしょう？」

手紙、と言われてハッとする。直接的なことは書かないように、とクリフィード侯爵に言われていたから書いてはいないが……それでも、あの手紙がフィルタード派の目に触れたと考えるべきだ。

クリフィード侯爵と私が懇意にしていると取れる内容。フィルタード派にとってみれば侯爵家の一つが三番目である私に付いたように見えるかもしれない。

「お父様に、手紙が渡ったか確認する必要がありますね」

「ええ。クリフィード侯爵がルティア姫に付いたと見るでしょうし、次のクリフィード侯爵は狙われるでしょうね」

「派閥に取り込もうと？」

「派閥に取り込み、姫を監視するように言うかもしれぬの」

「それが無理なら――――また、手を出してくるかもしれません」

可能性を考えだしたらきりがないが、クリフィード領よりも離れた場所にいる私たちにはあらゆる事態を考える必要がある。

残念ながら、侯爵の死を悲しんでいる時間はあまり残されていないのだ。

＊＊＊

ランカナ様とコンラッド様はまだ話し合うことがあるらしく、私はラステア国で宛がわれている部屋に一人戻る。ファティシアの離宮にある部屋とは違い、蒸し暑い日を考慮された風通しの良い部屋。中の調度品は、ファティシアの自室と全く違う。

それでも、この一ヶ月半ほどで慣れ親しんだ部屋だ。その部屋の中にある、衝立で隠れているベッドまでトボトボ歩き、そのまま倒れ込む。まだ実感がないのは、直接この目で遺体を見ていないからか？　それとも信じたくないからだろうか？

親しい人の死は、お母様以来かもしれない。もっとも、お母様の時は幼すぎて、その別れを死であると認識することはできなかったけれど。

クリフィード侯爵は、どうして死んでしまったのだろう？

殺す理由は何？

どうして？　どうして……？

何度繰り返しても答えは出ないし、返ってくることもない。それはそうだ。私には簡単に人の命を奪う人の考えなんてさっぱり分からないし、分かりたいとも思わない。

「……ルティア様、如何されました？」

「……ユリアナ、リーナ」

衝立の陰から窺うように、ユリアナとリーナがこちらを見ている。二人の顔を見た瞬間、私の目からポロリと涙が溢れてきた。

「姫様？」

「ルティア様!?」

「ど、どうしよう……!!」

「どうされたのです？」

「ユリアナっ……!! クリフィード侯爵が……」

「侯爵様が、どうかされたのですか？」

ボロボロと泣きながら話す私に、ユリアナが根気強く話を聞き出す。私は侯爵が亡くなったこと、それが事故や自殺ではなく、殺されたのではないかと思っていることを伝えた。

「それは……まだ何が起こったかは把握できていない、ということですね？」

「そう、そうね……本当に殺されたのかもわからないわ。事故って可能性もゼロではないもの……」

グスグスと涙を手のひらで拭い、鼻水をすすりながらそう答える。たとえどんなに低い可能性でも、可能性がゼロではない限り殺された、と確定するのも危険な考えだろう。絶対的なものはないのだ。目の前で殺された場面を見ていない限り、全て推測の域を出ない。

決めつけは視野を狭める。

「ひとまず、皆様に情報を共有しましょう。そして国へ一度戻るかも、その時に考えましょう」

「私、戻るわ……」

「いいえ。ルティア様お一人で決めてはいけません」

「どうして？ だって、私は……」

「たとえどんなに理由があろうとも、今のルティア様は視野が狭くなっております。それでは相手の思うツボですよ」

視野が狭くなっている、と指摘され私は口籠る。相手が私の性格を理解した上で、罠を仕掛けていたら？ 私はノコノコと罠にかかりに行くようなものだ。今まさに、決めつけてはいけないと思ったばかりなのに……

「でも、悔しい……私、何もできないんだわ」

「何かを成し遂げる、というのは難しいものです。簡単にできることなら誰しも努力なんてしませんよ」

「もっと努力が必要ってこと？」

「そうですね。戦うための力は何も純粋な力だけではありません。知恵も立派な力です。そして、人を味方につけることも」

「――私に、できることはまだあるのね？」

「もちろんです。ルティア様にしかできないことは、この先もきっとたくさん出てくるでしょう。その時に求められる判断をするのは簡単ではないかもしれません」

ユリアナがジッと私の瞳を見る。他から顧みられることのない三番目。それが私の今の立ち位置。そんな私でも、私にしかできないことはあるという。

「私は、私にしか出来ないことなんてないと思ってる。でも、きっと私が動くことで変わることもあると信じたい」

「ええ。その通りです」

「……リーナ、みんなを集めてちょうだい。話し合わないと。ファティシアに戻るにしても、ちゃんと話し合って決めないとダメだわ」

「承知いたしました」

スッと頭を下げて、リーナが部屋から出ていく。私はユリアナから渡されたタオルを受け取ると、涙でグシャグシャになった顔にあてる。泣いて、泣いて、泣いて……それでも立ち止まるわけにはいかない。ここで思考を止めて、何もしないまま蹲《うずくま》るのは楽だろうけど。それはきっと許されないし、そんな自分を許したくもない。タオルから顔をあげ、両手でパチンと自分の頬を叩く。

私の命は、私を助けてくれた人達のおかげでここにある。

それを忘れない為にも、私は立ち止まらない。蹲るわけにはいかない。

＊＊＊

私の部屋に、カーバニル先生、アリシア、シャンテが集まる。

クリフィード領の騎士達がもたらした知らせを三人に話し終えると、みんなの顔を見回した。

「なんてこと……」

先生は椅子に寄りかかりながら、はあ、と大きなため息を吐く。アリシアとシャンテは青ざめた顔をして、私と先生の間で視線を彷徨わせている。

「ランカナ様が葬儀にコンラッド様を派遣すると仰っているの。だから私も一度、一緒にファティシアに戻ろうと思ってる」

素直な気持ちを告げれば、先生は少し難しい表情を浮かべた。そして、トン、トン、と数回テーブルを爪で叩く。

「……一つ、聞いてもいいかしら？」

「……はい」

先生は口元に手を当てて、戻る手段に飛龍を使うつもりかと聞いてきた。私はその問いに頷く。

ファティシアの周辺国で空路を使っているのはラステア国のみ。言い換えれば、陸路よりも空路の方が早い上に安全なのだ。葬儀に参列し、密かに王都へ戻る。そしてお父様に侯爵からの手紙を見たかを確認しなければならない。

それらを説明すると、先生は片手で顔を覆いまたしても深いため息を吐く。

「正直な気持ちを言ってもいい？」

「もちろんです」

「アタシは、アナタにファティシアに戻ってほしくないわね」

「それは、どうしてですか？」

「これは可能性の話だけど……侯爵の手紙が、フィルタード派の手に渡ったか、もしくは見られた、と仮定するじゃない？　そうすると、アナタには立派な後ろ盾ができた、と見做される」

「でも……後ろ盾になってくれる侯爵は亡くなってますよ？」

アリシアがポツリとこぼす。もしも、クリフィード侯爵が生きていたら――――私に王位を狙うつもりはないけれど、いずれは後ろ盾と見做されたかもしれない。

ラステアへ行くために通る場所ではあるけれど、何度も行き来すれば交流が頻繁に生まれる。それはフィルタード派にとってみれば、あまり嬉しい交流ではないだろう。

クリフィード侯爵は実直で、民を思いやる、とても良い方だ。フィルタード派の貴族とは考えが合わないはず。そして私の王城内での立ち位置や、これまでの境遇を知れば……いくら普段は中立を保っている侯爵家でも、後ろ盾になろうと考えるかもしれない。

もしかしてそれが殺すに値する理由だろうか？

まさか、と思いながらも、その程度の理由でも許せないのか？　それとも、出る杭は予《あらかじ》め打ってしまうべきと考えたのか……？　どれだけ考えても答えは出ない。そんな私を眺めながら先生は侯爵が亡くなっても、ファスタさんが私の後ろ盾になるだろうと言った。

私はその言葉に驚いて目を丸くする。

「忘れたの？　ライラ夫人を助けたのは誰？　向こうにとってみれば死ぬかもしれなかった人を救ってくれたのよ？　命の恩人を無下に扱うわけないでしょう」

「それは……危険、では？」

「危険も危険よ」

シャンテの言葉に先生が軽く手を振りながら答えた。

「で、でも！　そしたら尚のこと、危険だって言いに行かないと!!」

「その危険だって場所にアナタがノコノコ現れたら相手の思うツボなわけよ」

そう言われると言い返す言葉がない。現状のフィルタード派にとっての、私の立ち位置がどんなものになっているのか。それがわからない限りは、私がファティシアに戻るのはどうやっても危険なことに変わりはないからだ。

そしてその危険な立場になるのは私だけとは限らない。ファスタさんや、ライラさんにも危険が及ぶ可能性もある。

クリフィード侯爵家の立ち位置。

中立であれば、今までと変わらず。私の後ろ盾となれば命を狙われる。私の後ろ盾となることで命を狙われるのであれば、それは私の本意ではない。私は王位に就くつもりはないのだから。今の立場では歯痒いこともあるけれど、それでもこの立場だからこそできることもある。

「そしたら、どうすれば良いですか？　私、このままじゃファティシアに戻れないじゃないですか」

「実際問題、アナタがファティシアに戻る時はそれなりに準備して戻らないといけないわね。それにラステアとの交渉とか諸々もまとめておかないといけないし」

「ラステアとの交渉は、まだ終わってないんですよね？」

「そうね。まだ終わってないわ」

本来の目的を終えて帰るのであれば、葬儀には間に合わないだろう。できることなら葬儀に出たい。そしてファスタさんたちに警告と、私のことは気にせずに中立の立場を守ってほしいと告げねばならないのに。


「――――一つ、姫様がファティシアに戻れる方法があります」


それまで黙って私達の話を聞いていたリーナが、小さく手を上げる。全員の視線がリーナに集まった。リーナは少しだけ考え込む仕草をしたが、意を決したように私たちに告げる。

「私と、姫様が入れ替われば良いのです。私はそのための従者でもありますから」

その提案はお互いに少なくない危険を孕むけれど……私の望みを叶えてくれるものでもあった。

特別書き下ろし

三月うさぎのお茶会

Ponkotuoutaishi no MOBUANEOUJO
rashiikedo AKUYAKUREIJOU ga
KAWAISOU nanode tasukeyouto omoimasu

ファティシア王国の王城内は普段よりもざわついた空気をまとっている。それは普段ならいない人たちが滞在しているからだ。貴賓室のある宮ではいつもより念入りに化粧を施した侍女たちが仕事をしているらしい。

ただ警護を担当している騎士たちは、うっかり粗相があったら首が飛ぶかもしれないと戦々恐々だ。男女で両極端な印象に、俺は大変なんだなあなんて他人事のような感想を持っていた。

俺の名前はライル・フィル・ファティシア。ファティシア王国の第二王子だ。でも第二王子といっても率先して客人と交流することはない。それはまだ俺が幼いから。十二の俺を出すよりは、一番上のロイ兄上と交流を図るのが普通だろう。まさか、まさかそれがこんなことになるなんて思いもしなかった。あの時の戸惑った表情はこのことを示唆していたのか？　でもそれならもっと早く教えてほしかった。

トラット帝国皇太子レナルド・マッカファーティ・トラット殿下を目の前に、正直、俺は現実逃避したくなった。

事の起こりは、俺が兄上に呼ばれて宮に遊びに行ったときのこと。部屋を訪ねた兄上は珍しく困った表情を浮かべていた。兄上はとても優秀で、俺がわからないことは何度でも根気強く教えてくれる。優しい人なのだ。そんな兄上が困っている。

俺はすぐにその理由を問いかけた。もしも俺で手伝えることがあるなら……いや、兄上が困るぐらいのことだ。俺に出来ることなんてないかもしれないけど、それでも五年前から変わらず家族として接してくれている兄上を助けたかった。

「兄上、何かあったのですか？　俺は、何か手伝えますか？」

「ライル……いや、君の手を煩わせるわけにはいかないよ。流石にちょっとね。それよりも座って？　ルティアが育てた果実で作った新作のケーキだよ」

そう言って兄上はロビンに準備をさせる。その誤魔化すような言い方に俺はたまらず声を上げた。

俺だって兄上の助けになりたい！

「俺が出来ることならなんでも手伝います！　仰ってください!!」

「ライル……気持ちは嬉しいけど、でもすごく大変だよ？」

「いつも兄上には助けてもらっているのです！　俺で手伝えるなら!!」

そういうと、兄上は先ほどまでの困った顔はどこへやら……にこりと人好きのする笑みを浮かべ、俺に封書を一つ手渡してきた。いや、押し付けてきたといってもいい。その封書を見ると見慣れた封蝋が押してある。

「実はね？　すごく、困ってるんだ。お誘いいただいても、僕はほら、アカデミーに行っているだろ？　いまちょっと大事な勉強の最中なんだよね」

「はあ。つまり、俺は兄上の代理で出ればいいのですか？」

「うん。普通のお茶会だし、ライルも社交界デビューしたからどうかな？」

俺は単純にちょっと断りづらい相手からの茶会の招待なのかな？　と考えた。兄上でも断りづらいとなると、もしやフィルタード派が成績優秀な兄上を妬んで邪魔をしようとしてるんだろうか？　邪魔だけならいいけど、お茶会と称した見合いという線も捨てきれない。父上が未だ決めかねているせいか、兄上の周りに浮いた話はないのだ。

そうなると兄上に自分の娘を送り込もう、という奴らがいてもおかしくない。本来、兄上たちの後ろ盾となるはずのレイドール伯爵家は権力に興味がないのか介入する兆しもないし……このままではどこの馬の骨ともわからない令嬢が兄上の婚約者になってしまう！

「わかりました！　俺がこの家に直接文句を言ってやります!!」

「え？」

「大丈夫です！　フィルタード派の貴族なら俺に強くは言えませんよ」

「ええーっと……じゃあ、お願いするね？」

兄上に頼りにされたようで俺は浮かれていた。その後はいつも通り、兄上と話をして新作のケーキを食べて宮を辞したんだ。

そういえば、兄上の後ろでロビンが笑いをこらえていたような気がするけれど、そんなことすら気にならなかった。あのロビンが笑い転げるのを我慢するほど俺はおかしなことを言っていたということになる。

その時点で気が付けばよかったんだ。あの封書が、特別な封書だったということに!!

俺は封書の中身をよく確認せず、いつも通りアッシュに準備を任せてしまった。

「社交界デビューしたことで兄上の役に立てるなら、デビューして良かったかもな！」

「あー……そうですね。はい。何事も経験は大事ですよ」

「？　ただの茶会だろ？」

「ただのお茶会でも、普段断っているでしょう？」

「まあ、それは……そうだけど。でもこれからは少し出ようかな」

「選ぶとまたなんか言われますし、今まで通りでいい気もしますけどね」

「そうかな？」

「経験値を積む意味では出た方が良いとは思います」

アッシュは肯定も否定もしない。これじゃどちらが良いか判断がつかないぞ！　と文句を言いそうになって、その言葉をひっこめる。これもまた、自分で考えなさいってことなのかな、と。

兄上の宮で働いている者たちも、俺の宮で働いている者たちも皆そんな考えを持っている。きちんと自分の意思で考えなさいって。周りの話を聞いても、最終的に決めるのは自分。そして責任をとるのも自分。それが王族に求められることだって。

「出ていい茶会と出ちゃダメな茶会の区別がつく日が来るかな……」

「そうですねぇ。これはまさしく、出ていい茶会ですよ。経験値が大幅に上がります」

アッシュには蝋封に描かれた家紋が何処のものかわかっているのだろう。でも正解を教えてくれないのは、ちょっと意地が悪い。自分で調べなさいってことかな？

後でちゃんと調べよう、でもその前に新作のケーキを双子のいる宮に届けなければ。すごく美味しかったから、きっと双子たちも気に入る。あまり甘い物ばかりはダメですよ、とマリアベル様に止められているけどその分体を動かせば問題ない……はず。

ぷにぷにふくふくな双子も可愛いけど、適正体重の維持は大事だしな。俺は双子たちと心行くまで遊び、ついでに寝かしつけてから自分の宮へ戻った。そのころにはすっかり蝋封にあった家紋を調べる、なんてことは頭から抜け落ちていたわけだ。

そしてお茶会の日になり、俺は自分の間抜けさを呪い、そして俺に押し付けた兄上にちょっとだけ心の中で文句を言う。確かに経験値は上がるかもしれないが!!　いきなりこんな大物を押し付けるなんてあんまりだ!!!!

なんとか愛想笑いを浮かべ、俺は彼に礼を取る。

「初めまして、私はライル・フィル・ファティシア。長兄のロイ・レイル・ファティシアの代理で参上いたしました」

「デビュタント以来、かな？　俺はレナルド・マッカファーティ・トラットだ。今日は招きに応じてもらい礼を言う。第一王子殿は体調が悪いとのことだったが？」

手を差し出され、握手をする。後ろにいたアッシュがレナルド殿下の側近に贈り物を渡すと、同じように向こうからも贈り物が渡された。

それよりも、具合が悪いってなに!?　と心の中で叫びつつ、俺は少々疲れが出たようです。と当たり障りのない回答をした。正直言うと、ポーションがあるのに具合が悪いとかどうなんだろう？と思わなくもない。ポーションで治せるのに。でも用事がある、とストレートに断ると帝国の皇太子に対して失礼になるのだろう。

俺が一応、王位継承一位と表向きはなっている。兄上は二位。すでに次期皇帝としてその立場を確立したレナルド殿下。この三人の力関係で一番下なのは兄上なのだ。ただ力関係は下でも、頭の回転という一点においては俺よりもずっとずっと上。本当に俺に任せて大丈夫だったのだろうか？

正直、すごく不安だ。変なことを言わないか。

しかし思ったよりも茶会は普通に進んだ。最初こそ、レナルド殿下を威圧的に感じたけど話をしてみるとそうでもない。俺に合わせて会話を選んでくれて、すごく頭の良い人なのだなと感じた。たぶん威圧的に感じた要因の一つは色素の薄い瞳の色だろう。アイスグレーの瞳は冷たい印象を与える。でも、兄上が会おうとしなかった相手だ。

頭の良い兄上が、勉強だけを理由に会うことを回避するわけない。それなりに理由というものがあるはず。俺はその理由を考える。兄上の立場が弱いからだろうか？　それともレナルド殿下にはもっと別の目的がある？

「そういえば、君には一つ上の姉君もいたな」

「そう、ですね」

いきなり姉、と言われドキリとする。本来の関係を知らない人からすれば、一つ上でも姉は姉だが……一人で納得して、ルティアがどうしたのか？　と会話を続ける。確かデビュタントの日に一緒に踊っていたはずだ。流石に足を踏んづけた、なんて苦情はこないだろう。身のこなしを見る限り、絶対に腕が立つはずだ。

「君の姉君は実に興味深いな」

「興味深い、ですか？」

「婚約を申し入れたが振られてしまった」

「……え？」

そんな話は聞いていない。俺の驚いた様子に、レナルド殿下の側近の一人が「この顔で振られたので傷心中なんですよ」と笑いながら話してくれた。

「この方、ご令嬢にきゃあきゃあと騒がれることはあっても、振られることはありませんでしたからね。いつもの調子で話しかけて、バッサリと断られてしまったんです」

「あの、それは……すみません？　姉は、その、たぶん見た目をあまり気にしないので」

「マルクス、俺の心に塩を塗り込むな」

「おや、失礼しました」

お互いに軽口を言い合う主従を前に、苦笑いを浮かべるだけで精一杯だ。まさか！　まさかあのルティアに婚約を申し入れるもの好きが現れるとは思わなかったのだ。だってあのルティアだ！　普通のお姫様からほど遠い、畑仕事が大好きで、貴族のマナーよりもミミズが出たー！　と喜んで見せに来るあの……あのルティアなんだ……。

頭の中には、王女らしからぬルティアしか浮かんでこない。それだけの時を共に過ごした。あの日からずっと――ずっと一緒に過ごしてきたんだ。

そりゃあルティアだって、社交界デビューした年頃の女の子だ。こういう話がいつ出たって不思議ではない。現に俺にはアリシア嬢という婚約者がいる。ルティアだっていつ婚約したっておかしくない。そのはずなのに、こんな話を聞くのはもっとずっと後のことだって勝手に思っていたんだ。

「ライル殿下、よろしければこの方に姉君の好みを教えてはくださいませんか？」

「え？　えっと……」

「やはり誠実そうな方が好みですかね？　一応、この方は真面目ではあるんですが……ほら、声をかけずとも相手から寄ってくるので、そういうことがわからないんですよ。恋愛音痴って言うんですかねぇ」

「マルクス……」

「もう一度、お会いしたいのでしょう？　ルティア姫と」

マルクス、と呼ばれた従者の一人はルティアの好みを根掘り葉掘りと聞いてきた。レナルド殿下も口では止めているが、実際のところどう思っているのかわからない。だってこういうの、貴族の常とう手段だ。本人ではなく、周りに聞きださせるって。

つまり、それほどルティアを気に入ったということ。

「姉は、その……レナルド殿下が気にかけられるような者ではありません。殿下のお側にはもっと美しい、教養の高い女性が多くいらっしゃるでしょう？」

きっと物珍しいだけだ。暗に告げてみるが、目を細めただけで何も言わない。兄上なら、こんな時なんて言うだろう？　本当にどうして俺を代わりになんてしたんだ。兄上なら、兄上ならもっと上手く断れたかもしれないのに。

断る……？　どうして？

ルティアは、きっとこれからもずっと、ずーっと姉のままだ。このことは母上と俺が死ぬまで持って行かなければいけない秘密。だから絶対にない。絶対に。俺には、アリシア嬢だっている。でも、これくらいは言っていいはずだ。

「レナルド殿下は、畑仕事はお好きですか？」

「畑仕事、か……王族には縁遠いものだな」

「ではきっと姉とは趣味が合いません！　姉は平気でミミズを掴んでみせてくるような人です。きっと父も他国へ出す気はないでしょう」

俺は精一杯の笑顔を見せながら断りを入れる。これでいい。きっと父上だって兄上だってそういうに決まっている。ルティアに、皇太子の相手なんて務まらないって。

するとレナルド殿下は柔らかく微笑んだ。

「なるほど。一筋縄ではいかないらしいな」

ゾワッと背筋が粟立つ。まるで獲物を狙う獣の目だ。

「え、ええ……一筋縄ではいかない人なんです。姉は。だからきっと、そちらには馴染まないでしょう。帝国は、淑女教育の行き届いた女性が多いでしょうし」

「残念だな」

このまま諦めてほしい。心の底からそう願った。だってルティアには幸せになってほしい。

誰よりも大事な、女の子だから——

特別書き下ろし

恋愛音痴の集まり

Ponkotuoutaishi no MOBUANEOUJO
rashiikedo AKUYAKUREIJOU ga
KAWAISOU nanode tasukeyouto omoimasu

自称、悪役令嬢のアリシア・ファーマン侯爵令嬢はとても観察しがいのある女の子。

出会ってから数年経っているのに未だに二人きりに慣れないようだ。まあ、実際には全くの二人きり、というわけではない。僕の従者であるロビンとルティアの従者であるリーナも一緒なんだけどね。社交界デビューした男女が同じ馬車に乗るのは色々と問題があるんだ。

しかも彼女は表向き、ライルの婚約者。

下手な噂が立つようなことは慎まなければいけない。本人はその辺無頓着だけど。ガタゴトと馬車の振動に身を任せながら、僕は正面に座るアリシア嬢をジッと見る。すると視線に気が付いたのか、アリシア嬢がうさぎのようにビクリと肩を震わせた。

「あ、あの……どうかしましたか？」

「ん？　いいや、なんでもないよ」

「そうですか？」

「うん。ああ、いや……あったといえばあったかな」

「それは、その……私が聞いても大丈夫な話ですか？」

きっとここが彼女の良いところ。他の令嬢と違って、自己主張が激しくない。もう少し主張しても良いんだよ？　と思わなくもないけど。

僕はちょいちょいと軽く手招きをする。素直に耳を寄せてくれるのはきっと信頼の証。

「実はね、ライルに僕に来ていたトラット帝国の皇太子からの手紙、押し付けちゃった」

「え、ええっ!?　そ、それは大丈夫なんですか？」

「まあ、ライルも社交界デビューしたしね。こういう機会も必要かなって」

「で、でも確か……ライル殿下はあまりそういった茶会に出向かれてないですよね？」

「そうだね。いつも断っている。でも一番初めがあのアクの強そうな人ならあとは何があっても大丈夫そうじゃない？」

「そ、それは……確かに？」

僕の言葉にアリシア嬢は微妙な表情を浮かべた。でも僕がライルにトラット帝国の皇太子の面倒を押し付けたのは他にも理由があるのだ。それはトラット帝国に広がる疫病。今はポーションがあるから病だろうと怪我だろうと治る。治るが、なるべくなら危険は排除したい。

「一応ね、君の話を参考にトラット帝国の人には近づかないことにしたんだ」

「それは、そのルティア様が嫁ぐかもしれない場所だからですか？」

「それもあるけど、トラット帝国では疫病が流行っていてね。ファティシア国内では流行ってないけど、疫病の流行った場所から来た人たちだから警戒はしておこうかと」

「ポーションがあれば大丈夫、と言いたいところですけど絶対はありませんものね」

「そういうこと。それにルティアに婚約を申し入れてきた、ということは僕との会話も必然的にその話中心になるだろうからね。なんせ僕とルティアは同母の兄妹だし」

その話をすると、アリシア嬢は少し落ち着かない仕草を見せた。彼女にしては珍しいことだ。どうしたのかと見ていると、ルティアの結婚観に自分が邪魔をしているかもしれないと話しだした。

どうやら昨夜、パジャマパーティーというのをしたらしく……その場でルティアの結婚観を聞いたらしい。王族としては満点の答えでも、ルティアという一人の少女が出した結婚観としてはどうしても受け入れがたい。とアリシア嬢は沈んだ表情で訴える。

「うーん……うちは恋愛結婚なんだけどなあ」

「うちもそうです。だからルティア様もそうなのかなあって勝手に思ってたんです。でも違ってて、しかもその原因が自分かと思うと……」

「いや、アリシア嬢のせいではないと思うよ。そもそも父上のせいじゃないかな？」

「陛下の？」

「仕事で忙しいでしょう？」

「それは……仕方ないのでは？　王様ですし」

仕方ないといえばそうなんだけど、もう少しマリアベル様と仲良くしている姿を見せておくべきだったと思うんだよね。母上はもういないわけだし。後宮の女性は平等に扱う、なーんて決まりを自らに課しているからルティアは政略結婚やむなし。になったんじゃないかな。子供は身近な大人を見て育つものだし。

「恋愛小説とか、今から薦めてみたらどうです？」

隣に座っていたロビンが口をはさむ。確かに本好きなルティアなら読むのではなかろうか？　そこから恋愛って良いものだよね！　になるかは別として、多少は参考になるかもしれない。今のままだとちょっとこう、コンラッド殿ぐらいしかルティアの相手をできそうにないんだよね。

身分的な問題として。

でもコンラッド殿だとルティアのすること全肯定しそうで困る。甘やかしすぎもよくない。適度にちゃんと諫められないとね。

そう考えてからチラリとロビンを見ると、ロビンはキョトンとした表情を浮かべた。

いっそのことロビンが――と思わなくもないが、すべての問題が片付かない限りその線は難しい。あーあ僕ってなんでこう、いろいろ気がついちゃうのかな？

確かにルティアは可愛い。兄としての贔屓目《ひいきめ》もあるが、小さい頃から天使のように可愛かった。そんな可愛い妹がいつか誰かの婚約者となり、妻となる。そんな未来が絶対に来るのだ。残念ながら。それならば託しても大丈夫だと思える相手を自分で見極めたいと思うのも当然のこと。

そんなことを僕が考えているなんて思ってもいないのか、ロビンはアリシア嬢とこんな系統の話が良いのでは？　と盛り上がっていた。

「私、ルティア様にお薦めの恋愛小説を持ってこようと思います！」

「そうだね。それが良いかも。ところで……アリシア嬢もそうなの？」

「え？」

「だってライルと結婚する気はないんでしょう？　じゃあ恋愛結婚を目指してるの？」

「ライル殿下と結婚なんてできませんよ！　死亡フラグは回避したいですもの」

「でもライルがアリシア嬢のことを本当に好きになったらどうするの？」

それはたぶんないだろうな、と思いつつも可能性の話を彼女にする。するとアリシア嬢は物凄く難しい顔をし、悩みに悩んだ結果――無理、との結論に至った。

「私、領地でのんびり暮らしたいんですよね。一人娘ですし」

「のんびりかあ。それわかるかも」

「あ、ホントですか？　だってその、王宮で権謀術数なんて無理ですし。そんなの気にせず生きていきたいです。そして和食を！　この国に広げたいですね!!」

グッと握りこぶしを作って、笑顔を見せる。どうやら食に関することは譲れないらしい。僕もそんな暮らししたいな、と言えばいつでも領地に訪ねてきてくださいと言われてしまった。そういう意味でいったわけじゃないんだけどなあ。

彼女もルティアと変わらず恋愛音痴のようだし。自分に向けられる好意には疎いのだろう。僕はアリシア嬢が喜びそうな話題に話を変える。

「そうだ。ワショクは、上手くいきそう？」

「味噌と醤油が造れたら上手くいきます！　もう枝豆と出会えたことで数種類の和食ができちゃいますからね!!」

「なんつーか……アリシア嬢も年頃のわりに食い気中心ですねぇ」

ポツリとこぼれたロビンの言葉に、アリシア嬢の顔が真っ赤に染まっていく。それを可愛いな、と素直に思ってしまい……あ、僕もそうなのか、と気がついてしまった。

特別書き下ろし

歪んだ国

Ponkotuoutaishi no MOBUANEOUJO
rashiikedo AKUYAKUREIJOU ga
KAWAISOU nanode tasukeyouto omoimasu

僕は長く、とても長く続く歪んだ国に住んでいる。

始まりは小さな国だったそうだ。

平和で、王も民もみんな幸せで。そう。どこにでもあるような、平凡な国。でもその平和な時間も長くは続かず、疫病が広がり国が荒廃する。そんな時に聖なる乙女が現れたのだ。色々な場所を旅していた乙女は、この国の惨状を聞きつけ民を癒すために訪れた。

今で言う聖属性を持っていたのだろう。彼女は、自らの力を余すことなく使い民を癒し助けてくれた。そしてまた別の国へ去ろうとした時に問題が起こったのだ。王が無理矢理、乙女と婚姻を結び城の奥深くに隠してしまった。

誰にも連れ去られないように――

王は怯えていたのだ。また同じことが起きたら？　と。ただでさえ疫病で国が荒廃し、何もできなかった王家は求心力を失っていた。このままでは暴動が起き、国が倒れる。でも乙女さえいれば、王家は存続し病を恐れる必要はない。

何とも安易で利己的な考えだ。

だがその王の考えを民は支持した。聖なる乙女の存在はそれほどまでに大きくなっていたのだ。

だが彼女には愛する者がいた。共に旅をしてまわる仲間がいた。

『お願いです。私をみんなのもとへ返して！　私はあなたの妃になんてなれません!!』

『はて、みんなとは誰かな？』

『何を言っているのです！　私の仲間たちです。それに私には愛する者がいます！』

彼女の叫びに、王は嗤《わら》った。

そして広間に彼女を連れ出し、民衆が囲む先を指さす。真っ赤な、真っ赤な肉の塊。そう肉の塊にしか見えなかった。ただそこに打ち捨てられていた、服や武器、そして髪の色。それらが唯一、人であったとわかるモノだった。


『あ、ああ……いやああああああっっっ――――!!』


民衆の手によって、彼女の愛する者も、そして仲間たちもみんな殺されていたのだ。先導したのは王であろう。だが民も思ったのだ。彼らがいては、聖なる乙女はこの国に留まってくれないと。いつか必ず聖なる乙女を奪い返しに来る。そうならない為に、乙女の拠り所となる存在は殺すしかなかった。

『なんていうことを……!! 彼らは貴方達を助けてくれたでしょう? どうしてそんな酷いことができるのです!!』

『何を言っている? あ奴らがああなったのはそなたのせいよ。そなたがこの国から出ようとするから殺すしかなかったのだ。全てはそなたのせいよ』

王の言葉に民衆が頷き、乙女を責め立てる。貴女のせいだ、と。

その時の乙女の絶望はいかほどであっただろう? どれほどこの国の王や民を恨んだだろう? 乙女の、彼女の心の内を推し量ることはできない。ただ、王の剣を奪い、その場で絶命したことだけが禁書の中に書き記されている。戒めとしてなのかそれとも別の意味を持つのかはわからない。

ただ、聖なる乙女が死んでから、この国では聖属性を使える人間がいなくなってしまった。彼女が死んでから、王は代わりを見つけようと国中必死に探したそうだ。だが見つからなかった。国内に見つからないのであれば、他国から探せばいい。もともと乙女も他国の人間。

そうして小さな国は、たくさんの国に攻め込み、併合し、魔力持ちを集め聖属性を探し続けた。だが見つからない。どんなに探しても、見つからない。しまいには魔力量の多い者同士で近親婚をし続けたせいか、魔力を持つ者さえ少なくなってきている。

それがこの歪んだ国、トラット帝国の現在。

禁書をそっと閉じて、見つからないうちに本棚に戻す。


僕の名前はギルベルト・シュルツ。トラット帝国に籍を置く、シュルツ家の四男坊だ。長男や次男辺りまでは家の繁栄のために必要だが、四男になってくるとほぼほぼ放置状態。基本的な勉強は受けさせてもらえたが、そこから先は自分でどうにかしなければいけなかった。

騎士になって身を立てるもよし、どこかの家に婿養子に行くもよし。トラット帝国の貴族らしい両親は、兄達の邪魔にならなければ好きにしろ、というスタンスだった。

そんな僕の幸運は、幼い頃にレナルド殿下に出会えたことだろう。妹の付き添いで放り込まれた茶会に殿下はいた。すごい、絵本の中の王子様だわ。といった妹の言葉を今でも覚えている。確かにそんな見た目だったのだ。涼やかな目元に、金糸の髪。顔も整っていて、優しく微笑めば周りから黄色い歓声が上がる。

でも目が、すごくつまらなそうだった。最初こそ褒めたたえていたが、それに気がついた妹は、僕の服を引っ張ると帰ろうと言い出した。

「いいの？　王子様だよ？」

「いいの。だって、きっと退屈だわ」

シュルツ家の中でも変わり者として育っていた妹は直ぐに殿下に見切りをつけた。当時の殿下にそこまで興味が持てなかったのだろう。それは今でも変わらないが。ただ今は、色恋とは別に殿下の作ろうとしている国には興味があるという。

でも挨拶もせずに帰るなんて、両親に叱られてしまう。それを正直に妹に話すと、じゃあ挨拶だけして帰る。と僕を引き連れて殿下に挨拶をし、そのまま帰ると言って茶会の場を後にした。

「『こんにちは、それではごきげんよう』って面白いよな」

今思い返しても笑える。でもそのやり取りが記憶に残っていたのか、後日僕込みで王城に呼び出されたのだ。もしかして怒られるのかな？　とドキドキして部屋に入ると、そこにいたのは先日のつまらない目をした殿下ではなかった。殿下は僕達に側近になれ、と一言告げる。

慌てたのは僕だ。妹も一緒にか？　と問いかければその通りだ。と言われてしまう。カモフラージュにちょうどいいと言われ、妹は複雑そうな表情を見せた。でもすぐに退屈だったら辞める、と言い出すのだから僕の妹は本当に胆力がある。

そこからずーっと僕たちは殿下の側近だ。僕が四男で身軽なのをいいことに、いろんな場所に偵察に放り込まれるし、妹もいろんな茶会に放り込まれている。情報収集は大事だから、というのは同じく側近のマルクスの言葉だ。

あれから歳を重ね、殿下の側近に相応しくあるように騎士伯の称号をもらい戦場を共に駆け抜ける日々を過ごしている。そんな僕らのもとにある国から一人の少女の話がもたらされた。

聖属性を持つ少女――その少女には未来を予知する力がある、と。

未来を予知できるなんてそんなことあるわけない。と僕らは斜に構えていたが、実際に少女の知る情報はその国の暗部であり小さな少女が知るはずもないものだった。

帝国が、喉から手が出るほどほしがっている聖属性の少女。聖なる、乙女。もちろん皇帝陛下はその少女を寄こすように相手に言ったが、あちらもその少女が交渉材料になると心得ている。そう簡単に寄こすはずもなかった。

いずれ、時が来れば……と言っているらしいが、腹黒い男の言うこと。どこまで信用できるかわからない。そんな時に、その少女の予知の範囲外のことが起こったのだ。

ラステア国のポーション。まったく同じ質のものをファティシア王国内で量産することができたという。聖なる乙女がいない現状において、ラステアのポーションは帝国側が喉から手が出るほど欲しいもの。

それさえあればいつまでも戦争が続けられる。そしてこの大陸中の聖属性持ちを帝国に集めることも。正直、ポーションがあれば聖なる乙女はいらないだろう。それが殿下の考えだった。聖なる乙女は病や怪我を治すことができる。でもそれはポーションも同じだ。代替え品があるのに、わざわざ戦争を仕掛けて探す必要が何処にあるのか？

聖なる乙女に、代々の皇帝たちは並々ならぬ執着を持っている。持たざる者だからこその執着なのだろう。殿下にはそれがない。

「ギルベルトお兄様、こんなところにいらしたの？」

不意に声をかけられ、ビクリと肩が震える。すると妹のイザベラが声を上げて笑う。僕が驚いたのが面白かったようだ。

「……そんなに笑わないでよイザベラ」

「だってまるで野ネズミのようにビクリと震えたんですもの」

「そりゃあね、気配なく後ろに立たれたらそうなるよ。まったく……僕の妹に何を教え込んでるんだろうなあ」

「アーベル卿もクリューガー卿も大変役に立つ技を教えてくださいますわ」

「それ普通の令嬢に必要？」

「あら、私《わたくし》普通の令嬢だなんて思ったことありませんのよ？」

そりゃそうだ。普通の令嬢は気配を消したりしないし、口元を隠さないまま笑ったりしない。そこが好ましいところでもあるけれど、これから先、嫁の貰い手があるかどうかが問題だ。もしもの時は本当に殿下に押し付けようかなぁ。

婚期が遅れたのは殿下のせいですよ、っていって。でも後宮を持つつもりはないって言ってたから、そうなると妹が正妃候補になってしまう。それはそれで大変そうだ。妹の顔を見ると、キョトンとした表情を浮かべている。

「あーえーっと……何か用？」

「用がなければこんな暗い、禁書庫まで来ませんわ。殿下がお呼びです」

「ああ、じゃあそろそろファティシアに行くのかな」

「ファティシア王国ですか？　最近、ポーションを作ることに成功した……もしや戦争でも仕掛けに行くおつもりです？」

「それは無理じゃないかな。ファティシアはラステアと仲が良いんだ。適当な理由を付けて戦争を吹っ掛けたとしても、ラステアが助けに動くだろうね」

「ラステアは強いですものね」

「そうそう。勝てない戦争ほど無駄なものはないよ」

そう告げると、イザベラも素直に頷く。ファティシアに行くのは聖属性の少女を囲う男からの情報があったからだ。ファティシア王国の第一王女は魔力量も豊富で、ポーションの元となる魔力過多の畑をたくさん作りだせる、と。

僕の手の者を使って調べたところ、それは事実だった。五年前から始まり、今では王国中にポーションを広める手助けをしたお姫様。自分で畑仕事をしたり、なんとも王族らしくない。王族らしいことが良いことか、は別としてね。

「そういえば、第一王女のデビュタントだったかな」

「まあ！　もうデビュタントに出られるの？　確か私と同じ歳よね？」

「そうだね。向こうの悪ーい大人が早々にお姫様を社交界デビューさせて、帝国に売り払いたいみたいだよ？」

「大変なのね」

「そう。大変なんだ」

イザベラは顔も見たことのないお姫様を気の毒がる。もしもそのお姫様が帝国に売り払われたら、どんな目に遭うかわからないからだ。表向きは大事にしてます、と見せかけ裏では魔力が枯渇するまでポーションを作らせるかもしれない。

もっとも、僕が調べた限りでは国王が第一王女を他国へやる可能性は低そうだ。三番目、と蔑ろにされていたようだけど、現在はそうでもない。

「ねえお兄様。その悪ーい大人は、どうしてお姫様を売り払いたいの？」

「悪ーい大人が推している王子様に不利益になるから、かな」

「お姫様がいると不利益になるのかしら？」

「真面目ないい子は扱いづらいだろ？　せっかく周りの人間を悪ーい大人で囲っていたのに、真面目ないい子がいたら邪魔してしまう。それじゃあ意味がない。傀儡《くぐつ》にしづらいだろ？」

「酷いのね」

「酷いんだよ」

イザベラとヒソヒソと話をしながら、レナルド殿下の宮に向かう。部屋の扉を叩き、中に入れば殿下以下他の側近たちが顔を揃えていた。どうやら僕たちが最後のようだ。

「あまり禁書庫に入っていると、怒られますよ？」

マルクスの言葉に肩を竦める。一応、バレないように入っているつもりだ。それに過去を知ることは今に繋がる。どうして聖属性が現れなくなったのか、とかね。

「まあ、気を付けるよ。それで、ファティシアに行かれるんですか？」

「例の男がうるさいからな。さして興味はないが、まあ顔ぐらいは見ておいて損はなかろう」

「殿下ったらアレね。自意識過剰なんだわ」

イザベラの言葉に、殿下の目が半眼になる。まあ確かにうちの殿下は何処に行っても女性の方から近づいてくるしね。殿下を意識しない方が難しいのはわかるけど。男の僕から見ても、鍛えられた体躯に涼やかな顔。きっと男だって殿下が本気を出せば落とせるだろう。

そんなことを考えていると、イザベラもファティシアに行ってみたいと言い出した。だがそれを殿下に却下されてしまう。

「本当はイザベラ嬢も連れて行きたいのですけどね。まだデビュタントが済んでいませんし、今回は見送りですね」

「一緒にお茶できたら楽しそうなのに……」

マルクスにそう言われ、イザベラは残念そうな表情を浮かべた。確かに畑仕事をするようなお姫様ならイザベラと気が合うかもしれない。ポンポンと背中を叩いて慰める。するとお土産を要求されてしまった。ちゃっかりしている。

「でもさーあの男は本気で殿下に王女を嫁にもらえって言ってるのか？」

「正確には、帝国に売り飛ばそうとしている。ですよ。殿下が相手でなくても構わないのでは？」

ハンスとマルクスの言葉にイザベラは口を尖らせた。殿下以外の相手に嫁がせたら、本当に何をされるかわからない。殿下ですら守り切れるか微妙なのに、他の王族相手なら死ぬまでポーション作りを強いられそうだ。

「そんなのダメよ！　可哀想だわ!!」

「そんな連中を内に飼っている国王が悪いのですよ。とっとと処分してしまえばいいのに」

「そうはいってもさ、うちみたいに独裁政治じゃないんだよ。気に入らない貴族は処せ！　なーんてファティシアではやらないのさ。法に則って裁かれる」

そうマルクスに言うと、法治国家も厄介ですねと言われてしまう。いや、今のところ一番いい国の形だと思うけどね。それに殿下が目指しているのだってそこなわけだし。難しいことは百も承知。それでも今のような皇帝の独裁を許さず、皇族の、そして貴族たちの私利私欲のために民が苦しまなくて済むようにしたいのだ。

たとえこの帝国が瓦解したとしても。その時はまた、元の小さい国に戻ればいい。道は険しく長い上に、それを支える者がこれだけしかいないのは心許ないが仕方がない。我が主と、彼に忠誠を誓ったのは自分なのだから。そしてこの誓いは生涯違えない。

「ひとまず、ファティシアで開かれる王女のデビュタントに参加はする。だが王女を迎え入れるかは別の問題だ。そもそも手放すほど愚かな王ではなかろう」

「そうですね。亡くなった側妃に似ているそうで、まず無理では？」

正直な感想を告げれば殿下は渋い顔をしてみせた。

＊＊＊

道中なんの問題もなく、ファティシア王国に着く。これはなかなか快挙なのでは？　なんて感想を抱きながら、僕はさっそく王都に出てお姫様の話を聞いて回った。民衆からの評価はまずまず。騎士団の、庶民が混じっている部隊からは高評価。ついでに魔術師たちからも高評価。

事前に仕入れていた情報と齟齬《そご》がない。こっそりと畑を見に行けば、男の子みたいな恰好をして鍬を振るっている女の子がいた。茶色い髪に蒼い瞳。彼女がこの国の王女だろう。でも今の状態を見て彼女が王族だとわかる人間がどれほどいるか……それぐらい馴染んでいる。

馴染んでいる、ということはそれほど長い時間、畑仕事をしているということ。お姫様の手習い的な趣味の範囲ではないということだ。

「まあ、この広範囲の畑が個人所有らしいからな」

そりゃ趣味の範囲じゃないだろう。もう研究の域ではなかろうか？　こんな良い子を帝国に売り払おうだなんて、あいつら本当に碌《ろく》な大人じゃないな。でもあのお姫様がうちの殿下を見て顔を真っ赤にする姿も見てみたい。

そんないたずら心がわく子なのだ。素直そうな見た目は、それだけ初心《うぶ》な証。殿下が笑ったらイチコロでは？　なんて、思っていた。

だが意外なことに、僕らの思惑はキレイに外れたのだ。もしやラステアの王弟殿とそういう仲なのか？　と観察もしてみたが、どうやら王弟殿の一方通行のよう。つまり、殿下のようなキラキラ系も王弟殿のようなあっさり系も好みではない？

「イザベラの言っていたことが当たるとは思わなかった」

魔力過多の畑を作ると言い出した殿下に倣い、畑で講習を受けていた僕がポツリと呟くと隣にいたハンスが噴きだす。あまりにも笑い続けていたので、マルクスに殴られていた。

でもみんなお姫様が殿下に一目ぼれしたらどうしよう……と思っていたのだ。

たとえ父親が反対しても、本人が了承したら帝国へ来てしまう可能性がある。現状それは回避したいことだった。ポーションは欲しいけど、今、お姫様が来てポーションを作ったとしても皇族や貴族だけしか手にできない。それは悪手だ。

「変わり者は、お前の妹だけではなかったようだな」

「うちのイザベラは正直者なだけです」

殿下にそう返すと、さらにハンスが笑う。

「それよりも、あれだけ本人がこちらを警戒しているんです。国王陛下も絶対に了承しないでしょう。確実に策を講じてくるはずです」

マルクスは手の内にある魔法石をいじりながら、予定通りで良いのか？　と殿下に問うた。

「警戒されればされるほど、やりやすくなる。もちろんこの畑をこれだけのものに変えられる力は惜しいが、今、育てている時間はない」

帝国では毎日のように疫病や食料がなくて死ぬ者が増えている。それよりも余っている食料を安価で仕入れる方が大事だ。人は食べなければ死んでしまう。病に打ち勝つこともできない。

「ではそのように手配いたします」

「頼む」

事前情報からお姫様を連れ帰ることが無理ならば、食料援助の交渉に変更することは打ち合わせしていた。だからここまでは問題ない。

「でも畑はもちろん作るんだろ？」

ハンスが手の中の魔法石を軽く投げながら殿下に問いかける。

「当然だ。輸入だけに頼れば、いずれ困ることになる」

「国内の自給率を上げるまでは友好関係を維持しなければいけませんね」

それはとても難しいこと。いや、本来ならば難しくはないはずなのだ。奪うことではなく、対話でなんとかしたい。併合した国も助けられれば万々歳。でもトラット帝国は奪うことで領土を広げてきた国。もともとの帝国民の間には他国を見下す性がある。

あーやることだらけで体一つでは足りない！　お姫様を売り飛ばしたい連中との交渉やら、他にも色々とやるべきことはある。こっそり街中に出るのだって大変なのだ。

ひとまず滞在できるギリギリまで魔力過多の畑の作り方を学ぶことにし、その後は僕だけ別れ、お姫様の動向を確認するためにファティシアに残ることになった。

あとがき

はじめまして、またはいつもご愛顧ありがとうございます。諏訪ぺこです。拙作をお手に取っていただき、本当にありがとうございます！

毎度毎度、特典ＳＳを大量に書くと定評のある諏訪ですが、今回はちょっと控えめじゃない？　と思ったそこの皆様!!　実は某書店様での限定特典でモブ姉王女一～二巻に一本ずつ新たにＳＳを書き下ろしております。つまり今回も変わらず特典もりもりで書いてます（笑）

特典多いと集める側としてはどうなんだろう？　と思います。思いますが、たくさん書いていいよと言われると書きたくなるのが諏訪なのです。すみません……無理のない範囲で購入して頂ければ嬉しいです。

今回のルティアは二巻から五年の月日が経った状態です。が、相変わらず猪突猛進ガールですね。可愛いです。淑女教育の成果はどこいった⁉　となりますが、本当にどこにいったんでしょうね？　諏訪も謎です。でも普段はアリシアとシャンテが側にいるので、暴走することなく真面目に学園生活を謳歌してますよ。問題行動も起こしてません。起こしてませんとも！

あまり学園生活の部分は書いていないので、ファティシアに戻ってきたらたくさん書けたら良いなと思っています。その時には女の子ズ＋シャンテでキャッキャウフフしていることでしょう。シャンテ自身はなぜ僕も……？　と思っているかもしれませんが、物腰柔らかで紳士的ですしね。あとお兄ちゃん属性でもありますし。面倒見の良さと苦労性気質がシャンテなので。

あと恋のライバル的な感じで勝手にバチバチしているお二人。コンラッド様とレナルド殿下ですが、担当さんと溺愛タイプと喧嘩っプルタイプで真逆の二人ですよね～と話しつつ、誰がルティアの相手に相応しいですかねぇと話し合っている最中です。色々パターンを考えてはいるんですが、その途中であの人がいるでしょ！　と某キャラ推しの友人には怒られました。忘れてないよ！

まだまだルティアの相手は混迷を極めております。なんせルティアなので（笑）

そして三巻予約開始時点でご報告しましたが、モブ姉王女シリーズ累計十万部突破いたしました！　皆様のご助力のおかげです。今後ともモブ姉王女シリーズをよろしくお願い致します。

あとですね、コミカライズ版のモブ姉王女は翻訳版の配信が始まってます！　今は韓国語版が韓国の主要な配信サイトで配信中です。韓国語勉強してるよ～な方は、ぜひ日本語版と見比べてみてください（書籍の翻訳も待ってます！）

最後にTOブックス様、担当編集様方、海原ゆた先生、そしてこのお話を支えてくださっている皆様。虹の橋の麓で愛犬たちと戯れている母へ、本当にありがとうございます。

また次巻でお会いできますように！

巻末おまけ

コミカライズ第十話試し読み

漫画 海原ゆた

原作 諏訪ぺこ

Ponkotuoutaishi no MOBUANEOUJO
rashiikedo AKUYAKUREIJOU ga
KAWAISOU nanode tasukeyouto omoimasu

ルティア姫殿下
ロックウェル魔術師団長
ヒュース騎士団長
続いて
シャンテ・
ロックウェル公子
リーン・ヒュース公子
ジル・ハウンド公子が
到着いたしました
ピクッ
ジル？
なぜお前も
一緒にいる？

ギクッ
その……
いろいろと
ありまして……
説明いたしますわ
――つまり
近衛騎士が
ルティアの
畑を荒らして
花師に怪我を
負わせた上に
放火した
と
はい
そのとおり
ですわ
公子たちには
騎士団に報告して
いただきましたわ

本当になのですか？近衛騎士
そんなことをするはずが…
普通はそう思うだろう
騎士は高潔で正しく
罪もない者を害すわけがない
私だってそう思いたい
花師が白い騎士服を着ていたと証言しております
でも花師の証言だけでしょう？
ムッ

なぜ花師の証言だけではダメなのです？
彼が自分で大怪我を負って作業小屋に火をつけたとでも？
それとも花師だからダメなのですか？
身分が低いから？
身分が高ければ本人の証言だけでも信じられるのですか？
それっておかしくないでしょうか？
……そうは言ってません
ですが

他に目撃者がいないのならひとりの証言だけで決めつけるわけにはいかないのです
いかなる時も公平公正でなければなりません
……目撃者ではありませんが記憶を再生させることはできますわよ？
ハウンド宰相
え？
あら！ご存じありません？

誘拐などの事件に使われる魔術式です！
大変高度な術式ですが姫殿下が魔力を提供してくださいましたので！
ええ 声まで再現できてますわ！
ならば最初からそれを見せればいいでしょう！
そんなものを見せなくても
ちゃんと姫殿下の言葉を受け取って調べてくれるか
確認したかったんですもの
は？
近衛騎士は宰相の管轄でしたわね？

姫殿下が3番目だから不詳事はもみ消せると軽んじていません？
そんなわけないでしょう!!
ならばなぜ唯一の被害者の花師の言葉だけでは信用できない？
現実に畑は荒らされ
作業小屋と四阿は焼けて
花師は危うく死ぬところだった今だってわざわざ・・・怪我を治さずにいるぞ
その理由がわかるか？
宰相
……それでも近衛騎士が犯人だと決めつけるわけにはいかないのです
……再生を！

その映像は　酷いものだった
タタタ
あの 何か
ご用でしょうか？
ここが
3番目の畑か？
キョトン
え？
姫の畑か？
？
コク
スッ
ななんてことを
するんですか！
ここは姫殿下の
畑ですよ!!
ゴオオ

3番目の畑だからなんだ！
ゴンッ
こっちは殿下の命令で動いてるんだよっ！
ガシッ
この畑は！陛下が姫殿下に贈られた畑です!!
その意味がわからないのですか！
残念だったな
みそっかす姫がいくら騒いだところで俺たちに累は及ばない
雇われた相手が悪かったとあきらめろ
オオオ

後ろ盾も何もない
みそっかすに
何ができる！
ダッ
あがっ
……あなたたちは
何もわかっていない
わかっていないのは
お前のほうだ！
3番目に擦り寄ったところで
なんの意味もない
王宮では力がすべてだ！
その点 俺たちの殿下は
きちんと後ろ盾のある
由緒正しいお方だ！
証拠は何ひとつ
残らない！
お前は暴漢に
襲われて死んだ
ことになるさ
ハハハハハ

映像は以上です
宰相なら
この白い騎士たちが
どこの家のものなのか
ご存じですね？
陛下……
……
ルティア・レイル・
ファティシア
王位継承
3位の君に
聞こう
この事件の
1番の問題は
なんだい？

――私は
試されている
1番の問題
王が下賜した畑を荒らしたこと？
王位継承者の私を軽んじたこと？
いいえ
どれも違う
罪もない
一般市民に暴行を
加えたことです！

殺人は重罪です…！
コクッ
…
ホッ…
どうやら及第点はもらえたようだ
この魔法石は
キラ
俺から畑に設置するように命令したものだ
そちらの魔法石と似たような機能を持っている
アマンダ君は知っていたよね？
え？

ニコッ
魔術師団長様は アマンダと いうのね
俺からも これを証拠として 提示しよう
先ほどのと 少し違う視点だが 映ったものは同じだ
ハウンド
これが近衛騎士とは 嘆かわしい そう思わないかい？
――仰るとおりです すぐに捕らえ 罰しましょう
いいや

罰するのは
ルティアに
やらせよう
――!?
できるね?
ルティア
わた
私は……
本来なら
罪を犯したものは
裁判にかけられる
各領地内なら
領主が
王都で起きたことなら
司法長官が判断し
罰を下せるものだ

だが今回は
王宮の敷地内
しかも王族の土地で
起きたこと
そして
被害者のベルの
最終的な雇用主は国王だ
その国王が
認めたならば
司法長官が
同席の上で
私でも裁く
ことができる
やります！
正しく
裁きます

よし
ちなみに裁判当日は
リュージュ妃とライルも同席させる
いいね？
はい 構いません
でもできれば……ロイ兄様も同席していただいてよろしいでしょうか？
『殿下』としか言っていませんので兄様に罪を押し付ける可能性もあります
続きはWEB&コミックスにてお楽しみください！
ピッコマにて先行配信中！
コロナEXにて順次配信！
コミックス3巻はコチラ！

責任を果たすため――
モブ王女、
入れ替わり!?
姫様、お気をつけて…
ポンコツ王太子のモブ姉王女らしいけど、悪役令嬢が可哀想なので助けようと思います
～王女ルートがない!? なら作ればいいのよ!～
4
著者 諏訪ぺこ イラストレーター 海原ゆた

次巻予告
従者になる!?
一緒に行こうか?
ラステア国の侍女に変装し、いざファティシア王国へ!
コンラッド様も協力的《囲い込み》——?
身近な人の死に直面し、モブ王女は立ち上がる!
本格内政ファンタジー!
2025年小説
第④巻発売予定!

ポンコツ王太子のモブ姉王女らしいけど、悪役令嬢が可哀想なので助けようと思います３
～王女ルートがない!?　なら作ればいいのよ！～

2024年6月1日　第1刷発行

著　者　諏訪ぺこ

発行者　本田武市

発行所　TOブックス
〒150-0002
東京都渋谷区渋谷三丁目1番1号　PMO渋谷Ⅱ　11階
TEL 0120-933-772（営業フリーダイヤル）
FAX 050-3156-0508

印刷・製本　中央精版印刷株式会社

ISBN978-4-86794-198-0